¡PESADILLAS!

GRANTRAVESÍA

JASON SEGEL
KIRSTEN MILLER

¡PESADILLAS!

~ILUSTRADO POR KARL KWASNY~

GRANTRAVESÍA

Esta es una obra de ficción. Los nombres, personajes, lugares e incidentes son producto de la imaginación del autor, o se usan de manera ficticia. Cualquier semejanza con personas (vivas o muertas), acontecimientos o lugares reales es mera coincidencia.

¡Pesadillas!

Título original: *Nightmares!*

© 2014, The Jason Segel Company

Traducción: Sonia Verjovsky Paul

Ilustración de portada: Karl Kwasny
Diseño de portada: Sarah Pierson
Adaptación de portada: Francisco Ibarra

D.R. © Editorial Océano, S.L.
Milanesat 21-23, Edificio Océano
08017 Barcelona, España
www.oceano.com

D.R. © Editorial Océano de México, S.A. de C.V.
Blvd. Manuel Ávila Camacho 76, piso 10
11000 México, D.F., México
www.oceano.mx
www.grantravesia.com

Primera edición: 2015

ISBN: 978-607-735-737-7

IMPRESO EN MÉXICO / *PRINTED IN MEXICO*

Para Al, Jill, Adam, Alison y mi amigo R.B.

J.S

CAPÍTULO UNO

La guarida de la brujastra

Pasaban cinco minutos de la medianoche, y un niño miraba hacia Cypress Creek desde la ventana de una vieja mansión en la colina más alta del pueblo. Era un edificio de aspecto singular. El porche delantero estaba invadido por una jungla de plantas en macetas. Las espesas enredaderas verdes iban cubriendo las columnas, y los helechos y el algodoncillo luchaban por cada mancha de luz de luna. Una torre octagonal surgía directamente del techo de la casa, y toda la estructura estaba pintada de un espantoso tono púrpura. Quien la viera podría suponer que los ocupantes de la mansión eran un poco extraños… y aun así, el chico que asomaba en la ventana parecía perfectamente normal. Tenía el cabello color rubio arena y no tenía ningún tatuaje, cicatriz ni horrenda verruga visible. Pero al juzgar por la expresión de desdicha en su rostro, algo estaba terriblemente mal.

Se llamaba Charlie Laird, y llevaba los doce años de su vida viviendo en Cypress Creek. Él y su hermano menor, Jack, habían crecido en una casa al final de la calle. De hecho, Charlie podía ver su antiguo hogar desde la ventana de su nueva habitación. Los nuevos dueños eran una familia de cuatro. Todas las noches, Charlie miraba cómo se apagaban las luces de su antigua casa y se imaginaba a los chicos bien acurrucaditos y seguros, arropados en la cama por su madre y su padre. Habría dado casi lo que fuera por cambiar de lugar con ellos. Habían pasado tres meses desde que se había mudado a la mansión púrpura de DeChant Hill con su hermano y su padre. Habían pasado tres meses desde la última vez que Charlie Laird había dormido bien.

Charlie se alejó un paso de la ventana y miró su reflejo en el cristal. Tenía la piel del color de la leche cortada, y oscuras ojeras hundidas bajo una mirada cansada y sanguiñolenta. Suspiró al verse, y se dio la vuelta para comenzar su trabajo nocturno. Había treinta y ocho pesadas cajas en el centro del cuarto. Estaban llenas de videojuegos y cómics y trofeos deportivos. Charlie no había desempacado más que unos cuantos cambios de ropa. El resto de sus pertenencias estaba almacenado en sus cajas de cartón. Y cada noche, antes de acostarse, las movía. Usaba diecinueve cajas para bloquear la puerta al pasillo. Las otras diecinueve las empujaba contra la puerta del baño, aunque a menudo eso resultaba no ser tan *conveniente*.

A cualquier otro le habría parecido ridículo. Hasta Charlie sabía que las barricadas no le pondrían un alto a sus malos sueños. Pero la bruja que lo había estado visitando cada noche durante los últimos tres meses no era una pesadilla ordinaria. La mayoría de los sueños se desvanecían, pero a ella no podía olvidarla. Se sentía tan real como la nariz en su rostro. Así que cuando la bruja juró que un día lo llevaría a rastras, Charlie pensó que debería tomar las amenazas en serio. Sólo esperaba que todas aquellas cajas pudieran mantenerla fuera.

La bruja ya había logrado llegar hasta el pasillo. La primera vez que escuchó a alguien entrar a hurtadillas por la casa, Charlie recién despertaba de una pesadilla. Los rayos del sol se asomaban por encima de las montañas, pero la mansión todavía estaba serena y callada. De repente el silencio se rompió con el chirrido de las bisagras oxidadas de una puerta al abrirse. Luego crujió la duela del piso de madera y se escucharon golpes secos en las escaleras. Los pasos eran lo suficientemente pesados como para ser de un adulto. Pero cuando Charlie se armó de valor para investigar, encontró a su padre y a su madrastra todavía dormidos en su cama. Unas cuantas noches después, escuchó lo mismo. *Chirrido. Crujido. Golpe.* Su papá dijo que las casas viejas hacen ruidos. Su hermano pensaba que el lugar podría estar embrujado. Pero Charlie sabía que no hay tal cosa como los fantasmas. Llevaba casi tres años buscándolos, y, de existir, ya habría visto alguno. No: Charlie Laird tenía problemas mucho más gordos que los fantasmas.

Las treinta y ocho cajas lo estaban esperando. Charlie se quedó mirando la abrumadora tarea frente a él y se preguntó dónde encontraría la energía para completarla. Sus pesadillas habían empeorado… y cada noche libraba una batalla perdida contra el sueño. Ahora los párpados le pesaban y bostezaba todo el tiempo.

Como siempre, se había quedado de pie junto a la ventana hasta la medianoche, esperando que su padre y su madrastra se fueran a dormir. No quería que lo escucharan empujando las cajas sobre los tablones, o gruñendo mientras las apilaba contra las puertas. Pero cada vez resultaba más y más difícil quedarse despierto. Había tratado de mantener los ojos abiertos con cinta adhesiva, pero la cinta invisible no era lo suficientemente fuerte y la cinta para embalar le jalaba las cejas hacia arriba. Caminar de un lado al otro sólo lo mareaba. Y aunque había escuchado que una vejiga llena podía mantener a raya el sueño, cada vez que trataba de beber mucha agua a la hora de dormir, terminaba por mover frenéticamente las diecinueve cajas que bloqueaban la puerta del baño. Así que unas cuantas semanas antes, cuando todo lo demás ya había fracasado, Charlie hizo su primer viaje a la cocina por una taza del café frío que sobró de la mañana. Siempre le daba asco, y a veces tenía que pellizcarse la nariz sólo para poder tragarlo todo… pero el café era ya lo único que lo mantenía despierto.

Charlie fue de puntitas hasta la puerta de su habitación, la abrió lentamente para que las bisagras no chirriaran, y se asomó fuera. Le alivió ver que el pasillo estaba oscuro. Lo prefería así. Las paredes estaban cubiertas de pinturas viejas que eran mucho más espeluznantes con las luces encendidas. Escuchó con cuidado para ver si había señales de movimiento y luego patinó torpemente con los calcetines hacia las escaleras. Pasó el cuarto de su hermano. Y el de su papá y su madrastra. Ya casi estaba fuera de la última puerta del pasillo cuando la escuchó: una risa aguda que casi lo manda corriendo a toda velocidad de vuelta a su colchón. Más allá de la última puerta estaban las escaleras a la torre. Y al final de las escaleras, una habitación conocida en la familia como la Guarida de Charlotte. La puerta estaba entreabierta, y Charlie escuchó el sonido de las patas de un gato gordo que bajaba con suaves pisadas por la escalera de madera. Una pálida luz dorada se filtraba sobre el pasillo.

Su madrastra seguía despierta.

CAPÍTULO DOS

La torre mágica

Mucho antes de que se volviera prisionero de la mansión púrpura, Charlie había sido cautivado por su torre. La mansión estaba en el centro del adormilado pueblo de Cypress Creek, posada sobre una colina. Abajo, yacían calles bordeadas de casas de buen gusto pintadas de blanco y beige. En el centro había parques llenos de flores y tiendas encantadoras. Habría sido un pueblo de postales de no ser por la torre de la mansión púrpura. Sin importar dónde estuvieras en Cypress Creek, siempre podías levantar la vista y verla. Con tejas de madera que parecían escamas de dragón y un techo empinado y puntiagudo como un sombrero de bruja, la torre habría quedado perfecta en un cuento de hadas. Tenía dos ventanas: una que miraba hacia el norte y otra que miraba hacia el sur. Ninguna tenía cortinas ni persianas. Y en la noche, cuando la oscuridad envolvía al resto de la casa, las ventanas de la torre parecían resplandecer. Era un brillo vago y parpadeante. El hermanito de Charlie, Jack, solía bromear con que alguien debía haber dejado una luz nocturna encendida. Charlie tenía algunas ideas propias al respecto.

Cada vez que Charlie caminaba por el pueblo, la torre atraía sus ojos hacia ella. Estaba seguro de que cada noche ocurría algún tipo de magia allí. Se suponía que la casa estaba vacía, pero una vez, ya entrada la tarde, pensó haber visto una figura de pie junto a una de las ventanas. Después de eso, su fascinación se combinó con miedo. En la escuela escribía historias sobre la torre. En casa, la dibujaba. Su padre colgaba sus dibujos con cinta en el refrigerador, y decía que Charlie tenía la bendición de una imaginación vívida. No lograba entender qué era lo que a su hijo le parecía tan interesante. Y en cuanto a Charlie, eso era lo más extraño de todo. Casi todos pensaban que la mansión púrpura y su torre eran sólo edificios espantosos, un par de horribles verrugas en el rostro de Cypress Creek que era preciso ignorar. Pero Charlie no. Charlie sabía que no era así.

Hubo *una* persona que sabía de la magia de la torre. Cada vez que aparecía un nuevo dibujo en el refrigerador de la familia, la mamá de Charlie parecía un poco más preocupada. Luego, un día, cuando él tenía ocho años, su madre confesó que de niña había visitado la casa púrpura varias veces. En esos días, dijo, la habitación de la torre le había pertenecido a una niña de su edad.

—¿Cómo era la torre? —había preguntado Charlie sin aliento—. ¿Espeluznante? ¿Genial? ¿Estaba hechizada...?

—Era... *inusual* —le había contestado su madre, y su piel había palidecido, lo que le dijo a Charlie que había más en esa historia... algo oscuro y peligroso. Rogó que le diera más detalles, pero su mamá sólo le decía que probablemente era mejor evitar la mansión. Charlie debió haber parecido desolado cuando su mamá no quiso revelarle más, porque ella lo mandó sentar y le hizo una promesa. Dijo que le contaría todo lo que sabía de la torre cuando fuera un poco más grande. Pero aquello acabó siendo sólo una promesa sin cumplir. La mamá de Charlie enfermó unos cuantos meses después... y murió cuatro días y tres horas antes de que Charlie cumpliera nueve años.

Después de que su mamá murió, la fascinación de Charlie con la torre había seguido creciendo como una mala hierba nociva. Les preguntaba a sus maestros al respecto. Interrogó a la bibliotecaria. Hasta arrinconó al alcalde durante el festival anual de rábanos del pueblo. Pero nadie en Cypress Creek parecía saber más sobre la vieja mansión púrpura... toda la información podía resumirse en cuatro simples hechos:

1. La mansión era más vieja que la mayoría del pueblo.

2. La había construido Silas DeChant, un millonario ermitaño y reconocido gruñón.

3. La esposa de Silas había pintado el edificio de púrpura con sus propias manos.

4. La mansión había permanecido vacía durante años.

El papá de Charlie dijo que la última persona que había vivido ahí era una mujer mayor. Una maestra aseguró que una anciana vestida de púrpura solía repartir paletas sabor uva en Halloween. Uno de los vecinos de Charlie dijo que había escuchado que la dueña de la mansión se había ido a vivir con su hija a una provincia lejana. La esposa del vecino juraba que la anciana en cuestión debía tener por lo menos 110 años de vida.

Un sábado por la mañana, Charlie descubrió que la casa púrpura estaba en boca de todos. El cartero entregó las grandes noticias con el correo: la anciana dueña de la mansión había fallecido. Sorprendentemente, había muerto apenas dos días antes de cumplir 111 años, debido a heridas derivadas de una partida de naipes.

En el café donde iban los Laird a comer panqueques, una mesera le dijo al papá de Charlie que la nieta de la anciana había heredado la mansión y que se mudaría ahí. Y un hombre en la mesa de al lado sabía

que el nombre de la nueva dueña era Charlotte De-
Chant… y había escuchado que abriría una tienda en
Main Street. Por la manera en que la gente chismeaba
sobre la nueva residente de Cypress Creek, Charlie pensaba que Charlotte DeChant podría ser interesante. Y
la primera vez que Charlie le puso los ojos encima, no
quedó decepcionado.

Era un fresco día de otoño, y Charlie iba en bici a
casa de su amigo Alfie cuando vio un camión de mu-
danza estacionarse frente a la mansión púrpura en la
colina. Una mujer alta y enjuta salió del asiento de
conducir. Tenía el cabello naranja brillante con rizos
que parecían estar flotando en la brisa… aunque el
aire estaba perfectamente quieto. Sus faldas negras se
ondulaban y arremolinaban alrededor de sus botas.
Llevaba una camiseta blanca con un logo grande es-
tampado en color rojo sangre y verde bosque. Decía
EL HERBOLARIO DE HAZEL.

La mujer abrió la puerta trasera de la camioneta, y, Charlie pudo ver desde donde se había detenido que no había cajas dentro. Sólo plantas. De hecho, parecía como si hubieran tomado un jardín entero y lo hubieran arrancado de raíz, metido en macetas y llevado en auto hasta Cypress Creek.

—¡Oye, tú! Échame una mano con estas cosas, te daré cinco dólares —dijo la mujer a Charlie.

A pesar de sus reservas, Charlie empujó su bicicleta por la colina para ver mejor.

—¿Qué es todo eso? —preguntó.

—Un bosque encantado —contestó la mujer como si nada.

—¿Qué? —Charlie dio un paso atrás. Le pareció extraño que un adulto dijera algo así. Seguramente bromeaba, pero parecía como si la camioneta pudiera tener adentro unos cuantos gnomos y algún duendecillo de bosque, o dos.

La risa de la mujer lo tomó por sorpresa. Era aguda y desagradable… más un cacareo que una carcajada.

—¿Qué no ves que te estoy tomando el pelo? Sólo es un montón de plantas. Estoy por abrir una tienda en el centro.

Charlie y sus amigos se habían estado preguntando por la tienda que estaba por abrir junto a la heladería. Su amiga Paige pensaba que podría ser un lugar para comprar semillas y verduras insólitas. Rocco esperaba que fuera un emporio de reptiles.

—¿Así que va a ser una tienda de plantas?

—Más como una tienda de magia —contestó la mujer, y Charlie se reavivó. Luego ella apuntó hacia su propia camiseta—. Se llamará El Herbolario de Hazel. Soy una herbolaria. Eso quiere decir que uso plantas para tratar a los enfermos.

Por un momento Charlie sintió un arrebato de esperanza. Luego el corazón le dio un vuelco cuando recordó que su mamá estaba más allá de cualquier tratamiento. Levantó la mirada para encontrar que la mujer examinaba su rostro.

—¿Cómo te llamas?

Por la manera en que lo dijo Charlie se preguntó si ya lo sabría. Miró su bicicleta de reojo. Su instinto le decía que era momento de irse. Esta mujer *no* era normal… o por lo menos no del tipo de normal que él hubiera conocido en su vida. Pero bajó de la bici y le dio la mano.

—Charlie. Charlie Laird —le dijo. La mujer tomó su mano, pero no la movió. En cambio, la tomó entre sus palmas como si se tratara de una pequeña criatura que había sido lo suficientemente astuta de capturar.

—Charlie Laird —repitió la mujer, y sus labios se extendieron en una sonrisa con todos los dientes—. Soy Charlotte DeChant. Deseaba mucho conocerte.

Un escalofrío recorrió la columna de Charlie, él retiró la mano.

—¿Por qué? —preguntó, quizá demasiado rápido.

¿Cómo podría desear conocerlo? No debería ni saber que existía.

—Si no me equivoco, debes ser pariente de Veronica Laird —prosiguió Charlotte.

Sintió como si la mujer hubiera enterrado su mano en el pecho, tomado su corazón, y lo hubiera apretado.

—Es mi mamá.

—La conocí, hace mucho tiempo —dijo Charlotte—. Me apenó mucho saber que había fallecido.

—Está bien —dijo Charlie. Aunque no lo estaba. Y nunca lo estaría. Deseaba que la señora cambiara de tema. Ya podía sentir que le ardían las mejillas.

Y así, de la nada, pareció como si el deseo de Charlie se hubiera cumplido. Charlotte levantó las cejas y asintió hacia el camión de mudanzas.

—¿Entonces qué dices? ¿Te quieres ganar un poco de dinero?

—No lo sé —vaciló Charlie. Siempre le habían advertido que no hablara con extraños… y esta mujer con su flameante cabello naranja y su jungla portátil era *extremadamente* extraña.

Charlie levantó la mirada hacia la casa detrás de ella, sus ojos se sentían atraídos como siempre hacia la torre. La mujer era rara, pero él no había estado tan cerca de la mansión en años. Todo lo que siempre había soñado estaba al otro lado de la puerta principal. Sería una tortura si perdía aquella oportunidad.

—Entonces quizá debería endulzar mi oferta —dijo Charlotte con una sonrisa astuta—. Cinco dólares y... un recorrido por la mansión.

Fue como si le hubiera leído la mente. La curiosidad de Charlie era como una picazón que moría por rascarse. ¿Sería el interior de la casa tan feo como el exterior? ¿Por qué fulguraba la torre de noche? ¿Quién era la persona que había visto al pie de la ventana? Mil preguntas revoloteaban por su cabeza.

—¿Qué hay en la torre? —preguntó Charlie ansiosamente.

Charlotte volvió a cacarear, y Charlie tuvo que resistir el impulso de meterse los dedos en los oídos.

—Cosas que hacen ruidos de noche.

Charlie debió haber dado la media vuelta tan pronto como escuchó eso. Debió haber saltado sobre la bici y salir pitando hasta casa de Alfie sin volver la vista atrás. Nunca en su vida había tenido un caso tan terrible de escalofríos. Pero Charlie no se fue. No podía. No sabía si era la curiosidad o algún tipo de magia la que lo jalaba adentro, pero movió las plantas de la mujer hasta el porche. Aceptó los cinco dólares, y luego siguió a Charlotte adentro para iniciar el recorrido.

Un gato atigrado y muy bien alimentado recibió a Charlie en la puerta. Le dio una sola mirada, encogió la espalda y le bufó. Charlie pasó por encima de la bestia anaranjada y alcanzó a Charlotte justo cuando ésta señalaba la sala y la biblioteca de la mansión. Los viejos y pesados sofás y los sillones hundidos en ambos cuartos estaban tapizados de color lila, magenta o malva. Hasta las repisas de la biblioteca estaban pintadas del color de una berenjena madura.

—Guau. Qué linda morada —la palabra le salió a Charlie antes de que pudiera detenerla. Cuanto más se acercaba a la torre, más agitado se sentía—. Quiero decir, casa. Qué linda casa tienes.

—Buena broma —contestó Charlotte, esbozando una sonrisa—. Los muebles desquiciados venían con la casa. Lo más seguro es que mande pintar o tapizar todo. Ya tuve suficiente púrpura cuando era niña.

Llegó a una amplia escalera de madera que giraba hacia la cima de la casa, y comenzó a remontarla. Charlie se quedó quieto en el primer escalón, los ojos fijos sobre un retrato que le clavaba la mirada desde el descansillo. Mostraba a un joven vestido con un saco anticuado y un pañuelo para el cuello alto y blanco. Se veía adinerado, y habría sido guapo de no ser por sus ojos huecos y aquella mirada de ansiedad en el rostro.

—¿Quién era? —le preguntó Charlie a su guía. Había visto ojeras así de oscuras alrededor de los ojos de su madre, y sospechaba que el hombre del retrato había estado enfermo.

Charlotte se detuvo en los escalones. Cuando volteó a mirar a Charlie, parecía estudiarlo por un momento como si fuera un espécimen curioso.

—Ése era uno de mis tatarabuelos. Se llamaba Silas DeChant —dijo—. Es el hombre que construyó este lugar.

Un escalofrío recorrió a Charlie. Había estado buscando a Silas desde hace años. La mujer que dirigía la biblioteca de Cypress Creek había jurado que no había pinturas o fotos del misterioso fundador del pueblo. Y aun así, helo ahí… Allí había estado todo el tiempo.

—¿Qué le pasaba? —susurró Charlie a medias, aferrado al barandal. Se sentía un poco vacilante… como si se le hubieran aflojado las rodillas y el suelo estuviera hecho de gelatina—. ¿Silas estaba enfermo?

—Sólo digamos que estaba atrapado en un lugar muy oscuro —contestó Charlotte—. Pero encontró la manera de salir. Mi abuela me contó que Silas mandó pintar ese retrato para recordarle que hay lugares adonde la gente no debería ir.

—¿Como cuáles? —preguntó Charlie.

—Como Las Vegas —respondió Charlotte con un guiño. Luego le dio la espalda y comenzó a subir las escaleras de nuevo—. ¿Vienes?

Charlie tuvo que apresurar el paso para alcanzar a la nueva dueña de la mansión.

En el segundo piso, pasaron por una pequeña puerta y subieron por una serie de escalones tan angostos que hasta Charlie se sintió aplastado. Cuando finalmente llegaron a la cima, Charlotte se hizo a un lado y extendió los brazos por completo.

—Bienvenido a mi guarida —dijo con orgullo.

El lugar era tan mágico como Charlie había esperado. Y mucho más grande por dentro de lo que parecía por fuera. Casi todas las paredes del cuarto estaban abarrotadas de repisas y fotos, pero una había quedado completamente vacía. El sol se colaba por los dos grandes ventanales de la guarida y transformaba los millones de chispas de polvo en centellantes motas de oro. Las repisas en la habitación estaban atiborradas de frascos de vidrio, y cada contenedor estaba repleto de distintos tipos de tegumentos o flores secas u hongos marchitos. Un enorme escritorio de madera ocupaba casi todo el espacio del suelo. La superficie estaba repleta de lápices de colores, tubos de pintura y cuadernos para dibujar.

Una ilustración sobresalía por debajo de una pila de papel arrugado. Charlie podía ver sólo un poco, pero un poco fue suficiente. Tres serpientes —una café, una roja y una verde esmeralda— parecían listas para deslizarse fuera de la página. Casi podía jurar que las había escuchado sisear... y luego, cuando comenzó a desviar la mirada, la verde pareció pelar los colmillos.

—Están increíbles esas serpientes —dijo Charlie sin aliento—. ¿Tú las dibujaste?

Charlotte le arrebató el dibujo y lo depositó boca abajo sobre el escritorio.

—Sólo es un borrador —sonó extrañamente avergonzada—. ¿Qué opinas del cuarto?

—Parece... —Charlie se esforzó por encontrar la palabra correcta.

—El lugar perfecto para trabajar, ¿no crees? —Charlotte terminó la oración por él—. ¿Sabes?, apenas comencé un proyectito, y podría serme útil un chico de tu edad...

¿Podría serme útil? Charlie se estremeció. ¿Por qué sonaba como si fuera a moler sus huesos y hacer pintura con ellos? Sintió algo suave rozarle el tobillo y bajó la mirada para ver al gigantesco minino anaranjado tejerse entre sus piernas, mirándolo fijamente y con malicia, como si tuviera también algunos planes para él.

Sonó el timbre, y Charlie pegó un brinco. Agradeciendo la interrupción, miró a Charlotte bajar corriendo por las escaleras. Debería haber aprovechado la oportunidad para escapar, pero estaba demasiado abrumado como para moverse. Se sentía como si se hubiera quedado congelado en su lugar. Dos pisos más abajo, escuchó el chirrido de una puerta que se abría.

—¡Hola! — Charlie escuchó decir a Charlotte.

—Ehmm… hola, me llamo Andrew Laird, y éste es mi hijo Jack. Esto le podrá sonar un poco raro, pero ¿estará aquí mi otro hijo, Charlie? Estaba pasando por aquí y vi su bicicleta enfrente. Espero que no le haya causado problemas.

—¡Claro que no! Ningún problema. Tiene un hijo estupendo, señor Laird —contestó Charlotte—. Me acaba de ayudar a mover algunas cosas, y ahora está arriba. ¿Le gustaría pasar por una taza de café?

Charlie estaba seguro de que su padre diría que no. Ya no iba a ningún lugar más que al trabajo. Desde la muerte de su esposa, la tristeza lo había transformado en un ermitaño. Alguna vez, Andrew y

Veronica Laird habían sido la pareja más popular del pueblo. Ahora el papá de Charlie rechazaba todas las invitaciones. Parecía nunca quedarse sin pretextos. Charlie esperó para escuchar cuál sería el siguiente.

Entonces llegó la palabra que sellaría el destino de Charlie.

—Claro.

Once meses después, Charlotte DeChant se volvió la madrastra de Charlie. Y para entonces, Charlie había jurado jamás poner pie una vez más en la torre.

CAPÍTULO TRES

La reunión a medianoche

En los tres años que habían transcurrido desde que falleció su madre, Charlie Laird había aprendido a no confiar en las apariencias. Su mamá había parecido sana casi hasta el mes en que murió. El mismo Charlie parecía totalmente normal, mientras la verdad era que su vida era todo menos eso. Y todos pensaban que Charlotte DeChant era la madrastra perfecta. Sólo que Charlie sabía que no era quien aparentaba. Podía ver que todo era un disfraz.

Charlie se paró a la puerta de la cocina de la mansión, a la caza de la parpadeante luz verde de la cafetera. Dejó que sus ojos se ajustaran y examinó el resto de la habitación. Parecía lo suficientemente seguro, pero estos días, ver no siempre era suficiente. Dio un cauteloso paso hacia adelante. La única luz del cuarto venía de una débil flama azul que titilaba bajo el caldero negro favorito de Charlotte. Habían renovado la cocina, y la estufa de acero cepillado estaba reluciente de nueva, pero las ollas y cazuelas de Charlotte parecían haber sido forjadas en la Edad Media. Y el ungüento de la poción que estaba cocinando olía como una mezcla de roedores muertos y flatulencias de perro. Charlie no necesitaba la luz para saber que el piso probablemente estaba resbaladizo por tantas raíces y hojas que no habían caído dentro de la olla burbujeante.

Dondequiera que Charlotte iba parecían brotar revoltijos. La jungla de plantas en el porche delantero de la mansión hacía que salir de la casa pareciera una excursión por la Amazonia. Adentro, todos los cuartos estaban abarrotados de frascos de hierbas llenos a medias y matraces viejos y pegajosos. No podías sentarte en un sillón sin aplastar un hongo o sin que te picara en el trasero una raíz marchita, y eso volvía loco a Charlie. Había tratado de poner orden una o dos veces, pero la gata de Charlotte, Aggie, simplemente lo seguía y tiraba todo. En el mundo de Charlotte, El Herbolario de Hazel era el único lugar en donde el orden tenía cabida. La madrastra de Charlie mantenía su tienda perfectamente organizada. Cada vaina, semilla y hongo que la naturaleza producía era guardado en un contenedor de vidrio y etiquetado con precisión. Más de mil frascos descansaban en las múltiples repisas de la tienda.

El Herbolario de Hazel era digno de verse... y nadie en Cypress Creek había visto algo así jamás. Durante unas cuantas semanas después de la gran apertura, algunos de los chicos mayores de la escuela habían molestado a Charlie sobre la extraña novia de su papá, quien vestía de negro y cocinaba pociones apestosas. Las bromas terminaron cuando Charlotte curó los granos que le estaban devorando la cara a uno de esos bravucones y ayudó al alcalde a deshacerse de su bocio. Después de eso, El Herbolario de Hazel estuvo siempre lleno, y nadie cuchicheaba a sus espaldas. El pueblo entero había caído bajo su hechizo.

La cocina estaba demasiado oscura para navegarla, así que Charlie abrió el refrigerador para tener un poco de luz. Pisando sobre un misterioso charco en el suelo, se abrió paso hasta la cafetera al otro extremo de la habitación. Casi siempre había un poco de café del desayuno, pero hoy, a alguien se le había ocurrido ir y limpiar el recipiente. Charlie arrastró una silla hasta la barra y se subió para tomar los granos de la repisa superior del estante. Puso un filtro en la cafetera, como había visto a Charlotte hacerlo. Agregó diez cucharadas de café y una jarra llena de agua. Recién oprimió el botón de encendido cuando algo tibio y peludo le rozó las piernas.

El corazón de Charlie casi salió volando de su pecho. Mientras se alejaba un paso de la barra, tropezó sobre la criatura que acechaba detrás de él y aterrizó en el suelo con un golpe seco.

—Miau —dijo triunfantemente Aggie. Levantó una pata y le dio una lamida con calma.

A Charlie siempre le habían gustado los gatos, pero Aggie era un demonio con abrigo de pieles naranja.

—Maligno pedazo de… —gruñó. Luego escuchó pisadas en las escaleras. En un segundo, Charlie se puso de pie.

—¿Charlie? ¿Eres tú?

La brujastra había aparecido a la puerta, llevaba puesta su sonrisa más falsa. Quería que Charlie pensara que estaba sorprendida de verlo, pero el brillo de sus ojos la delataba. Había estado esperando, quería atraparlo.

Charlotte se acercó más y arrugó la nariz mientras olfateaba el aire.

—¿Sabe tu papá que bebes café?

A la tenue luz que echaba el refrigerador, las facciones de Charlotte se veían perfectamente macabras. Sus mejillas estaban huecas, la nariz parecía haberse vuelto más puntiaguda y su pelo rizado estaba tan alborotado como una peluca de payaso. El amigo de Charlie, Rocco, decía que Charlotte era bonita. Charlie pensaba que parecía una...

—¡Uf! Huele bastante potente. ¿Cuánto café le metiste? —preguntó, asomándose a la cafetera.

Charlie pensó que apagaría la máquina. Sin embargo, tomó una taza de la alacena y la colocó en la barra frente a él.

—Probablemente no te mate, pero te va a saber a lodo.

En la parte de enfrente de la taza estaban impresas las palabras *La mejor madrastra del mundo*. La taza era el regalo de Navidad que su hermanito le había dado a la mujer que les robó a su padre. Había un millón de tazas normales en la alacena. Charlotte había escogido ésa a propósito.

—¿De verdad? —preguntó Charlie con cuidado—. ¿Me vas a dejar tomar café?

—¿Serviría de algo que intentara detenerte? —preguntó Charlotte—. Además, yo comencé a tomar café justo cuando tenía tu edad.

Mientras el café aún hervía, la brujastra les sirvió a los dos una taza.

—¿Me acompañas? —preguntó, y jaló un banco hasta la isla de la cocina.

Charlie no se inmutó. Clavó la mirada en el café. Lo quería, más que cualquier otra cosa en el mundo, pero no le daría la satisfacción. Y quién sabe qué podría haberle metido. Había visto a Charlotte subir cajones con botellitas de vidrio a su guarida. En algunas de ellas chapoteaban líquidos extraños; otras contenían polvos o píldoras o geles glutinosos. Éstos eran sus menjurjes especiales, los que no vendía en su tienda. Sólo Charlotte sabía lo que eran de verdad. Decía que las botellas contenían *remedios* herbales. Pero Charlie estaba dispuesto a apostar que por lo menos una de ellas estaba llena de algún tipo de removedor de hijastros. Estaba bastante seguro de que Charlotte lo quería fuera del camino.

—Toma asiento —dijo Charlotte—. Es hora de tener una charla seria—. Todavía había una sonrisa en el rostro de su brujastra, pero los ojos estaban serios. No era una solicitud. Era una *orden*.

Charlie soltó un bufido para cubrir sus nervios.

—¿Crees que seremos los mejores amigos si me dejas tomar café? —le sorprendió ser tan grosero. Antes podía esconder sus sentimientos, pero últimamente su enojo parecía tener voluntad propia. Se refería a él

como *la oscuridad*. Se sentía como un alquitrán negro, del tipo que se traga todo lo que toca. Había comenzado a burbujear dentro de él alrededor del mismo tiempo en que comenzaron las pesadillas. Ahora parecía incapaz de mantenerlo a raya.

—¿Qué está pasando, Charlie? —preguntó Charlotte—. ¿Qué te tiene tan irritable?

Podría haber recitado una lista de los crímenes de su brujastra, pero habrían estado ahí toda la noche.

—También tú estarías irritable si alguien te robara a tu familia —replicó Charlie.

Charlotte dio un soplido. Entrecerró los ojos cuando habló.

—No me he *robado* a nadie. No quiero reemplazar a tu mamá, Charlie.

Lo había dicho antes y las palabras todavía fastidiaban a Charlie.

—No *podrías*. Sin importar cuánto lo intentaras. Mi mamá era más linda, inteligente…

Charlotte levantó una mano, en señal de rendición.

—Sí, lo sé. Me lo has dicho cientos de veces. También yo la recuerdo —pausó un momento y clavó la mirada en el contenido de su taza—. Estoy suponiendo que no nos tocará tener una charla seria, pero todavía hay una pregunta que tengo que hacerte, Charlie. ¿Por qué bajas por café todas las noches?

Charlie cruzó los brazos. Se rehusó a decir una sola palabra.

Por un momento Charlotte lo estudió en silencio, de la misma manera en que a veces lo hacía cuando pensaba que nadie la veía.

—¿Sabes?, eres igual a Veronica. Podía ser tan necia como tú.

Cuando escuchó el nombre de su madre, Charlie no pudo mantener la boca cerrada.

—Deja de fingir que conociste a mi madre.

—Nunca antes te lo conté porque sé que es un tema sensible. Pero, para tu información, Veronica y yo nos conocimos justo aquí, en esta casa, cuando las dos teníamos doce años —replicó Charlotte, mientras sus ojos verdes desafiaban cualquier negación—. ¿Nunca te contó historias sobre la mansión?

—¿Qué tipo de historias? —contestó Charlie, fingiendo un bostezo. Quería parecer que estaba aburrido, pero la conversación había dado un giro extraño, y Charlotte lo tenía en sus manos.

La brujastra se inclinó hacia él con una ceja arqueada.

—Si hubieras escuchado las historias de tu madre, no las habrías olvidado.

La respuesta sacudió a Charlie. Recordaba que su madre le advertía que se alejara de la casa. Entonces lo entendió. Algo debió haberle pasado a su mamá en la mansión… algo tan malo como para asustarla de por vida. Y tenía que haber sido culpa de Charlotte DeChant.

—¿Qué le hiciste a mi mamá? —exigió.

Charlotte se echó hacia atrás dejando escapar un resoplido, puso los ojos en blanco.

—¿*Dijo* que yo le hubiera hecho algo?

Charlie niveló sus ojos con los de su brujastra.

—Nunca tuvo la oportunidad, *Charlotte*. Pero sí me dijo que me alejara de esta mansión, y ahora sé por qué. Algo está muy mal con esta casa.

Charlotte se quedó tan quieta que Charlie se preguntó si se había congelado de repente.

—¿Exactamente qué *crees* que tiene de mal esta casa? —preguntó finalmente.

Charlie consideró contarle todo… pero se detuvo antes de hacer algo estúpido.

—Tú estás adentro —dijo con su sonrisa más cruel.

Podría haberse equivocado, pero Charlotte parecía casi aliviada.

—Mira, no sé mucho de niños, y nunca he sido buena para hacer esas cosas cariñosas y tiernas. Así que discúlpame si esto suena un poco brusco, pero es hora de que lo sepas. Si no, las cosas en esta casa podrían empeorar más de lo imaginable.

Charlie rio al escuchar aquello.

—¿Cómo podrían empeorar las cosas? Vivo en el basurero municipal con una loca y su gata malvada.

Charlotte se estremeció, y Charlie pudo ver que sus insultos le habían calado. Pero no le importó. Odiaba a su brujastra. Y la odiaba más que nada por transformarlo en alguien tan horrible. Charlie podía recordarse como buena persona. Ahora estaba siempre enojado. A veces ni siquiera sabía por qué. Era como si el corazón se le hubiera marchitado en el pecho el día en que se mudó a aquella casa púrpura.

Charlie se deslizó de su banca, levantó su taza de café y echó los contenidos en el fregadero.

—Mira, no quiero hablar contigo. Sólo bajé por café. Ahora lograste arruinar eso también.

—Charlie, el café no te ayudará —Charlotte se estiró hacia el otro lado de la isla de la cocina para sujetar el brazo de Charlie, pero éste la esquivó—. Si tu problema es el que pienso que es, no tiene sentido quedarse despierto.

Antes de que Charlie pudiera preguntarle a qué se refería, ella se puso de pie.

—Quédate aquí un segundo —dijo Charlotte, como si hubiera tenido un golpe de inspiración—. Tengo algo en la oficina que quizá quieras ver, y creo que probablemente es el momento de mostrártelo.

Charlie no quería ver nada que su brujastra tuviera para mostrarle. Tan pronto como escuchó las pisadas de Charlotte en las escaleras de la torre, subió a toda velocidad a su cuarto y empujó media docena de cajas contra la puerta. Luego se metió a la cama, jaló las cobijas sobre su cabeza, y deseó que su enojo fuera suficiente para mantenerlo despierto.

CAPÍTULO CUATRO

La bruja

—**M**ira quién llegó —ronroneó algo—. ¡Y justo para la hora de la cena!

—¡Espléndido! —dijo una segunda voz. Un graznido conocido siguió esas palabras—. Qué gusto que puedas acompañarnos, Charlie. ¿A poco no te ves simplemente *de rechupete* esta noche?

Un sobresalto de temor hizo que Charlie abriera los ojos de golpe. Ya no estaba en su habitación. Su cama yacía contra un muro derruido de piedra salpicado de manchas de musgo y moho. Había entrado antes al calabozo de la bruja, pero esta vez podía ver el espacio cavernoso incluso con más claridad. En el centro de la habitación habían hecho una fogata ardiente. Una nube de humo pasó encima de él.

Charlie se esforzó por incorporarse, sólo para descubrir que lo habían atado, como siempre. Las cuerdas le rozaban las muñecas y los tobillos. Podía levantar su cabeza apenas lo suficiente como para ver a la bruja sentada junto a un enorme caldero, picando una rebanada de carne. Los contenidos de la olla eructaban cada vez que soltaba un trozo dentro. Al levantarse de su asiento, la bruja lanzó un puñado de sobras a una pila de basura en el rincón. Charlie distinguió un cráneo del tamaño de una muñeca y un ala rota de murciélago que salía del montón.

Sosteniendo aún su cuchillo de carnicero, la bruja se deslizó hacia donde estaba acostado Charlie. Una gigantesca gata negra del tamaño de una pantera trotaba junto a ella. Luego se agachó y saltó sobre el pecho de Charlie.

—¡Uuuf! —jadeó Charlie mientras le sacaba el aire.

—Todavía está horriblemente flacucho —la gata olfateó el rostro de Charlie y luego pasó su lengua por un costado de su cabeza—. Tampoco sabe muy bien.

—Los amargados nunca saben bien —suspiró la bruja—. Pero nos lo comeremos si tenemos que hacerlo. Me surtí de esa salsa que nos gusta, por si las dudas.

La bruja llevaba puesto el vestido negro de siempre que le rozaba los tobillos. Su cara era como una máscara, de un verde enfermizo, y su pelo, si es que lo tenía, estaba oculto bajo un elegante sombrero negro. Pero eran sus ojos los que la hacían tan terrible de mirar. Eran espejos plateados. Cada vez que Charlie miraba a la bruja, se veía obligado a mirarse a sí mismo.

Justo cuando se le estaba dificultando respirar, la gata saltó del pecho de Charlie y se enredó entre las piernas de la bruja. El chico inhaló profundamente.

—¡Quítame estas cuerdas, vieja arpía asquerosa! —clamó.

La bruja soltó un grito ahogado.

—¡Válgame! ¿Escuchaste eso? ¡Creo que está tratando de herir mis sentimientos! —se agachó hasta que su nariz estaba a apenas unos centímetros de la de Charlie. Éste podía ver su propia expresión de asco reflejada en sus ojos—. No gastes el aliento, niño. *Arpía* es un cumplido en estas partes del mundo. Así que vayamos al grano. ¿Dónde quieres pasar la noche? ¿En mi jaula o en la barriga de la gata? La decisión es tuya.

Charlie tembló con sólo pensar en la jaula de arriba. Se columpiaba al aire libre en la cima del campanario de la bruja, donde podría haber estado una gigantesca campana. Parecía que la jaula vieja y oxidada la hubieran construido para albergar a un pájaro monstruoso.

La primera vez que Charlie la vio, tenía un esqueleto acurrucado en un rincón. Había mirado con horror mientras la bruja bajaba la jaula y barría los huesos.

Ahora la jaula era de Charlie. En la mayoría de sus pesadillas, era ahí donde lo ponía la bruja. Los vientos glaciales soplaban entre los barrotes. A veces la lluvia lo golpeaba. Otras veces quedaba enterrado bajo la nieve. Pero el clima no era la peor parte. El tiempo de Charlie en la jaula era tan solitario que unas cuantas horas podían parecer una semana. Aun así, Charlie no trató de escapar ni una sola vez. Por mucho tiempo se dijo que no había ningún lugar a donde ir. La verdad era que le aterraba el bosque que rodeaba el campanario. Sentía que algo lo esperaba ahí abajo. Algo mucho, mucho peor que una bruja.

—Haz lo que quieras conmigo —Charlie bramó a la bruja—. Tan pronto como sea de día, despertaré en mi cama.

—¡Qué grosero! —dijo la gata con un bostezo mientras acariciaba las faldas de su ama con el hocico.

—¿Verdad que sí? —la bruja fingió hacer un puchero—. Qué cosita tan desagradable. Con razón nadie del otro lado quiere que lo devuelvan. Deben estar hartos de él también.

Las palabras lo hirieron. Dolieron aún más porque Charlie sospechaba que eran ciertas. Últimamente, las únicas personas que no habían padecido su enojo eran sus tres mejores amigos. Y quién sabe cuánto duraría eso.

—Le estaríamos haciendo un favor a todos si dejáramos al chico en la jaula para siempre —dijo la gata.

—¡Pero piensa en el trabajo! —se quejó la bruja—. Tendría que traerle agua todos los días y cambiarle el periódico una vez al mes y…

—Entonces quizá —interrumpió la gata— sería mejor que nos lo comiéramos.

—No podría estar más de acuerdo —dijo la bruja, mientras se alejaba arrastrando los pies—. Voy por la salsa. Tú encárgate del asador.

Charlie cerró los ojos e hizo su mejor esfuerzo por mantenerse en calma.

—Éste es un sueño —susurró, tratando de convencerse—. Estoy teniendo una pesadilla, y las pesadillas no son verdaderas.

La bruja volteó y metió su nariz contra su rostro. Su aliento olía como si hubiera estado mordisqueando basura.

—¿Qué fue eso? —dijo con una carcajada—. Suena como que alguien te ha estado mintiendo… diciéndote que las pesadillas no son verdaderas. Te mostraré cuán real soy. Mañana haré una visita a tu mundo.

¿Podría cumplir sus amenazas?, se preguntó Charlie. ¿Podría venir a la mansión y llevárselo a rastras?

—Pues ve e inténtalo —dijo, haciendo su mejor esfuerzo por sonar valiente—. Nunca lograrás entrar a mi cuarto.

La bruja se carcajeó mientras la gata aullaba de risa.

—Ya lo veremos. No sería la bruja que soy si unas cuantas estúpidas cajas me pusieran freno.

—¿Cómo sabes...? —espetó Charlie.

La bruja se tiró junto a él en la cama. Su vestido apestaba a moho y alcanfor.

—¿Sobre las cajas que tienes en tu cuarto? Yo sé muchas cosas —pasó sus dedos con garras por el pelo de Charlie. Él se retorció del asco, pero ella apenas pareció darse cuenta—. ¿Sabes por qué la gente cree que las pesadillas no son verdaderas?

Charlie estaba demasiado confundido como para contestar. Algo había cambiado. Esta pesadilla era distinta de las demás. La bruja no le había hablado así nunca antes.

—Porque la mayoría de la gente se despierta —prosiguió la bruja—. Sus espíritus vienen aquí cuando duermen y sus cuerpos permanecen sanos y salvos en su mundo hasta la mañana —se inclinó más hacia él—: Pero, ¿sabes qué descubrí? Descubrí cómo traer tu cuerpo aquí, a Mundo Tenebroso.

Charlie dejó de luchar. El pavor lo envolvió como una camisa de fuerza.

—¿Cómo? —preguntó.

La bruja rozó su mejilla con el dorso de su mano.

—Si el temor es lo suficientemente fuerte, tu cuerpo puede viajar al otro lado —le dijo—. Y nunca he visto a nadie tan atemorizado como tú, Charlie Laird.

Charlie podría haber estado asustado. Pero estaba enojado también.

—No te hagas ilusiones —espetó—. Si tú y tu gata son las cosas más aterradoras que tiene que ofrecer este lugar, entonces voy a estar perfectamente bien.

La bruja sonrió, y Charlie pudo ver las protuberancias podridas de sus dientes.

—Ah, creo que los dos sabemos que no soy tu peor pesadilla. Hay otra pesadilla allá fuera que te asusta mucho más de lo que te asusto yo. ¿No es así, Charlie?

El cuerpo entero de Charlie se paralizó. La otra no debía ser mencionado nunca en voz alta. La otra era un millón de veces más aterrador que la bruja.

—Tu peor pesadilla y yo somos muy buenas amigas —prosiguió la bruja—. De hecho, probablemente te está esperando allá afuera mientras hablamos. ¿Quieres que la invite a pasar? Apuesto a que *muere* por una pequeña charla.

Charlie apretó bien los ojos.

—No —gimoteó—. Por favor, no. Por favor, preferiría ser devorado.

—¿Escuchaste esto? —la gata sonaba encantada—. Nos dijo que lo comiéramos. Y es hora de la cena. ¿Te molestaría si comienzo con unos cuantos dedos del pie?

—Adelante —dijo la bruja—. No los necesitará una vez que esté en la jaula.

La gata abrió bien la boca, y Charlie gritó mientras le mordían, los colmillos de la bestia atravesaron su pie por completo.

—¡Maldición, se está desvaneciendo! —aulló la gata—. Rápido, ¡córtame un pedazo!

—Esta vez no —dijo la bruja con una sonrisa entre dientes—. Pero regresará. Charlie sabe que no puede escapar.

CAPÍTULO CINCO

Monstruos

—¡Aaaaaaaaaaaah! —Charlie podía escuchar sus gritos, pero no podía detenerlos.

Alguien lo estaba sacudiendo. Abrió los ojos.

—¡Aaaaaah! —había apenas suficiente luz de día en la habitación para que Charlie viera a una persona con una máscara de cartón que se inclinaba sobre su cama.

—¡Soy yo! —chilló un chico.

—Jack —jadeó Charlie, y lo inundó el alivio. La figura junto a su cama se levantó la máscara. El hermano de Charlie llevaba puesto el disfraz del Capitán América que descubrió mientras husmeaba en las cajas de su hermano. Jack tenía ocho años y había usado el traje prácticamente cada día de las últimas dos semanas. Charlie había hecho un berrinche, pero su papá tomó el lado de Jack. El traje del Capitán América era ya demasiado pequeño para Charlie, dijo.

Y el chiste de los disfraces es ponérselos... no son para doblarlos y esconderlos. A nadie le importó que fuera el último disfraz de Halloween que su mamá le había hecho, y que no habría más. A veces parecía como que Charlie era el único que todavía se acordaba de su madre.

El rostro de Jack estaba tan cerca del suyo que Charlie podía contar cada peca en la nariz chata de su hermano. Charlie había salido de cabello bastante claro, pero Jack era una copia en miniatura de su padre, con un mechón alborotado de cabello castaño y ojos oscuros repletos de travesura. Siempre estaba haciendo disparates, los suficientes para que cualquier otro chico quedara castigado por semanas. Pero aquellas ocurrencias sólo causaban risas: reían cuando Jack le daba un corte de pelo mohicano a la gata, reían cuando cavaba por todo el jardín en busca de un botín de piratas. Era lo suficientemente adorable como para salirse siempre con la suya.

—¿Estás bien? —preguntó Jack.

—Sí —dijo Charlie, esforzándose todavía por recobrar el aliento.

—¿Estabas teniendo una pesadilla? —susurró Jack—. Debe haberte asustado mucho.

Charlie hizo un gesto de vergüenza y se echó de nuevo sobre la cama.

—¿Cómo lograste entrar?

Dio un vistazo a la puerta. Jack había empujado las cajas lo suficiente como para poder meterse por una grieta angosta. *De mucho sirvieron las barricadas,* pensó Charlie desconsolado.

—Es hora de levantarse —anunció Jack con su voz de Capitán América—. Charlotte preparó el desayuno.

Todavía no eran ni las ocho de la mañana y Charlie ya podía sentir que la oscuridad hervía dentro de él. Iba a ser un día terrible.

—¿Desde cuándo la brujastra prepara el desayuno? Normalmente, Charlotte ya estaba en El Herbolario de Hazel cuando él y Jack salían a la escuela.

—Desde hoy, supongo —contestó Jack—. Apúrate y vístete. Me muero de hambre. Y encontré algo allá abajo que *tienes* que ver.

Tan pronto como Jack terminó de abrirse camino entre las cajas y salió por la puerta, Charlie volvió a jalar sus cobijas hasta la barbilla y pensó en lo que había dicho la bruja. *Nunca he visto a nadie tan asustado como tú, Charlie Laird.* ¿Era aquello cierto? ¿Sus pesadillas serían mucho peores que las de todos los demás? Nunca había sido el tipo de chico que fuera fácil de asustar. Siempre estuvo orgulloso de eso. Pero eso fue antes de que, al quedarse dormido una noche, se encontrara en un bosque húmedo y sombrío.

Se parecía a un lugar que conocía muy bien. Un extenso bosque justo al sur de Cypress Creek. Los que lo visitaban casi siempre iban a pie, usaban los senderos que cazadores y paseantes habían marcado en el suelo. Charlie había paseado por los senderos con su mamá cuando ella juntaba flores silvestres en primavera, moras en el verano y hongos en el otoño. Una vez, cuando había ido al bosque con su clase para una excursión, se había perdido. Todavía recordaba haberse paseado solo por el bosque durante horas. El sol se estaba poniendo cuando vio a su mamá correr hacia él entre los árboles. Después de un largo abrazo, Charlie le entregó un hongo que había recogido y le pidió un sándwich de crema de maní a cambio. Todos los que estaban en el equipo de búsqueda se habían quedado asombrados al encontrarlo tan sereno. La verdad era que Charlie no era de los que se morían de miedo. En aquél entonces sabía que su mamá lo estaría buscando... y, para Charlie, eso significaba que lo encontrarían.

Pero el bosque de la primera pesadilla de Charlie era más oscuro. Ahí los árboles crecían más altos, y sus ramas nudosas se torcían unas con otras para bloquear la entrada del sol. Los pies de Charlie se hundían en el suelo viscoso de musgo, y las enredaderas cubiertas de espinas hacían su mejor esfuerzo por enmarañarlo. Se apuró por el bosque, desesperado por encontrar cubierta o algo conocido. Percibió que alguien lo estaba buscando, pero esta vez Charlie no quería ser encontrado. Esa cosa misteriosa que se abría paso entre las sombras asustaba a Charlie más de lo que cualquier otra cosa lo hubiera asustado antes. Comenzó a correr por su vida... y no se detuvo hasta que tropezó con un viejo campanario.

El campanario de piedra tenía por lo menos tres pisos de altura. Había docenas de murciélagos que chillaban y daban vueltas alrededor de un agujero donde debería haber estado la campana del edificio, y una de las ventanas de abajo escupía un denso humo negro. Una mujer estaba arrodillada cerca del muro del edificio, cuidando un diminuto jardín. Vestida de negro, el pelo escondido bajo un pañuelo oscuro. A medida que Charlie se acercaba, podía ver hongos de toda forma y tamaño que brotaban de la tierra. Charlie reconoció los bejines y los sombreros de la muerte, y las setas venenosas rojas y blancas que siempre aparecen en los cuentos de hadas. Y recordó cuando su mamá le había advertido que los hongos más bonitos a menudo eran también los más mortíferos.

Algo estaba mal. La boca de Charlie se resecó y sintió que un escalofrío le recorría la espalda. Sabía que se tambaleaba al borde de una trampa. Pero no tenía la fuerza para regresar al bosque. La mujer de negro podría ser mala. Pero esa cosa que lo estaba buscando en el bosque seguro era peor.

—¡Ahí estás! —la cabeza de la mujer giró de un modo poco natural. Su rostro era tan verde como uno de los licuados de espinaca de Charlotte. Y donde deberían haber estado los ojos de la mujer, había dos espejos del tamaño de una moneda—. Te tomaste tu buen rato, ¿no es así? ¡Llevo años esperando a que aparezcas!

—¿Q-quién eres? —preguntó Charlie—. ¿Cómo me conoces?

Si la bruja de verdad había estado esperando a Charlie, ya sabía lo que quería hacer con él.

La bruja le tendió la mano.

—Soy tu pesadilla. Bueno, una de ellas, al menos. Estarás pasando mucho tiempo aquí conmigo.

Charlie nunca se había sentido tan confundido.

—¿Dónde estoy? ¿Qué lugar es éste? —estaba seguro de que soñaba, pero todo parecía tan real. Todavía sentía una punzada en el costado y tenía sudor en la frente. Podía escuchar a sus pulmones respirar con dificultad y podía oler el humo pútrido que salía flotando del edificio.

—Mi especie lo llama Mundo Tenebroso. Pero pronto, Charlie Laird, lo estarás llamando *hogar*.

Charlie se dio la vuelta y salió corriendo entre los árboles.

—¿No sabes que ese bosque está embrujado? —aulló la bruja—. ¡Estás mucho mejor aquí conmigo!

Después de que Charlie despertara de ese sueño, había sentido como si llevara horas corriendo. Las piernas le dolían y sus pulmones estaban tensos. El pijama que se había puesto para dormir estaba completamente empapado de sudor. El temor se quedó con él aquel día. Se sobresaltaba con los ruidos fuertes. El corazón le latía con fuerza cuando miraba de reojo por la ventana y veía los árboles a lo lejos. El temor hacía que Charlie se sintiera indefenso, y aquel sentimiento lo hacía enojar. La oscuridad comenzó a inflarse dentro de él. Y con el tiempo, las cosas sólo habían empeorado. Ahora, cuando despertaba, Charlie a menudo se asomaba por su ventana hacia el cielo plomizo y lleno de nubes y se preguntaba si la bruja habría encontrado la manera de atraparlo. Se decía a sí mismo que no era posible.

Pero la verdad era que ya no estaba tan seguro. Lo único que Charlie sabía de cierto era que se había metido en un montón de problemas.

—Parece que se te abrió el apetito, Capitán —bromeó Charlotte—. Debe ser difícil trabajar para proteger a la nación.

El superhéroe en miniatura estaba sentado a la mesa de la cocina, devorando huevos revueltos y panqueques verdes.

—Y *ésta* ¿qué les puso ahora? —preguntó Charlie a Jack, señalando los panqueques.

—*Ésta* sólo les agregó un poco de col rizada —contestó Charlotte—. *Ésta* jura que no te matarán.

—Col rizada, quinoa, cuscús... ¿Qué no podemos comer tocino como el resto del mundo? —refunfuñó Charlie en voz baja.

—La col rizada sabe *deliciosa* —dijo Jack con la boca llena.

—Ya estás demasiado grande para llevarte un disfraz a la escuela ¿no? —masculló Charlie mientras sacaba una silla junto a su hermano. Sabía que todos dirían que buscaba una pelea. Quizás era cierto. Pero la ira se sentía mejor que el miedo.

Charlie estaba por sentarse cuando escuchó un bufido. Aggie estaba acurrucada en el asiento de su silla. La empujó fuera y ella pasó sus garras como rastrillo por la pierna de su pantalón de mezclilla antes de retirarse, indignada.

—Pues, ¡buenos días, mi sol! —dijo el padre de los chicos alegremente entre la barba castaña y tupida que llevaba el último año cultivando. Charlie la detestaba. No iba con los lentes negros y gruesos de su papá... y le hacía parecer como toda una persona distinta—. ¡Sin duda te despertaste de un humor maravilloso otra vez!

—Hablo en serio. Jack no puede ir a la escuela así —dijo Charlie, incapaz de detenerse. Ya lo habían molestado lo suficiente. Lo último que quería era otro *raro* en la familia—. Me avergüenza. Ya no está en preescolar. ¡Está en tercero de primaria!

—¡Pero la primaria de Cypress Creek *necesita* al Capitán América! —gorjeó Charlotte mientras colocaba un plato apilado de panqueques verdes en la mesa frente a Charlie—. ¿Quién más va a castigar a los malvados y defender a los inocentes?

—¡Sí! —exclamó Jack con su máscara—. ¡Lo que dijo ella!

Charlie fulminó a su madrastra con la mirada. Pero antes de que pudiera decirle que se ocupara de sus asuntos, su padre intervino.

—¿Qué está pasando, Charlie? —preguntó Andrew Laird con suavidad, aunque Charlie podía escuchar severidad en su voz—. Estás siendo cruel y gruñón, y parece que llevas semanas sin dormir. ¿Te has estado quedando despierto toda la noche jugando videojuegos?

La mirada de Charlie se cruzó con la de Charlotte al otro lado del cuarto. No le había contado a su padre sobre su charla a medianoche, cosa que se le hacía extraña. Normalmente no podía ni eructar en presencia de la brujastra sin que Andrew Laird se enterara de todo. Debía haber una razón por la que no había dicho nada esta vez.

—No —dijo Charlie. No subrayó que la pregunta era ridícula. Todavía ni desempacaba sus videojuegos. Se metió un bocado lleno de panqueque a la boca. Sabía a césped, pero se obligó a masticar.

—¿Estás seguro? —su padre no le creía. Ya nunca le creía.

—Dale un respiro, cariño —dijo Charlotte con una voz tan melosa y dulce que casi hizo que Charlie se atragantara—. Sus videojuegos todavía están en cajas.

Jack sacó una carpeta negra de debajo de la mesa.

—¡Pues yo tengo algo que le levantará los ánimos a Charlie!

Golpeó la carpeta sobre la mesa y casi derribó la jarra de jugo.

—¿Qué es? —preguntó Charlie.

—¡Algún tipo de historia! —anunció Jack—. La encontré en la cocina cuando bajé en la mañana.

Se escuchó un golpe en el fregadero detrás de ellos, donde Charlotte había estado enjuagando los platos.

—¡Esa carpeta es mía! —exclamó, y Charlie se preguntó si podría ser lo que se había apurado en conseguir la noche anterior—. Es algo sobre lo que he estado trabajando. Por favor no juegues con eso —rogó—. Todavía no está listo para que lo lean. Apenas iba a...

—Oye, mira esto —Jack siguió hablando mientras Charlotte buscaba frenéticamente un trapo de cocina para secarse las manos. La carpeta ya estaba abierta y Jack hojeaba las páginas. Charlie miró mientras pasaban las ilustraciones. Le recordaban la imagen que había visto en el escritorio de Charlotte el día en que lo había llevado arriba, a la torre. La mayoría de los dibujos de la carpeta eran criaturas horrendas: monstruos y momias y un hombre con víboras que se deslizaban desde abajo de su sombrero. Parecía que los únicos humanos a los que había dibujado Charlotte eran un par de niñas jóvenes, una de pelo rubio y la otra pelirroja.

—¿No está genial? —preguntó Jack.

—Sí, genial —masculló Charlie, volteando sus ojos de nuevo al desayuno. Pero le despertó la curiosidad. ¿Qué bicho raro pasaba su tiempo libre haciendo dibujos de monstruos y engendros?

—¿Entonces de qué se trata la historia? —le preguntó Jack a Charlotte mientras ésta le quitaba la carpeta de las manos—. ¿Lo puedo leer? ¿Puedo? ¿Por favor, por favor, por favor?

—Puede ser—. Charlotte deslizó la carpeta bajo su brazo—. Cuando esté lista.

¿Por qué no quería que Jack lo leyera?, se preguntó Charlie. Era preciso echarle un ojo. Pero no dejaría que Charlotte viera que le interesaba. Lo revisaría con disimulo después, cuando no hubiera nadie por ahí.

—Si la historia está tan buena como los dibujos, te vas a volver famosa —declaró Jack con seriedad—. ¿Crees que me puedas dar tu autógrafo?

—Te puedo dar más que un autógrafo —Charlotte agarró al niño y lo envolvió en un abrazo fuerte—. Eres tan adorable que podría comerte a mordidas.

Charlie apretó los dientes para evitar que la oscuridad se derramara hacia fuera. *Qué falsedad.* Era cruel jugar con un niñito así. Jack apenas podía acordarse de su mamá. Él no podía saber que el amor de Charlotte no era del verdadero.

—¡No soy *adorable*! ¡Soy un superhéroe! —protestó Jack, pero no trató de escabullirse.

Charlie podía sentir que los panqueques se le volvían a subir. Sabían aún peores la segunda vez. Cuando levantó la mirada, encontró a su padre que lo veía con el ceño fruncido.

—¿Tiene algo de malo la comida? —preguntó su papá. El tipo alegre que le había dado la bienvenida al desayuno aquella mañana había desaparecido por completo.

—Sabe a algo que te encontrarías en un pastizal de ganado —contestó Charlie.

—Levántate y ayúdame a sacar la basura antes de llevarte a la escuela —replicó su papá. El significado era claro: tiempo de una charla a solas.

—¿Qué basura? La bolsa del bote apenas está llena a la mitad —indicó Charlie, sólo para hacerse el difícil.

—Levántate y agárrala —su papá hablaba en serio—. Te abriré la puerta.

Charlie sacó la bolsa de basura del bote y se dirigió a la puerta. Lanzó la bolsa en el bote de afuera y lo empujó sobre sus ruedas hacia la banqueta. Cuando terminó con esa tarea inútil, giró hacia la casa, sólo para encontrar que su papá le bloqueaba el paso. La nueva barba hacía que su padre se pareciera a Paul Bunyan, el leñador gigante, pensó Charlie. Ya lo único que le hacía falta era una camisa a cuadros y un buey. Hace un año Charlie podría haber bromeado al respecto. Hace un año su papá se habría reído.

—¿Qué te está molestando hoy, Charlie? —preguntó Andrew Laird, sonaba genuinamente interesado—. Sea lo que sea, puedes contármelo.

Por un breve momento, Charlie se preguntó si había regresado su papá de antes. El papá que lo llevaba a dar largas caminatas sólo para hablar. El papá que siempre estaba ahí cuando se sentía asustado y solo.

El papá al que extrañaba más de lo que le gustaba admitir. Charlie clavó la mirada en los pies. Quería contarle a su padre sobre las pesadillas. Estaba buscando las palabras adecuadas cuando su padre habló de nuevo.

—Mira, puedo ver que estás alterado —dijo con severidad— pero me temo que no puedo permitir que te comportes así con tu familia.

El tono de la voz de su padre hizo que las esperanzas de Charlie se desplomaran. El fantasma de su padre de antes había desaparecido, y no parecía dispuesto a volver.

—Charlotte no es mi familia —discutió—. Yo no soy el que se casó con ella.

—No, ése fui yo —respondió el papá de Charlie—. Y eso la vuelve tu madrastra. ¿Sabes?, lastimas a Charlotte cuando eres cruel con ella. Intenta no mostrarlo, pero es así.

Frustrado, Charlie pateó una mata de césped.

—¿Cómo sabes que le duele? Admítelo, papá... ¡en realidad no sabes nada sobre ella! Conociste a Charlotte hace un año. ¿Y viste todos esos dibujos desquiciados que hace? La mujer está completamente loca. Sus panqueques son verdes, papá. ¡Verdes! En unos años, cuando descubras que es la asesina del hacha, vas a recordar esos panqueques verdes y pensarás, *¡debí saberlo!*

El papá de Charlie se quitó los lentes y se frotó los ojos con cansancio.

—Debes estar bromeando.

—¿Cómo pudiste enamorarte de alguien que apenas conoces? —refutó Charlie—. Te apuesto a que te ha estado poniendo algún tipo de poción de amor en la comida. ¡Haces todo lo que ella te dice! Cada palabra que sale de tu boca es *Sí, cariño. Claro, mi amor. Lo que tú quieras, dulzura*. Te puede convencer de cualquier cosa. ¡Hasta hizo que te deshicieras de nuestra casa!

—Necesitábamos un solo lugar para vivir, Charlie —explicó su papá con paciencia—. Y esta casa significa mucho para Charlotte. Ha sido una herencia en su familia desde hace casi doscientos años. No podía pedirle que la vendiera.

—Pues *nuestra* casa significaba mucho para mí —dijo Charlie. A veces había podido cerrar los ojos y hacer como que su madre todavía seguía ahí—. Pero eso no te importó tanto.

Andrew Laird pareció desmoronarse un poquito.

—Lo siento, Charlie. Supongo que no me di cuenta de que estabas tan apegado al viejo lugar. Pero ése no es el problema real, ¿o sí?

Los labios de Charlie no se movieron. La respuesta debía haber sido obvia.

—Vamos, Charlie —dijo su padre con suavidad—. Trabaja conmigo en esto, ¿puedes?

—¿Ni siquiera la recuerdas, verdad? —Charlie podía sentir que los ojos se le llenaban de lágrimas—. Porque Charlotte DeChant te hizo olvidar.

Andrew Laird tomó a su hijo por los hombros y se inclinó para mirarlo a los ojos.

—Nadie hará que olvidé a tu madre jamás, Charlie. La extraño tanto como siempre. Pero no es justo echarle la culpa a Charlotte de todo. No entiendo qué tienes en contra de ella. Jack se lleva con ella perfectamente.

—Jack no sabe la diferencia. Tiene *ocho años* —dijo Charlie, retorciéndose para soltarse de su padre.

—Tienes razón —dijo Andrew Laird, parándose y bajando un poco la voz—. Tiene *ocho años*. Y eso significa que necesita una mamá.

—Yo también la necesitaba. Pero cuando *yo* tenía ocho años, mi mamá murió.

Andrew Laird clavó la mirada en el suelo y se pasó una mano por el cabello.

—Sé que los últimos años han sido difíciles para ti. Han sido difíciles para todos nosotros. Pero no es culpa de Charlotte.

—¿Así que supongo que lo que estás tratando de decir es que estás de su lado?

—No hay *lados* aquí —dijo su padre con un suspiro—. Han pasado tres años, Charlie. Tienes que encontrar la manera de despedirte de tu madre. Sabes que eso es lo que ella hubiera querido.

—No —no había nada más que decir—. Nunca dejaré ir a mamá.

—Bueno, pues si no estás listo para ser parte de esta nueva familia, no hay nada que pueda hacer al respecto —dijo su padre—. Pero mientras vivas aquí con los demás, harás tu mejor esfuerzo por ser amable. Y eso significa que tendrás que dejar de buscar pleito con Jack y Charlotte. Sé tan miserable como quieras, pero, por favor... deja que ellos sean felices.

CAPÍTULO SEIS

Tiempo de problemas

Eran ya las ocho de la mañana y el sol todavía no aparecía por ningún lado. Capas espesas de nubes grises y sombrías sobrevolaban Cypress Creek. No se habían movido ni un centímetro en semanas. Charlie se sentó en el asiento trasero del Jeep de su padre, tratando de recordar el último día verdaderamente soleado.

—¡Mira lo que tengo! —dijo Jack en voz baja, jalando la manga de Charlie—. Es uno de los dibujos de Charlotte.

Había desdoblado una hoja de papel y la estaba levantando para que su hermano la viera. Pero Charlie no estaba interesado. Su papá conducía por la casa en la que todos habían vivido cuando mamá todavía estaba viva. Se veía exactamente como el día en que se mudaron. La puerta de adelante se abrió de repente, y por un momento Charlie esperó ver a su mamá salir al porche. Luego dos niñitos felices salieron corriendo, con su propia madre siguiéndolos detrás.

—¡Es un dibujo de la mansión, y hay palabras atrás también! —susurró Jack.

—¿Qué? —preguntó Charlie. Viró su atención a su hermanito, que seguía vestido con su disfraz de superhéroe hecho a mano—. ¿Puedes al menos quitarte la máscara? —rogó en voz baja, esperando que su papá no lo escuchara. Llegarían a la escuela en unos breves minutos.

—No sabrán que soy el Capitán América si no llevo máscara —razonó Jack.

—¡No pensarán que eres el Capitán América ni aunque la traigas puesta! —esta vez, Charlie no se molestó en susurrar. Nadie podía sacarlo de quicio como Jack.

—¿Quién dice?

—Lo dicen todos los que saben que el Capitán América mide más de un metro veinte. ¡No saldrás del coche con esa máscara puesta!

—¡Tú no eres mi jefe, Charlie! —Jack le contestó a gritos—. ¡Papá lo es!

—¡Así es! —llegó el anuncio desde el asiento del conductor—. ¡Y en mi auto nadie se mete con el Capitán América! Deja en paz a nuestro héroe.

Quizá los deje a todos en paz, pensó Charlie mientras la escuela aparecía en el horizonte. En cuanto el coche se detuvo, se bajó y se largó sin despedirse. Ya estaba a medio camino de la entrada antes de que Jack le diera alcance.

La Escuela Primaria de Cypress Creek era una caja de ladrillos de cuatro pisos con grandes ventanas cuadradas. Todo el edificio parecía como construido de Legos. A las ocho de la mañana, la acera de enfrente estaba atiborrada de niños de todas las formas y tamaños. Había jugadores de basquetbol de octavo grado que ya estaban mucho más altos que los maestros… y niños de primer grado tan diminutos que los podrían haber traído en autobús de Villaquién. Para Charlie fue un alivio mezclarse entre la multitud.

—¡Oye Laird, espera!

Charlie se dio la vuelta y vio a su amigo Rocco Marquez, quien lo saludaba desde el asiento delantero del auto de su mamá. Rocco era el chico más alto de séptimo grado y el mejor atleta de toda la escuela. Las chicas garabateaban su nombre en sus cuadernos y susurraban que parecía estrella de cine con su brillante cabellera negra y tez aceitunada. A donde fuera Rocco, le seguían las miradas. Había saltado del auto y se dirigía hacia Charlie. Lo que significaba que Charlie tenía que deshacerse del Capitán América.

—Vete a tu salón, Jack —Charlie le ordenó a su hermano.

—¿Por qué? —Jack se mantuvo firme—. ¿Qué si le quiero mostrar mi disfraz a Rocco?

—No seas tonto —bufó Charlie. Odiaba sonar tan horrible, pero era la única manera de hacer que Jack escuchara—. Piérdete.

El rostro de Jack podía haber estado escondido detrás de una máscara, pero sus hombros acolchados se desplomaron y sus ojos perdieron su chispa. Charlie podía ver que había lastimado a su hermano.

—¿Por qué eres tan malo? —preguntó Jack calladamente.

—¿Por qué eres tan vergonzoso?

Esta vez Jack no dijo nada. Sólo bajó la cabeza y se fue arrastrando los pies.

—Hola, pequeño Laird —dijo Rocco alegremente mientras el niño pasaba junto a él—. Qué increíble máscara.

—Gracias —fue la respuesta triste y apagada de Jack.

—Caramba, Charlie. ¿Qué le hiciste al pequeño? —preguntó Rocco.

—Nada —insistió Charlie, pero no pudo evitar sentirse avergonzado de sí mismo. Cuando su mamá estaba en el hospital, le prometió solemnemente que cuidaría a su hermano. *Los dos van a tener que unirse*, había dicho. *Nunca olvides que en tiempos difíciles, dos serán*

siempre más fuertes que uno. En ese entonces, Charlie no había entendido a qué se refería en realidad. El peor problema que podía imaginarse implicaba reprobar un examen o caerse de la bicicleta. Ahora comenzaba a darse cuenta qué tan mal podían ponerse las cosas.

—¿Crees que soy demasiado cruel con Jack? —le preguntó a su amigo.

—Absolutamente —confirmó Rocco. Luego sonrió entre dientes—. Pero ése más o menos es tu trabajo, ¿no? Al fin y al cabo es tu hermanito… ¿quién más le va a enseñar a ser más rudo? Digo, mi hermano mayor solía tomar mi ropa interior y…

—Caballeros —ladró una voz profunda—. Es hora de cortar la charla e ir a su salón —el director Stearns era nuevo en la Primaria Cypress Creek. Había aparecido unos cuantos meses antes, al final de las vacaciones de Navidad. Habían arreado a los alumnos al auditorio una mañana para informarles que la directora de siempre, una cariñosa mujer que guardaba dulces sin azúcar en los bolsillos de su traje, había aceptado una oferta de trabajo en otra escuela. Su reemplazo era un hombre gigante con el corte de pelo de alguien de pocas pulgas, la postura del monstruo de Frankenstein y la personalidad de un carcelero. Charlie había crecido un centímetro desde las vacaciones, y aun así el director Stearns parecía incluso más grande de lo que le había parecido en enero.

Nadie en la Primaria Cypress Creek sabía de dónde había venido el nuevo director... o adónde iba cada noche. El chisme entre los chicos era que el hombre era el primero en llegar a la escuela en la mañana, y no había dónde encontrarlo cuando sonaba la última campana en la tarde. Charlie sabía que el director vivía en alguna parte de su vecindario. Lo había visto pasar por calles aledañas en dos ocasiones. Pero no se podía imaginar que cualquiera de las casitas formales que rodeaban la mansión fuera el hogar de alguien como él. De hecho, Charlie no podía imaginarse ni remotamente en dónde viviría alguien como el director Stearns. Excepto, posiblemente, en la mansión púrpura.

—No se queden parados como embobados —dijo el director Stearns con desprecio—. Muévanse, ustedes dos.

—Sí, señor —contestó Rocco. Podía taclear a jugadores de futbol dos veces más anchos que él, y había ganado el concurso de vencidas de toda la escuela en quinto grado, pero su valor lo abandonaba cada vez que estaba cerca el nuevo director.

—Ah, y, ¿señor Marquez? —llamó el director mientras Charlie y su amigo se volvían hacia la escuela.

Rocco dio un respiro profundo y se giró de nuevo.

—¿Sí, señor?

—Asegúrate de poner mucha atención en clase hoy —el director Stearns colocó su corpulenta mano en el hombro de Rocco—. Si tus calificaciones no mejoran pronto, tus papás va a acabar en el marcado rápido de mi teléfono. Ahora ve.

—¿Marcado rápido? —susurró Charlie mientras él y Rocco se alejaban corriendo del director y se iban hacia las puertas—. ¿De qué habla?

—El director Stearns llamó a mi madre al trabajo ayer. Para decirle que reprobé un examen.

—¿Otro? —Charlie estaba sorprendido. Rocco nunca había sido el mejor de los estudiantes pero tampoco era el cabeza hueca de la escuela, no exactamente.

—Sí, ¡no sé qué me pasa! —dijo Rocco, con un gesto de impotencia—. Supongo que no estoy descansando lo suficiente. Parece que no logro concentrarme ya en nada.

Charlie trató de consolarlo, pero no pudo evitar bostezar. Llevaba semanas sin dormir más de unas cuantas horas por noche.

Rocco soltó un bufido.

—Caramba, gracias por preocuparte.

—Perdón. Sólo estoy agotado.

Rocco examinó el rostro de Charlie.

—Guau. Yo también estoy cansado, pero con ojeras como las tuyas, me sorprende que puedas siquiera pararte derecho. Te lo digo, Laird. No hay manera de que logres quedarte despierto durante toda la clase de ciencias.

Charlie se quedó mirando el pizarrón. La palabra GRA-
VEDAD se rehusaba a mantenerse en foco. Se volvía
borrosa y se desdibujaba y desaparecía por varios segundos. Se pellizcó con fuerza por enésima vez y trató de
apuntar su mirada hacia la señora Webber, una diminuta mujer de rizos grises que brotaban en todas
direcciones como si estuvieran desesperados por salir
de su cabeza. Por alguna razón que Charlie no lograba
recordar, la maestra parecía estar sosteniendo una
bola de unicel, pintada para parecerse a Júpiter.

—¿Qué estudiante me puede recordar quién descubrió la gravedad?

—¡Oooh! ¡Ooooh! ¡Oooh! ¡Yo lo sé! —llamó una voz
entusiasta desde la parte de atrás del salón. Charlie
sabía sin mirar que ésta pertenecía a Alfie Bluenthal,
genio de la clase y uno de los tres
mejores amigos de Charlie. Charlie
miró sobre su hombro. Sentados en
parejas en mesas de laboratorio
de madera, los otros chicos
estaban completamente
sumidos en sus asientos,
mirando a Alfie rebotar
de arriba para abajo en
su silla de plástico azul,
como un sapo con
lentes. Una chica

rio disimuladamente. Otra puso los ojos en blanco. Para los chicos de la clase, Alfie sólo era un cerebrito sabelotodo. Nunca veían su otro lado. Tener un genio como amigo podía ser útil, pero no era el coeficiente intelectual de Alfie lo que lo volvía especial. Le podía contar lo que fuera a Alfie, hasta sus secretos más vergonzosos. Él nunca se burlaría... y podía estar seguro de que jamás se lo diría a nadie.

—¿Sí? —suspiró la señora Webber—. ¿Alfie? ¿Quién descubrió la gravedad?

—Isaac Newton. Aunque en realidad no *descubrió...*

—¡Excelente! Gracias, Alfie —la señora Webber lo cortó rápidamente. Dada la oportunidad, Alfie podía tomar el control de sus clases—. Ahora hagámoslo un poco más difícil. ¿Qué planeta de nuestro sistema solar tiene el campo gravitacional más fuerte?

—¡*Oooh!* ¡*Oooh!* ¡*Oooh!*

—¿Alguien que no sea Alfie? ¿Qué tal tú, Charlie? ¿Quieres intentarlo?

La cabeza de Charlie se había estado hundiendo lentamente en la mesa. Al escuchar su nombre se sobresaltó y despertó. Levantó la mirada para encontrar que la señora Webber había bajado un mapa del sistema solar, y su irradiante sol anaranjado parecía lo suficientemente caliente como para encender sus rizos.

—¿Qué? —su cerebro se rehusaba a trabajar.

La señora Webber se sonó la nariz en un pañuelo, como hacía siempre que estaba molesta.

—¿Qué planeta tiene el campo gravitacional más fuerte?

Charlie la miró embobado. Estaba tan cansado que no podía ni acordarse del nombre del planeta en el que estaba ahora.

—¿Has estado escuchando?

—Sí, señora.

—Bueno, entonces, ¿quién descubrió la gravedad?

Hurgó en su cabeza en busca de una respuesta pero no encontró ninguna. Volteó a mirar a la chica en el asiento junto a él. Su compañera de laboratorio era diminuta, rubia y tan delicada como una bailarina de cajita musical. Su nombre era Paige Bretter, y ella, Alfie, Rocco y Charlie habían sido los mejores amigos desde el jardín de infancia. Ahora que estaban en séptimo grado, no tenían absolutamente nada en común más que la lealtad que sentían el uno hacia el otro. Algunos chicos podrían haber pensado que era extraño ver a Rocco pasar tiempo con Alfie... o ver a Paige, amante de todo lo rosa, pasar el rato con un montón de chicos. Pero para Charlie y su pandilla, nada podría sentirse más natural. Era como si todos ellos hubieran nacido simplemente para ser amigos.

Como siempre, Paige había estado garabateando en su cuaderno de dibujo. Nunca tomaba apuntes, pero a los maestros no les importaba, ya que siempre lograba las mejores notas en todo. Cuando Charlie cruzó miradas con ella, volteó su dibujo más reciente para que él pudiera verlo. Mostraba a un hombre de cabello largo siendo golpeado en la cabeza por una manzana. ¿Cabeza de manzana? Charlie sabía que eso no podía ser correcto.

—Lo acaba de decir —susurró Paige, asintiendo hacia el fondo del salón.

Charlie se encogió de hombros casi imperceptiblemente.

—¡Charles! —a la señora Webber se le había acabado la paciencia—. ¿Sabes el nombre de la persona que descubrió la gravedad?

De nuevo, Charlie miró a Paige con desesperación. Levantando su libro para esconder su mano, ella apuntó hacia Alfie, quien acababa de soltar la respuesta apenas unos segundos antes. Charlie asintió, agradecido.

—¿Fue Alfie? —contestó Charlie.

Toda la clase estalló en risas, pero Charlie quería arrastrarse bajo la mesa. Apenas era su segunda clase y ya estaba bastante seguro de que el día no podría ponerse peor.

Luego, entre todas las risitas y risotadas, Charlie pensó que había escuchado una carcajada malvada. Hasta sus fosas nasales llegó una peste ligera a putrefacción. Y por un segundo, sintió que se bamboleaba mientras el mundo se quedaba quieto… como si estuviera atrapado en una jaula que se balanceaba suavemente de un lado a lado.

CAPÍTULO SIETE

Sin lugar para esconderse

Cuando finalmente sonó la campana, Charlie no se movió. Estaba demasiado fatigado para hacerlo.

—Oye... ¿estás bien? —susurró Paige, su ceño fruncido por la preocupación.

No estaba bien. De hecho, estaba lejos de ello. Pero aun así Charlie logró asentir.

—Entonces levántate —Paige lo alentó—, o los dos llegaremos tarde a deportes.

Alfie y Rocco estaban esperando en el pasillo. A su alrededor, el parloteo de los chicos de séptimo y octavo grados desapareció dentro de sus salones. Entonces el último casillero azul se cerró con fuerza, y los cuatro amigos se quedaron solos.

—Caramba, Charlie —dijo Rocco mientras se apuraban al gimnasio—. Pareces zombi.

—Necesitas descansar más —dijo Alfie—. ¿Sabes lo que te puede hacer la privación de sueño? Hicieron un estudio en Harvard el año pasado, y descubrieron que los chimpancés que se quedan despiertos toda la noche mirando la tele…

—¿Acaso te parezco un mono? —gruñó Charlie, y los ojos de todos se abrieron grandes.

—¡Ooooookey, Charlie Laird! —Paige agarró la parte de atrás de la camisa de Charlie, haciéndolo parar abruptamente. Charlie trató de escabullirse, pero Paige lo sujetaba firmemente con su mano.

—Ustedes sigan adelante —le ordenó a Alfie y a Rocco—. Necesito tener una charla con este amiguito cascarrabias que tenemos aquí.

—Asegúrate de decirle que los chimpancés no son monos —masculló Alfie—. Son *simios*.

Qué nerd podía ser Alfie.

—Sí, ¿y sabes lo que hacen los simios con la gente que se mete con ellos? Les lanzan una montañota de su propia…

Paige le tapó la boca con una mano antes de que pudiera terminar.

—Espera, espera —repitió mientras Rocco y Alfie desaparecían por el pasillo—. Tranquilo, Charlie. No se te ocurra decirme algo cruel a mí.

Charlie sabía que no lo haría. No importaba qué tan mal se pusieran las cosas, o qué tan horrible se sintiera. Paige podía ser mandona y molesta, pero le debía demasiado como para ser cruel con ella. Tras la muerte de su mamá, Paige se había aparecido en la casa de Charlie todos los días después de la escuela, durante meses. No lo obligaba a hablar ni tenía expectativas de que saliera. Sólo le hacía compañía. Y tenerla ahí hacía toda la diferencia.

—¿Estamos bien? —preguntó.

Charlie asintió en silencio.

—Alfie tiene razón, ¿sabes? Esto se está poniendo serio. ¿Por qué no estás durmiendo?

Paige retiró la mano de su boca, pero Charlie ya había olvidado la pregunta. La ruta al gimnasio los había llevado junto a la biblioteca. La puerta estaba completamente abierta y un grupo de pequeños niños de tercero estaba sentado en una alfombra color arcoíris en medio de la habitación abarrotada. Todos los niños y niñas estaban perfectamente quietos. Hasta Hans y Franz, los dos conejos blancos de la bibliotecaria, parecían estar escuchando desde su jaula.

Charlie siguió el sonido de la voz de su hermano y distinguió a Jack acurrucado en el centro del grupo, leyendo en voz alta de un trozo de papel. Del otro lado estaba el dibujo que Charlotte había hecho y que Jack se había robado. A nadie —ni siquiera a la señora Russell, la estricta bibliotecaria principal— parecía importarle que el hermanito de ocho años de Charlie estuviera vestido como el Capitán América.

—*De noche* —Jack leyó...

... la habitación de la torre nunca estaba completamente oscura. Al contrario, era perfecta para las sombras, que necesitan un poco de luz para vivir. Cada tarde, la luna y las estrellas brillaban por la ventana y dibujaban formas en la pared. Lottie llevaba menos de una semana con su abuela cuando pensó haber visto a una de las sombras moverse.

Paige se paró de puntitas y se asomó sobre el hombro de Charlie. Su champú siempre hacía que el cabello le oliera a fresas. La fragancia nunca había afectado a Charlie antes, pero ahora lo dejó sintiéndose un poco mareado.

—¿Qué está leyendo?

—Quién sabe —dijo Charlie, molesto de nuevo. Tenía que ser parte de la historia de Charlotte. ¿Acaso la brujastra lo seguiría adondequiera que iba?

En el fondo, Jack seguía leyendo.

... Cuando nuestras noches se vuelven combates
y nuestros días se vuelven sombríos,
Cuando nuestros ojos están ojerosos y hundidos
y lloran ríos,
El tiempo ha llegado entonces de los temores
enfrentar.
Vengan, pesadillas, ¡¡¡las retamos a batallar
JUSTO AQUÍ!!!

—Pues todos parecen estar muy interesados —dijo Paige—. Y mira a Jack. Es la estrella del espectáculo. Me encanta el disfraz, además.

Charlie gruñó, pero tuvo que admitir que Jack sí se veía bastante emocionado. Y en alguna parte, en lo más profundo de su ser, estaba contento de ver que su hermanito se había recuperado de su discusión de la mañana.

El reloj suizo en la muñeca de Paige comenzó a hacer bip.

—Tenemos exactamente veintinueve segundos para llegar a clase —anunció Paige—. Pero ni pienses que la libraste, Charlie Laird. Después de deportes tendrás que explicar qué es lo que ha estado pasando contigo estos días.

—Debe tener algo que ver con el clima —masculló Charlie mientras se dirigían hacia el gimnasio.

—No me sorprendería —suspiró Paige—. Cada mañana el meteorólogo jura que el cielo estará despejado, pero luego no hay más que llovizna en todo el día.

Estaba casi demasiado oscuro para ver la sucia pelota de futbol, y una lluvia ligera había transformado el campo en lodo, pero el entrenador Kim creía que afrontar un mal clima fortalecía el carácter. Sus clases se llevaban a cabo afuera casi todos los días del año, lloviera, tronara o relampagueara.

Paige, Alfie, Rocco y Charlie se quedaron de pie temblando a un costado del campo de futbol, mientras un grupo de sus compañeros acomodaban los travesaños movibles de las porterías.

—Está bien, éste es el plan, Laird —dijo Rocco tan pronto como estuvo seguro de que el entrenador no estaba mirando—. Yo distraigo al entrenador Kim mientras cruzas a carrera hacía el área de juegos de los niños pequeños. Ese túnel en la pista de obstáculos debería ser lo suficientemente largo para que te acuestes dentro. Necesitas una buena siesta. Definitivamente necesitas una. Y los demás necesitamos que tomes una también.

Charlie ya no podía luchar más contra el sueño, y una siesta rápida no podría hacer tanto daño. Su estómago podrá haber dado vuelcos con sólo pensarlo, pero el resto de él estaba dispuesto a tomar el riesgo.

—Son lo máximo, chicos —dijo.

—Sólo asegúrate de poner el despertador —Paige le recordó a Charlie mientras Rocco salía corriendo al campo—. Cinco minutos antes de que termine la clase… o te dejarán atrás.

—Si alguien se dirige hacia ti, ¡te advertiré con un grito de *en garde*! —ofreció Alfie, y todos soltaron un gemido. La esgrima era el único deporte de contacto que sus papás lo dejaban practicar. Llevaba años tratando de hacer que aquello pareciese genial.

—Creo que *gol* podría servir mejor en un partido de futbol —sugirió Paige, tratando de mantener la cara seria—. Parece que Rocco tiene la pelota... ya puedes ir, Charlie.

Rocco estaba dribleando la pelota por el campo, con todas las miradas clavadas en él. Hasta los niños que normalmente no mostraban el menor interés en los deportes estaban siempre ansiosos por ser testigos de uno de los espectaculares goles de Rocco. El entrenador Kim estaba a cargo del equipo de futbol de Cypress Creek, así que ponía incluso más atención que la mayoría de los chicos. Mientras los ojos del maestro seguían al atleta estrella de la escuela, Charlie salió corriendo hacia el lado del patio que pertenecía a los pequeños. El área de juegos no se había usado desde que el clima había empeorado. El túnel de plástico café tenía un diseño de tronco, y estaba en el centro de una pista de obstáculos para niños, entre el pasamanos y la barra de equilibrio. Quizá no era el lugar más cálido, suave o limpio para echarse una siesta, pero tiempos desesperados exigen medidas desesperadas. Y si el entrenador Kim no lo podía encontrar ahí, quizá tampoco la bruja pudiera.

Pero apenas había Charlie recostado la cabeza sobre el tronco cuando las paredes del túnel se desvanecieron y una carcajada siniestra lo hizo ponerse de pie de un brinco.

—¡Charlie Laird! ¡Qué amable de tu parte pasar a visitarnos por la tarde!

Charlie se giró. Estaba de vuelta en el campanario, esta vez en una estancia. No fue capaz de llamarla una sala de estar, ya que casi todas las criaturas de adentro estaban muertas. Había ratas envueltas en cobijas de telarañas y cadáveres de insectos dispersos en el suelo. La bruja estaba parada junto a la única ventana del cuarto, donde había estado regando una caja llena de plantas carnívoras. Una de las atrapamoscas estaba luchando por comerse algo bastante grande. Algo que parecía estarse agitando.

—Disculpa que ponga atención a mi jardinería —dijo la bruja, regresando a sus plantas—. Pensé que sería mejor alimentarlas antes de salir de viaje.

—¿De viaje? —preguntó Charlie, aunque sabía que no quería escuchar la respuesta.

—¿Ya se te olvidó? —espetó la bruja—. ¡Te voy a hacer una visita en casa esta noche!

Estaba tan cansado. Y no importaba cuánto odiara Charlie a la bruja, no tenía la fuerza para seguir luchando. Se desplomó en un sillón desvencijado. Una nube de polvo se arremolinó a su alrededor mientras posaba ambas manos sobre su cabeza.

—¿Por qué no me puedes dejar solo y ya? —gimió.

La bruja bajó su regadera e hizo un puchero para burlarse de él.

—Es exactamente ahí donde planeo dejarte. *Completamente solo,* en tu jaula.

—¿Pero por qué? —preguntó Charlie—. ¿Yo qué te he hecho?

—Me temo que estorbas.

—¿A quién le estorbo? —preguntó Charlie.

—¡A todos! ¿No puedes ver cómo todos estarían mucho mejor sin ti? —lo sermoneó la bruja—. Por eso tienes que traer tu cuerpo de vuelta a Mundo Tenebroso conmigo. Ya es tu casa, Charlie. Es adonde perteneces.

—Yo no voy a vivir en una jaula en tu casa —le dijo Charlie, deseando que su voz fuera menos chillona. Sonaba como un niñito. Podía ver su reflejo en los ojos de la bruja, y también parecía un niño pequeño.

—¿Crees que vivo aquí en un campanario? —cacareó la bruja—. Ésta no es mi casa. Tú construiste todo este lugar, desde el calabozo hasta arriba. Incluso le diste esa jaula con una hermosa vista del bosque. Querías un lugar donde te pudieras sentar y enfurruñarte y estar perfectamente a salvo. Porque sabes que con tal de que te quedes en tu jaula, tu peor pesadilla no podrá encontrarte.

Charlie se estremeció. Había verdad en lo que decía la bruja. Él escogería sufrir en la jaula antes de enfrentar a esa otra pesadilla... la que estaba allá afuera, acechándolo en el bosque.

—Eso no tiene ningún sentido. ¡No quiero estar aquí! —insistió—. ¿Por qué soñaría una jaula para mí mismo?

La bruja se encogió de hombros.

—Cree lo que quieras, niño. Toda esta discusión comienza a aburrirme. Si tú no traes tu cuerpo de vuelta esta noche, por mí perfecto. Tengo el ojo puesto en otro humanito que no será tan difícil de convencer, haré con él un delicioso estofado. La gata ya pidió los huesos. Probablemente los va a mordisquear días enteros.

—¿A quién te vas a comer? —demandó Charlie.

Comenzaba a sentirse un poco mareado. Era su culpa que algún otro niño estuviera por convertirse en la cena de la bruja.

—Awww, ¡mira qué dulce! —se burló la bruja—. Charlie Laird, ¡casi sonaste celoso! Y ahora, ¡vete!

La sala de la bruja comenzó a desvanecerse.

—¡No, espera! —llamó Charlie. Si tan sólo pudiera entender quién...

—¡Charlie! —alguien lo estaba sacudiendo.

—¡Charlie! —susurró una segunda voz.

—¡SEÑOR LAIRD! —bramó una tercera persona.

Charlie obligó a sus ojos a abrirse. Alfie y Rocco estaban de gatas en el túnel del área de juegos mientras unos pantalones perfectamente planchados bloqueaban la salida.

Apareció el rostro del director Stearns. Aunque su cabeza estaba al revés, su pelo lleno de gel seguía siendo un casco perfecto.

—Señor Laird. ¿Estaba durmiendo ahí dentro?

—Ehhhh, ¿sí? —no tenía ningún sentido negarlo. Después de todo, tenía hojas en el cabello y le goteaba baba por la barbilla. Pero Charlie sabía que era mejor decir lo menos posible.

El labio del director se levantó para dibujar en su rostro una mueca desagradable.

—Señor Laird, ¿en qué grado está?

Charlie se limpió la saliva con su manga.

—Séptimo.

—Las siestas se acabaron en preescolar, señor Laird. La clase de deportes es para hacer ejercicio. Así como la clase de ciencias es para estudiar fenómenos físicos.

La señora Webber lo había delatado, pensó Charlie. Todos en Cypress Creek la tenían contra él.

—Y ahora salga del túnel —ordenó el director Stearns —y vaya de inmediato a su clase. Y, por favor, llévese a sus amigos consigo. Si cualquiera de ustedes llega cinco segundos tarde, será el afortunado ganador de una semana entera de detención.

—No llegaremos tarde, señor. Es la hora del almuerzo —ofreció Alfie—. Falta casi una hora para nuestra siguiente clase.

Charlie hizo una mueca de dolor. A veces Alfie no sabía cuándo quedarse callado.

—Casi una hora... ¿están seguros de que lo lograrán? —inquirió el director, con una sonrisa siniestra en los labios—. Acabo de tener el honor de verlo jugar futbol, señor Bluenthal, y con lo lento que es, me sorprende que logre llegar a cualquier lado a tiempo. ¿Por casualidad su mamá se casó con una tortuga?

Charlie se quedó boquiabierto. Dos años antes, un grupo de chicos mayores habían comenzado a llamar a Alfie "Tortuga" después de que cometió el error de llevar un cuello de tortuga verde y una mochila café a la escuela. Rocco y Charlie le pusieron fin a las burlas, pero no antes de que el daño estuviera hecho. A estas alturas, Alfie casi ni podía soportar mirar a una tortuga.

Ahora Charlie sabía que debía defender a su amigo, pero como siempre, Rocco llegó ahí primero.

—¿Disculpe? Usted es un adulto. No puede decir cosas como... —comenzó Rocco.

El director se volteó hacia Rocco. Debía haber sido un truco de la luz, pero sus ojos parecieron destellar con un fulgor rojo por un momento.

—Lo siento, señor Marquez. ¿Me estaba tratando de decir que hay algo que no puedo hacer?

Sólo di que no, rogó Charlie en silencio.

Rocco sabiamente se echó para atrás.

—No, señor.

—Qué bueno. Porque la última vez que revisé, podía hacer lo que se me antojara. Puedo disciplinar a mis alumnos como se me dé la gana. Puedo hasta hacer que un niño repita el año. ¿Cuánto ha estado disfrutando el séptimo grado, señor Marquez? ¿Lo suficiente como para regresar por su segunda ración en septiembre próximo?

—¡No! —casi gritó Rocco.

—Entonces les sugiero que se pongan a estudiar. Los tres. Es hora de que comiencen a tomar la escuela en serio. Las cosas se van a poner mucho más estrictas por acá muy pronto.

Charlie y sus amigos esperaron hasta que el director se alejara, dando fuertes zancadas hasta otro lado del patio. Sólo entonces se deslizaron fuera del túnel.

—¿Es mi imaginación o cada vez se vuelve más malo?

—No estoy calificado para hacer diagnósticos psiquiátricos, pero diría que sin duda muestra síntomas del Trastorno de Personalidad Sádica —notó Alfie—. Consultaré el manual de trastornos mentales cuando llegue a casa.

—No tengo la menor idea de qué signifique eso —dijo Rocco—. Sólo sé que el viejo Stearns definitivamente tiene como misión hacerme miserable la vida. Parece que podría tener el ojo puesto en Charlie ahora.

Como siempre, todo era culpa de Charlie.

—Perdón por meterlos a ustedes en problemas —dijo, y suspiró. Luego echó un vistazo al cielo. Estaba casi lo suficientemente oscuro para ser de noche—. Debo haber olvidado poner mi despertador.

—Eso pensamos —dijo Rocco—. El entrenador Kim notó que no estabas en los vestidores con los demás, así que llamó al director.

—Disculpa que no llegáramos antes. En cuanto sonó la campana, salimos corriendo para advertirte —dijo Alfie.

—Pero no te levantabas —agregó Rocco—. Debo decir que se estaba poniendo algo raro.

—Sí —coincidió Alfie—. No parabas de mascullar algo sobre una bruja. ¿Estabas teniendo una pesadilla?

Charlie podía sentir que se ruborizaba.

—Algo así, supongo —habría preferido que lo atraparan sacándose los mocos que gimoteando en su sueño.

Rocco puso su mano sobre el hombro de Charlie.

—No eres la única persona que tiene pesadillas, ¿sabes? —dijo.

—Llevo las últimas tres noches teniendo la misma —confesó Alfie, su voz casi un susurro—. Me la paso soñando que estoy tomando el examen de condición física y que…

La oscuridad se elevó tan rápidamente que tomó hasta a Charlie por sorpresa.

—Espera. ¿Sueñas con exámenes de condición física? —interrumpió. Quería reírse por lo fácil que sonaba eso—. Ya quisiera yo tener pesadillas así.

—¡Oye! —aulló Alfie—. ¡No tienes idea de lo temibles que pueden ser esos exámenes!

—¿Más temibles que una bruja que te quiere comer? —rebatió Charlie.

—Charlie —interrumpió Rocco— ¿estas pesadillas son la razón por la que siempre estás tan cansado?

—¿Y tan cascarrabias? —agregó Alfie.

—¿Qué diferencia hace? —Charlie se dio cuenta de golpe que ya había dicho demasiado—. ¿Por qué de repente todos están conspirando en mi contra?

—¿Conspirando en tu contra? —se mofó Alfie—. Charlie, ¡casi nos castigaron por tu culpa!

Charlie se mordió el labio y trató de mantener la oscuridad adentro.

—Lo siento —dijo.

—Mira... no nos tienes que contar de qué tratan tus sueños —dijo Rocco—. Pero más vale que se te ocurra un buen pretexto para echarte una siesta en el área de juegos. Porque si conozco al director Stearns, va a llamar a tu mamá esta tarde.

—Charlotte *no* es mi mamá —Charlie casi gritó. La mención de la brujastra sólo empeoraba su humor.

Rocco esbozó una sonrisa.

—¿Entonces por qué te molesta tanto cuando digo que está guapa?

—Porque significa que estás loco —masculló Charlie—. Charlotte DeChant es una bruja.

CAPÍTULO OCHO

Un aperitivo a medianoche

Las pesadillas no son verdaderas. No pueden venir por ti. Charlie había pasado toda la tarde tratando de convencerse. Pronto lo descubriría. Apenas era la hora de la cena, y Charlie se sentía tan cansado que estaba en peligro de caerse de cara en la sopa. Si no se hubiera tratado de sopa de lentejas, podría no haberle importado. Odiaba la sopa de lentejas. Pero Charlotte era vegetariana, por supuesto, y cada vez que ella cocinaba la cena, los demás también lo eran.

Charlie levantaba una cucharada de dicha plasta verde hacia su boca cuando sonó el teléfono. Tenía que ser el director Stearns el que llamaba. Charlie gimió para sus adentros. Él y su papá apenas se dirigían ya la palabra; lo último que necesitaba era un sermón sobre quedarse dormido en la escuela.

—¿Hola? —contestó su papá. Luego su voz se volvió más profunda, y se enderezó más—. Ah, buenas tardes, señora Russell.

Charlie suspiró de alivio. La señora Russell era la bibliotecaria, y hasta donde él sabía, no había hecho nada para ofenderla.

—¿De verdad? —Andrew Laird esbozó una sonrisa—. ¿De verdad? Bueno, creo que debe haber sido mi esposa... Sí... Sí... Sí... bueno, no estoy seguro de que esté lista para eso, pero definitivamente le pasaré los cumplidos. ¡Muchas gracias por tomarse el tiempo de llamar!

El papá de Charlie volvió a la mesa, con Aggie entretejiéndose entre sus piernas mientras caminaba. Se veía más feliz de lo que había parecido todo el día.

—¿A qué se debió todo eso? —preguntó Charlotte, luciendo extrañamente nerviosa.

Andrew Laird rio y le desordenó el cabello a su hijo menor.

—Parece ser que tienes un excelente publicista. Jack compartió uno de tus dibujos con sus compañeros de clase hoy en la biblioteca.

—¿Jack? —aulló Charlotte, y dejó caer su cuchara al plato—. ¿Por qué te llevaste mis dibujos a la escuela?

¿Por qué le molesta tanto?, pensó Charlie. *¿Qué está tratando de esconder?*

Las mejillas de Jack se sonrojaron.

—Sólo me llevé uno —admitió, sacó el trozo de papel de su bolsillo del pantalón y se lo pasó a Charlotte—.

De verdad lo siento. Sólo que ¡está tan bueno! Quería mostrarles a todos lo que mi mamá, digo, mi madrastra puede hacer.

Mamá. Charlie mordió su cuchara con tanta fuerza que le dolieron los dientes. La palabra tuvo el efecto contrario en Charlotte. Todavía se veía molesta, pero se inclinó hacia él y le dio al pequeño un abrazo.

—No lo vuelvas a hacer —Charlie le escuchó susurrar en medio del abrazo—. Un poco de conocimiento puede ser algo peligroso.

—Parece ser que había una historia escrita en la parte de atrás del dibujo. La señora Russell dijo que los niños enloquecieron por ella —prosiguió Andrew Laird—. Dice que podría conectarte con un editor cuando estés lista.

—Guau. Eso es verdaderamente estupendo —masculló Charlotte distraída, limpiando la salpicadura de sopa del mantel.

Charlie mantuvo sus ojos fijos sobre su rostro. Algo estaba pasando. No podía ver si ella estaba alterada o feliz, pero sabía cómo se sentía él.

—¿No estás maravillada? —preguntó el papá de Charlie, finalmente notando la incomodidad de su esposa.

—Todos estamos *encantados* —Charlie gruñó sarcásticamente en voz baja, pero sólo lo suficientemente fuerte como para alcanzar los oídos de su padre.

—Me da gusto escuchar eso —Andrew Laird se giró en dirección de Charlie. Ya no estaba sonriendo—. Por cierto, eso me recuerda. La llamada de la señora Russell no fue la única que recibí hoy. El director Stearns me telefoneó al trabajo para informarme que mi hijo mayor se ha estado sintiendo demasiado *cómodo* en la escuela. ¿Te importaría explicarlo, Charles?

El director ni siquiera había esperado al final del día para meter a Charlie en problemas. El ogro realmente parecía disfrutar su trabajo. A Charlie le habría encantado darle una veloz patada en las espinillas.

—Sólo me eché una siesta durante la clase de deportes —dijo Charlie a su padre.

—Y en la clase de ciencias también, parece ser. ¿Hay alguna razón por la que no pones atención?

La charla matutina de Charlie con su padre todavía estaba fresca en su memoria. No esperaba mucha simpatía.

—No lo quiero discutir ahora, ¿está bien?

—Bueno, más vale que empieces a hablar pronto. El director Stearns quiere que veas al psicólogo de la escuela. Piensa que si no eres capaz de concentrarte en clases, existe la posibilidad de que tengas TDAH.

Charlie quedó boquiabierto.

—¿*Té de qué*? —preguntó Jack.

Desde el rabillo del ojo, Charlie vio que los labios de Charlotte se retorcían con un breve espasmo.

La oscuridad estalló.

—¡No te atrevas a reírte de eso! —gritó Charlie. No podía contenerse. Lo arrojó de su boca como el estallido de un refresco después de sacudir la lata.

—Yo no estaba... —comenzó Charlotte a decir.

—¡No le levantes la voz a ella! —ordenó Andrew Laird.

—¡No es mi madre! —a diferencia de la voz de su padre, que se volvía más profunda cuando se enojaba, la de Charlie se volvía chillona. Sonaba como un niñito otra vez—. ¡Ni siquiera me agrada!

—¡Pues *a mí sí* me agrada! —Jack se levantó de un brinco y envolvió sus brazos alrededor de Charlotte.

—¡Cállate, Jack! —deseaba poder separarlos a la fuerza... y luego limpiar esa sonrisita de satisfacción del rostro de Charlotte.

—Ya fue suficiente, Charles Montgomery Laird.

El padre de Charlie se levantó de la mesa y le indicó los escalones.

—Ya no te seguirás portando así. ¿Qué te pasa? ¿Qué te ha convertido en un monstruo como éste?

—Es esta casa —contestó Charlie, mirando directamente a su madrastra—. Todo es *su* culpa. Ella. Ella...

Su papá negó con la cabeza tristemente y levantó las manos, para detener a Charlie antes de que pudiera terminar.

—Creo que necesitas ir a tu cuarto —dijo. El padre de Charlie ya había elegido de qué lado estaba.

Justo antes de subir corriendo, Charlie vio la mirada de Charlotte virar hacia arriba. Parecía estar mirando a través del techo y hasta la torre sobre ellos.

Una hora después de que se pusiera el sol, Charlie estaba acostado en la oscuridad de su cama, cuando escuchó a alguien tocar a la puerta. En vez de contestar, se dio la vuelta para mirar la pared.

La puerta se entreabrió y la luz del pasillo iluminó la habitación.

—¿Dónde están todas tus cajas?

Era Jack.

—No servirán de nada —contestó Charlie. No había manera de ganarle a la bruja. Ni siquiera el área de juegos de la escuela era segura para dormir.

—¿De qué hablas? —preguntó Jack.

Charlie se acordó de que nadie sabía de la batalla que libraba cada noche. Estaba completamente solo.

—No importa —masculló.

Escuchó a su hermano atravesar el piso del cuarto. Luego el niño se sentó en la cama a un costado de Charlie.

—¿Tienes pesadillas? —preguntó Jack en voz baja.

Charlie se dio la vuelta y cruzó los brazos.

—Sal, Jack.

—Está bien, pero si tienes demasiado miedo, deberías venir a dormir en mi cuarto en las noches.

En un instante, la oscuridad había desaparecido, dejando lugar a la tristeza. Charlie recordó cómo solían ser las cosas cuando no tenía que compartir a su hermano y su padre. Antes de que llegara Charlotte, habían sido un equipo. Charlie siempre había creído que nada podría interponerse entre ellos. Ahora podía ver que se había equivocado.

Charlie sintió que la cama se elevó ligeramente cuando el niñito se levantó.

—¿Jack? —dijo con suavidad.

—¿Sí?

—Siento ser a veces tan malo contigo.

—Está bien —dijo Jack—. Charlotte dice que es porque todavía estás triste.

Charlie enterró su rostro en la almohada.

—Es muy linda, ¿sabes? —dijo Jack—. Ten. Te traje esto para que lo vieras. Quizá te ayude.

Charlie levantó la mirada para ver qué le había dejado Jack en la almohada. Era una página de la carpeta de Charlotte.

—¿Te robaste otro dibujo? —preguntó Charlie—. Te vas a meter en grandes problemas, Jack.

El pequeño se encogió de hombros.

—Está bien. De todos modos no es un dibujo. Es una especie de poema. No sé qué significa. Pensé que te podría ayudar. Quizás es algún tipo de hechizo para mantener lejos a las cosas malas. ¿Quieres escucharlo?

Charlie asintió en silencio.

Jack levantó la hoja otra vez.

—Está bien —dijo, aclarando la garganta—. Así va…

Monstruos, brujas, demonios y serpientes
que han venido aquí por alguna razón terrible,
sea la que sea, la descubriré para no tener miedo.
En cambio, gritaré:
Brujas, monstruos, demonios y serpientes,
¡Lucharé contra ustedes el tiempo que tome!

—¿Quieres que te la vuelva a leer?

—No, gracias —dijo Charlie, y se dio la vuelta para mirar la pared—. Ya estoy muy grande para las canciones de cuna.

—Sé que suena tonto, pero quizá te ayude —suplicó Jack.

—Quizá —le dijo Charlie—. Gracias por intentarlo.

Jack suspiró, y unos cuantos segundos después, Charlie lo escuchó salir del cuarto.

Tan pronto como se fue su hermano, Charlie hizo lo único que podía hacer. Si las cajas no podían mantener a la bruja fuera de su cuarto, simplemente tendría que esconderse. Así que vació una de sus treinta y ocho cajas y se acurrucó dentro. Luego cerró los ojos. Había perdido la voluntad de luchar. Sólo esperó a que comenzaran las pesadillas. Pero por primera vez en mucho tiempo, el sueño simplemente se rehusó a venir. Charlie escuchó en la oscuridad cómo su hermano cepillaba sus dientes y Charlotte lo arropaba en la cama. Escuchó a su papá hacer sus rondas nocturnas, echar llave a las puertas y apagar las luces. Después, la casa quedó en silencio. Luego, el rechinido lejano de unas bisagras llegó a los oídos de Charlie. Se jaló las rodillas al pecho y aguantó la respiración, esperando ver qué ocurriría después.

La duela crujió. La escalera chirrió. Alguien —o algo— estaba bajando a hurtadillas por el pasillo del segundo piso. Charlie se pellizcó con ganas. No estaba dormido. Por un momento, estaba demasiado aterrado para moverse. A medida que los pasos se acercaban, se dio cuenta de que debía haber más que una persona afuera.

—¡Esto es tan emocionante! —era la gata de la bruja—. ¡Estamos del otro lado!

Charlie se volvió a pellizcar... esta vez con suficiente fuerza como para no dejar lugar a dudas. La bruja había llegado mientras él estaba completamente despierto. Escuchó la puerta de su habitación abrirse.

—¡Hmf! Bueno, ¿pues dónde está? —preguntó la gata—. ¿Revisaré el clóset?

—No es hora de hacer una búsqueda del tesoro —contestó la bruja—. Vamos, Ágata. Sigamos adelante con el plan B.

¿Ágata? ¿El nombre de la gata era Ágata? Las pisadas de las intrusas se volvieron más calladas mientras se retiraban; luego Charlie escuchó el sonido de susurros en el pasillo. Se salió de su caja y fue de puntillas a la puerta, presionando la oreja contra ella.

—¡Qué gusto me da que sea el plan B! Estoy completamente muerta de hambre! —ronroneó la gata—. ¿Vemos si los vecinos tienen mascotas? Un poodle sería un maravilloso aperitivo.

Algo peor que el temor hizo que Charlie saliera corriendo al pasillo. Encontró a la bruja con la mano en el pestillo de la puerta de Jack.

—¿Qué estás haciendo? —preguntó. Luego el horror se apoderó de él como un millón de ciempiés. Ese otro chico, el que la bruja había dicho que sería fácil atrapar, era su hermanito.

—Mira quién es —dijo la bruja mientras abría la puerta de Jack—, es el señor "Lo único que quiero es estar solo".

—¡Espera! —susurró Charlie.

La bruja cerró la puerta.

—¿Qué? —preguntó.

Charlie se pudo ver reflejado en sus ojos, pequeño y asustado. Se enderezó y sacó el mentón.

—No te puedes comer a Jack.

—¿Y qué te importa a ti si nos comemos al chico? —preguntó la bruja—. No te agrada mucho. Siempre está tomando tus cosas y te avergüenza frente a tus amigos. Y, de todos modos, ¿qué clase de cretino lleva puesto un disfraz del Capitán América a la escuela?

Charlie dio un paso hacia la bruja. Tan mal como estaba la situación, no dejaría que nadie le dijera cretino a Jack.

—No es un cretino. Sólo es un niño. Podrá ser un poco raro, pero es mi hermano.

—Tú dices *hermano* —dijo la gata, pelando los colmillos—. Yo digo *delicioso*.

De repente a Charlie se le ocurrió algo.

—Si voy contigo, ¿prometes dejar a Jack en paz?

La bruja lo miró con los ojos entrecerrados.

—¿Te meterás a la jaula? —preguntó, escéptica.

—Sí —dijo Charlie.

—¿Estás listo para dejar Mundo Despierto para siempre?

—Sí.

Escuchar su propia respuesta enfrió a Charlie hasta los huesos. Podía sentir que se le ponía toda la piel de gallina.

Ágata se paró en las patas traseras y le susurró al oído a la bruja.

—Ágata no se quiere quedar con hambre esta noche —dijo la bruja—. Después de que te pongamos en la jaula, ¿le puedes dar algunos de tus dedos del pie?

Charlie tragó saliva. Tenía un plan, pero estaba tomando un riesgo muy grande.

—¿Tengo otra opción?

—No —respondió la bruja—. No te preocupes, comenzaremos con el dedo meñique. ¡Se ve tan raro! Y tiene un nombre tan tonto.

—Perfecto —dijo Charlie, guiándolas hacia el baño—. Entonces déjame agarrar mi cepillo de dientes y nos podemos ir.

—¡Cepillo de dientes! —la bruja cacareó—. ¿Qué vas a hacer con un *cepillo de dientes*?

—¡Shhh! —Charlie se quedó congelado afuera del baño. Ahuecó la mano sobre la oreja como si estuviera escuchando—. ¡Creo que acaban de despertar a alguien! ¡Rápido, adentro!

Charlie dejó abierta la puerta del baño para la bruja y su gata… y esperó que no notaran la llave maestra que sobresalía de la vieja puerta. Seis meses antes, Jack se había encerrado adentro y había rapado a la mascota de la brujastra. Fue entonces cuando Charlotte quitó la llave y la puso en el cerrojo de *afuera*.

Con su pesadilla adentro, Charlie se preparó para cerrar la puerta de un portazo. Sólo necesitaba atrapar a la bruja en el baño el tiempo suficiente como para sacar a su papá de la cama. Fue por la llave, pero ya no estaba ahí.

—¿Pensabas que me ibas a engañar? —preguntó la bruja con una desagradable sonrisa. Desde dentro de las profundidades de su boca y de su garganta sacó una llave maestra viscosa.

¿Cómo había sabido lo que estaba planeando Charlie? Su cerebro estaba demasiado aterrado como para entenderlo. ¿Quién le había contado a la bruja acerca de la llave?

—No más tratos, Charlie Laird —le dijo—. Nos llevamos al chico. Y cuando no sea más que huesos, regresaremos por ti. Vámonos, Ágata. Ya tuve suficiente diversión por una noche.

—¡No! —Charlie se lanzó contra la bruja y le echó los brazos alrededor del cuello—. ¡No te lo puedes llevar!

—¡Suéltame! —chilló la bruja, dando vueltas mientras Charlie se aferraba a su vestido con desesperación. En la lucha, Charlie sujetó la cabeza de la bruja, y su sombrero se quedó en su mano.

Brotaron brillantes rizos pelirrojos alrededor de la horrenda cara verde de la bruja.

—Pagarás por eso, Charlie —dijo con desdén, lo levantó y lo arrojó al baño. La puerta se cerró y Charlie escuchó la llave dar vuelta en la cerradura.

—¡Déjame salir! —Charlie golpeó en la puerta. La vida de su hermanito dependía de que alguien lo escuchara—. ¡Papá! ¡Papá! ¡Despierta! ¿No dejes que se lleven a Jack!

—¿Qué demonios está pasando?

Charlie todavía golpeaba la puerta cuando ésta se abrió. De pie en el pasillo, estaba Charlotte, con Aggie la gata a su lado.

—¿Charlie, estás bien? —trató de calmarlo—. Soy yo.

—¿Dónde está Jack? ¿Lo secuestraron?

—Jack está dormido, Charlie —una mirada extraña pasó sobre el rostro de Charlotte—. Estabas teniendo una pesadilla… ¿no es así?

—¡No! —Charlie exclamó, negando vigorosamente con la cabeza. No había estado dormido. Ésa era la parte más horrible… Charlie sabía que había estado despierto todo el tiempo. Su corazón latía con tanta fuerza que cada latido parecía sacudir su cuerpo entero.

—¿Entonces qué estás haciendo…?

—La bruja me encerró con llave en el baño. ¡Dijo que se comería a Jack!

—¿Una *bruja*? Escúchame, Charlie —Charlotte intentó acercarse a él, su cabello, rojo y rizado, le cayó sobre el rostro—. Tienes que decirme *exactamente* lo que pasó.

Fue entonces que Charlie se dio cuenta de que la bruja tenía el mismo cabello que Charlotte. Y la misma nariz filosa. Aparte de la piel verde y los ojos de espejo, la similitud era asombrosa. Eran tan parecidas que podrían ser hermanas. Charlie se retiró a la orilla lejana del clóset de blancos, justo fuera del alcance de su madrastra.

Todo tenía sentido ahora. Nunca había soñado con brujas hasta que se mudó a la mansión. Charlotte quería a Charlie fuera del camino… y la bruja de sus pesadillas lo quería encerrado en una jaula. Y la bruja sabía cosas —sobre las cajas de Charlie y la llave en la puerta del baño— que no podría haber sabido a menos que alguien se lo contara. Luego estaban las pociones secretas que la brujastra mantenía guardadas… y los extraños dibujos que hacía en su guarida. Confirmó lo que Charlie había sabido en su corazón todo el tiempo: Charlotte DeChant no era quien decía ser. Parecía una bruja. Se comportaba como una bruja. Y ahora Charlie lo sabía de seguro. Charlotte DeChant *era* una bruja.

—¡Aléjate de mí! —dijo Charlie con un grito ahogado. La empujó hacia atrás, salió en desbandada del clóset y se lanzó a toda velocidad por el pasillo.

Cuando alcanzó la puerta de Jack, pausó para revisar sobre su hombro. La brujastra todavía estaba de pie en el pasillo en penumbras.

—¡Ése no es tu cuarto, Charlie! —susurró Charlotte. Era una gran actriz, pensó. Parecía preocupada de verdad.

—No dejaré que tengas a Jack —le dijo Charlie. Nunca en su vida se había sentido tan seguro de nada—. Sé lo que eres, y lo voy a comprobar.

Luego dio un paso adentro y cerró la puerta con llave. Se quedó ahí parado, recargando la espalda contra ella, hasta que escuchó a su brujastra subir los peldaños hasta su guarida. Luego Charlie Laird, más aterrado de lo que hubiera estado jamás, se metió en la cama con su hermanito.

CAPÍTULO NUEVE

Dejarse llevar

La brujastra es toda una bruja. Los ojos de Charlie siguieron a Charlotte mientras cocinaba el desayuno por segundo día consecutivo. Tenía tantas preguntas, y moría por una respuesta. ¿Pertenecería ella a este mundo o a Mundo Tenebroso? ¿Por qué querría una bruja casarse con su papá? ¿Era ése su rostro de verdad o sólo un disfraz? ¿Viajaría por las noches trepada en una escoba? ¿Le gustaba comer niños?

Charlotte se dio la vuelta con un plato en cada mano. Por un momento sus miradas se encontraron, y Charlie lo vio. La piel de Charlotte estaba un poco más pálida de lo normal, y todavía no había domado su pelo. Parecía que no había pegado ojo en toda la noche. Charlotte DeChant estaba preocupada.

Y debería estarlo, pensó Charlie. Él no le había dicho nada a nadie. Todavía no. Sin pruebas sólidas, nadie creería jamás que Charlotte era una bruja. Charlie no tenía la evidencia que necesitaba para echarla fuera de su familia para siempre. Pero la conseguiría.

—De verdad tenemos que hablar —susurró Charlotte en el oído de Charlie mientras se agachaba para servirle un waffle rojo betabel.

—*No* —Charlie empujó el plato al centro de la mesa de desayuno, saltó de su silla, tomó un plátano y comenzó a comer.

Andrew Laird condujo cerca de la antigua casa de la familia, justo como lo hacía cada mañana de entresemana. Pero esta vez Charlie no miró; estaba demasiado ocupado ideando un plan para mantener a Jack a salvo. Había considerado escapar, pero no dónde ir. Había llamado a la policía, sólo para que le colgaran cuando por accidente mencionó que su emergencia involucraba a una bruja. Por ahora, Charlie no tenía más opción que mantener los ojos sobre su hermanito. Aunque esto significara vigilarlo veinticuatro horas al día.

—¡Vamos, Charlie! ¡Hazme espacio! —se quejó Jack—. Tienes un millón de metros ahí. ¿Por qué te tienes que sentar justo encima de mí?

Charlie se deslizó dos centímetros a un lado. No le importaba si le resultaba fastidioso: sus vidas estaban en juego.

—¿Charlie? ¿Qué está pasando? —preguntó Andrew Laird, asomándose para ver a los dos niños por el espejo retrovisor.

—Deberías dejar que te cargue esto —dijo, señalando el libro acomodado en el regazo de Jack. Uno de los dibujos de Charlotte estaba metido entre sus páginas.

—¡No! —aulló Jack, aferrando el libro contra su pecho—. ¡Déjame en paz, Charlie! ¡Papá!

—¡Charles! —advirtió su padre desde el asiento del conductor—. ¿Qué demonios estás haciendo? Ya me acostumbré a que estés de mal humor… pero tengo que decir que esto sencillamente es muy extraño.

Charlie miró por la ventanilla. Había pasado la mayor parte de la noche en la habitación de su hermano. Al principio, Jack había estado contento. Pero luego Charlie había insistido en tomar la silla junto a Jack en el desayuno. Luego vigiló la puerta de su hermano mientras Jack se vestía. Por un rato, Jack pensó que todo era una gran broma, pero para cuando los dos chicos salieron para la escuela, comenzaba a parecer un poco asustado.

—Me voy a quedar en el trabajo hasta tarde —anunció el papá de Charlie mientras el Jeep de la familia Laird se acercaba a la Primaria Cypress Creek—. Charlotte te recogerá después de la escuela hoy.

—¿Estás bromeando? —comenzó a discutir Charlie—. Yo no voy a ningún lado con ésa...

—Hablaba con Jack —interrumpió su papá con impaciencia—. Tú ya estás lo suficientemente grande para ir a casa solo.

Charlie sintió cómo crecía su miedo.

—Jack tiene planes conmigo —insistió. No podía permitir que la brujastra se quedara sola con Jack.

Andrew Laird estaba mirando la discusión por el espejo.

—No importa qué planes tengan, considérenlos cancelados —dijo—. Jack sólo tiene permiso de irse de la escuela con Charlotte.

El auto se detuvo frente a la escuela y la mano de Jack de inmediato se disparó hacia la manija.

—¡Espera, te acompaño a tu clase! —ofreció Charlie alegremente.

—¡No! —gritó Jack, saltando del auto y corriendo a toda velocidad hacia la entrada principal.

Charlie estaba a punto de salir del Jeep cuando su papá se volteó para mirarlo.

—¡Alto ahí! —ordenó Andrew Laird, y Charlie se deslizó de nuevo adentro de mala gana—. ¿Por qué demonios estás torturando a tu hermano de esta manera?

—¡No lo estoy torturando! ¡Lo estoy protegiendo! —insistió Charlie, tratando de mantener sus ojos sobre Jack mientras el niño se abría paso entre la muchedumbre.

—¿De qué? —le exigió su papá.

Por un segundo, Charlie consideró confesar, pero decidió mantener la boca cerrada. Su papá ya había elegido bando: el de la brujastra.

—Perfecto. No me lo digas —dijo Andrew Laird—. Pero escúchame, Charlie. Más vale que no haya nada raro hoy en la tarde cuando tu madrastra venga a recogerlo. ¿Entendiste?

—A la perfección —contestó Charlie, apretando los dientes.

Charlie corrió hacia la escuela, desesperado por alcanzar a su hermano. Apenas pasó las puertas, lo vio. La espalda del niñito estaba apretada contra una pared, y el director Stearns se ceñía frente él. El rostro del ogro estaba extendido en una sonrisa horrenda, lo que significaba que algo terrible estaba por ocurrir.

—La señora Russell me informó que usted leyó un cuento a sus compañeros ayer —escuchó al director decir a Jack. Charlie se detuvo en seco e instintivamente se agachó para escuchar. Había niños de todos tamaños que se arremolinaban junto a él mientras fingía atarse la agujeta. Hasta donde Charlie podía ver, ni el director ni su hermano lo habían visto.

—Lo siento —susurró Jack, su voz temblaba de terror.

—¡No lo sientas! —la risa del director era tan fuerte como un trueno... e igual de alarmante—. Escuché que la historia fue un gran éxito. Tu madrastra la escribió, ¿es correcto?

Charlie levantó la cabeza. No podía resistir echar un vistazo. Nunca había escuchado al director ser tan amable con nadie.

—Sí —dijo Jack, y Charlie pudo escuchar cómo crecía la confianza del chico—. Y además dibuja muy bien.

—Qué maravilla —contestó el director—. ¿Por casualidad trajiste más de sus cuentos a la escuela contigo hoy? ¿Crees que les debería echar un ojo?

—Charlotte dice que no está lista para que otros las vean —le dijo Jack al hombre.

—Ah —asintió el director Stearns—. ¿Y dónde supones que guarda su trabajo? ¿Quizás en un cajón del escritorio... o en una de las repisas de la biblioteca escaleras abajo?

Charlie se inclinó a un lado para tener un vistazo rápido del rostro de su hermano. Jack se veía casi tan confundido como se sentía Charlie.

—Ni idea —dijo el niñito, encogiéndose de hombros.

—No hay problema —dijo el director—. ¿Me puedes contar de qué ha estado escribiendo?

El director estaba siendo demasiado curioso. Era hora de que la conversación terminara, decidió Charlie. No importa qué tuviera entre manos aquel señor, no podía salir nada bueno de ello. Charlie no debería haber dejado que el ogro se acercara así a su hermano. Se levantó y se abrió paso por la multitud.

—Su historia es sobre una princesa con un terrible olor corporal —dijo, antes de que Jack pudiera contestar—. No puede encontrar a nadie que se case con ella, porque huele muy mal. Luego su madrina le dice que se dé un baño. Así que lo hace. Pero no funciona. Ella todavía apesta. Y mucho. Al final se casa con un tipo sin nariz.

—Señor Laird —el director frunció el entrecejo—. ¿Estaba escuchando a escondidas?

A Charlie le tomó cada gramo de coraje que pudo reunir para seguir adelante.

—Sólo estoy tratando de ahorrarle el terrible texto de nuestra madrastra.

—¡No es terrible! —rebatió Jack—. ¡Y no es sobre una princesa apestosa!

Charlie puso los ojos en blanco.

—¿Ya lo leíste completo? Porque yo sí. Y déjame decirte, ofende. Tanto a los apestosos como a los que no tienen nariz.

—Qué lástima —dijo el director. Luego, en un instante, desvaneció su sonrisa. Era claro que ya no tenía interés en la conversación—. Discúlpenme, caballeros, tengo una escuela que dirigir.

¡Funcionó!, pensó Charlie, felicitándose en silencio. Tan pronto como el director les dio la espalda, Charlie sintió un golpe agudo en la pierna. Jack lo había pateado.

—¡Auch! —aulló Charlie. Estaba haciendo su mejor esfuerzo por proteger a su hermano, a cambio recibía de él una patada en la espinilla.

—Eso fue por ser un pesado, Charlie —gruñó Jack—. No me importa si estás teniendo pesadillas. No es ninguna razón para ser tan cruel. Ya no quiero tener un hermano como tú.

Las palabras dolieron más que el palpitante moretón que surgía en la pierna de Charlie. Se quedó mirando a su hermanito. Jack no decía cosas así. No importaba qué tan cruel fuera con él, Jack nunca jugaba sucio.

—Jack —Charlie comenzó a explicar, pero el niño había desaparecido entre la estampida de chicos que se dirigían a sus salones.

Charlie no escuchó una sola palabra de lo que dijo la señora Webber durante la clase de ciencias. Estaba demasiado ocupado tratando de encontrar la manera de salvar a Jack.

—*¡Pssst!*

Charlie volteó a mirar a su compañera de laboratorio. Paige dio golpecitos con el dedo sobre una hoja de papel. *¿Qué te pasa?*, decía.

Charlie sujetó el papel. Pero justo cuando comenzaba a escribir su respuesta, le arrancaron la hoja debajo de su lápiz.

—¡Nada de pasarse notas! —dijo la señora Webber—. Charlie Laird, espera un poco después de clase.

Y así fue durante el resto del día. Cada vez que Charlie trataba de decirles a sus amigos lo que estaba pasando, alguien parecía estar acechando de cerca. El entrenador Kim se paró junto a Charlie durante toda la clase de deportes. El director Stearns se sentó justo atrás de su mesa en el almuerzo.

No fue hasta las dos de la tarde que Charlie logró comunicarse con Paige cuando sus hombros se rozaron en el pasillo.

—Cuando suene la campana de salida, reúne a los otros y véanme afuera.

—¿Por qué? —Paige parecía preocupada—. ¿Te metiste en algún problema?

El director caminaba hacia ellos.

—No hay tiempo de explicarlo —dijo Charlie antes de salir corriendo.

Durante su última clase, Charlie sintió náuseas. No podía hacer nada más que mirar el minutero en el reloj colgado sobre el escritorio de la maestra. Salió corriendo en el instante mismo en que sonó la campana que indicaba el final del día. Dos minutos después, Paige, Alfie y Rocco surgieron por las puertas delanteras de la escuela y formaron un círculo alrededor de Charlie.

Charlie acababa de abrir la boca cuando Alfie apuntó hacia una figura que caminaba hacia la escuela.

—¿Es tu madrastra?

—¡Hey, chicos! —Charlotte saludó al grupo.

La brujastra se veía más normal de lo que Charlie la hubiera visto jamás. No llevaba puesto nada negro; sólo una camisa blanca de botones y unos jeans. No tenía amuletos extraños colgados alrededor del cuello, y su cabello pelirrojo y alborotado lucía ahora en una cola de caballo perfectamente normal. Podría haber sido una de las mamás de sus compañeros de clase.

Charlie escuchó a Rocco soltar un chiflido en voz baja.

—Vaya, vaya. Ven con papá, melena de fuego —dijo en voz baja.

—Eres asqueroso —le dijo Charlie—. Y también ella lo es.

Por el rabillo del ojo, vio a Jack salir corriendo de la escuela. Su hermano corrió junto a él y sus amigos directamente hasta los brazos de Charlotte.

—Jack no parece compartir tu pensamiento —dijo Rocco en voz baja—. Niño suertudo.

—Por eso necesita nuestra ayuda —dijo Charlie apurándose en dirección a su hermano mientras sus confundidos amigos lo seguían a paso ligero.

—Vámonos —dijo Jack cuando los vio a todos venir. Luego tomó la mano de la brujastra y trató de jalarla hacia la acera.

—Vamos, no seas así —dijo ella—. Oye, Charlie, voy a llevar a Jack a comer un helado. ¿Quieres venir con tus amigos? Yo invito; ¡cuantos más, mejor!

—No me tiente con el helado, señora Laird —gimió Alfie, golpeándose su amplia barriga—. Estoy tratando de ponerme en forma. Casi es temporada de esgrima.

La oscuridad encontró su camino hasta el corazón de Charlie, que latió en protesta. El sonido creció tanto que casi ahogó todo lo demás.

—No tenemos tiempo para helado —le dijo a sus amigos—. Tenemos que hacer *eso*, ¿recuerdan?

—¿Qué cosa? —preguntó Paige. Charlie le disparó una mirada de advertencia; entendió la indirecta—. Ah, *esa* cosa. *Cieeeerto.* No puedo creer que casi se me olvida.

—Disculpe, señora Laird —dijo Rocco en su voz más atenta—. Tenemos planes, pero, quizás en otra ocasión.

—¡Claro! ¡Cuando quieran! —respondió Charlotte con jovialidad forzada.

—Vamos, chicos —dijo Charlie. Tomó por el brazo a su hermano—. Tú también, Jack.

—No —dijo Jack, alejándose—. Se supone que sólo me puedo ir con Charlotte.

El cielo retumbó ominosamente, y una espesa nube negra se tragó al tenue sol de la tarde.

—No hay problema, Jack —le aseguró Charlotte—. No me molesta que te vayas a pie con tu hermano.

—No —insistió Jack, luciendo asustado—. No quiero ir con ellos. Quiero ir *contigo*.

Charlie se volteó hacia Charlotte. Ella levantó una ceja, como si le advirtiera que no insistiera más.

—Bueno, ¡ni hablar, entonces! —anunció la brujastra—. Jack y yo iremos por helado y traeremos un litro a casa para ti, Charlie. ¿De qué sabor quieres?

—No acepto helado de brujas —gruñó Charlie.

Los ojos de Jack casi se le botaron de la cabeza.

—¡Te escuché! —gritó—. ¡Le voy a llamar a papá justo ahora y le diré lo que acabas de decirle a nuestra madrastra!

—¡Oh, no, no lo *harás*! —dijo Charlotte con una de sus irritantes risotadas. Se agachó y levantó al chico sobre su hombro, como hacen los bomberos—. No le vamos a llamar a nadie. Vamos por helado, ¿recuerdas? ¡Nos vemos después, chicos!

—¡Jack! —gritó Charlie mientras Charlotte se dirigía hacia la acera—. ¡No te vayas! ¡Se supone que debemos mantenernos juntos!

Trató de correr tras ellos, pero Rocco y Paige lo detuvieron.

—¡Basta, Charlie! —intervino Paige—. ¡Ya tienes suficientes problemas!

Mientras rebotaba contra la espalda de Charlotte, Jack reía tanto que le era imposible pronunciar respuesta. Charlie vio a Charlotte girar a la derecha en la esquina. Luego Alfie se detuvo frente a él y le bloqueó la vista.

—¿Qué demonios fue todo eso? —preguntó Alfie. Pero Charlie sólo negó con la cabeza. No sabía por dónde empezar.

—Está bien, sujeten sus libros, muchachos —ordenó Paige—. ¡Nos dirigimos al búnker!

—¡No hay tiempo! —protestó Charlie.

—Vamos al búnker —dijo Rocco—. Nos tienes que decir qué está pasando, Charlie. ¿De qué otra manera podríamos ayudarte?

CAPÍTULO DIEZ

El búnker

En medio del césped que se extiende frente a la biblioteca de Cypress Creek se encuentra un pino gigantesco. Era tan alto que el diciembre anterior, cuando el árbol estaba decorado de luces, Charlie lo había podido ver desde la mansión en la colina DeChant. Verlo era una de las pocas cosas que lo habían reconfortado durante la primera Navidad que él y su hermano habían tenido que pasar con su brujastra.

—Vámonos —ordenó Paige. Revisó la acera para ver que no hubiera transeúntes y luego jaló una de las ramas bajas del pino a un lado. Charlie se agachó y marchó hacia el espacio abierto en el centro junto al tronco. Los otros le siguieron hasta que los cuatro estaban sentados con las piernas cruzadas, escondidos del mundo bajo las amplias ramas del pino.

Éste era el búnker. Cuando había un problema que resolver —o chismes que compartir—, éste era el lugar donde los cuatro se reunían. Era secreto, práctico, y lo suficientemente cercano a la biblioteca del pueblo como para poderles decir a sus padres que se dirigían ahí, sin recurrir a las mentiras. Para entrar al búnker, tenías que aceptar dos reglas: no podías hablar de nada más que de la verdad cuando estuvieras bajo esas ramas. Y nada que se dijera ahí adentro podría repetirse jamás. Fue ahí donde los cuatro amigos idearon el plan que derrotó a los bravucones que acosaban a Alfie. Fue el lugar que habían visitado cada tarde durante semanas después de que la mamá de Paige se puso tan triste que fue a dar al hospital. Y fue ahí donde fueron a estudiar con Rocco cuando su papá amenazó con sacarlo del equipo de basquetbol a menos que sus calificaciones mejoraran.

—Pues bien, suéltalo —le dijo Paige a Charlie—. ¿Qué está pasando?

—Se los diré, pero no van a creerme —masculló Charlie. La oscuridad ya lo llenaba desde las puntas de sus pies hasta la coronilla. No había manera de que las cosas se pusieran peores. Acababa de presenciar cómo se llevaban a su hermanito.

—¿Cómo lo sabes? —retó Alfie.

—Creo que Charlotte DeChant es una bruja, bueno, quizá… —dijo Charlie.

Sus tres amigos intercambiaron miradas.

—De acuerdo, ¡estoy *seguro* de que lo es! —insistió Charlie, mientras su frustración crecía. Cuanto más esperara Charlie para salvar a Jack, más probabilidad había de que su hermano terminara en un asador—. Miren…. desde que me mudé a la mansión purpura he sufrido horribles pesadillas sobre una bruja que quiere encerrarme en una jaula. Me he repetido una y otra vez que no es verdadera. Pero lo *es*. Y anoche descubrí que ella y Charlotte trabajan juntas.

—Estás teniendo pesadillas donde tu madrastra es una bruja —Alfie respiró aliviado—. Eso me parece perfectamente normal.

—¡Excepto que Charlotte es en verdad una bruja! —gritó Charlie—. Piénsenlo. Cocina todo tipo de pociones extrañas que no vende en su tienda... las guarda en la torre. Y tiene una carpeta repleta de dibujos horribles que ha hecho de monstruos y engendros. ¡Y la han escuchado reírse! ¡Un ser humano de verdad no hace sonidos tan horribles!

Nadie dijo una sola palabra. Charlie sabía que lo que había dicho debía haber sonado como una locura. Pero ellos eran sus mejores amigos en el mundo. ¿Acaso no verían que estaba diciendo la verdad?

—Me imaginé que no me creerían —Charlie se jaló las piernas hasta el pecho y acomodó su cabeza sobre sus rodillas.

—No es que no te crea —comenzó Alfie en tono diplomático—. Sólo que no sé si creer en la existencia de las brujas. ¿De verdad crees que tu *madrastra* es una...

—Pues yo te creo —declaró Rocco.

Charlie levantó su cabeza y vio que Paige y Alfie miraban a Rocco sorprendidos.

El brillante cabello negro de Rocco escondía gran parte de su rostro mientras usaba una varita para dibujar figuras de palo en la tierra. El arte nunca había sido el fuerte de Rocco, y los garabatos parecían ogros con ojos penetrantes y un corte de pelo en punta.

—Yo también he estado teniendo pesadillas —dijo—. Comenzaron hace unas cuantas noches, y se están volviendo realmente malas. No he visto ninguna bruja, pero el mismo tipo está en todos mis sueños. Me quiere mantener en séptimo grado para siempre. En mis sueños tiene un nombre diferente, pero estoy bastante seguro de que es…

—¡El director Stearns! —Alfie dijo con un grito ahogado—. ¡Yo también sueño con él todo el tiempo! ¡Él es el que me obliga a tomar la prueba de condición física una y otra vez, y no importa cuánto lo intente, nunca la paso!

—Stearns es la prueba de que los monstruos existen —dijo Rocco—. ¿Así que por qué no habría de creer también en las brujas de Charlie?

Las sombras bailaban por el suelo de tierra del búnker, y el aire estaba cargado de la fragancia del pino.

—Está bien, así que todos hemos estado teniendo pesadillas —finalmente dijo Alfie—. Pero las pesadillas no pueden ser reales. Según las leyes de la física…

—No sé nada de física. Pero estoy bastante seguro de que las pesadillas son verdaderas —dijo Charlie—. La bruja de mis sueños me dijo que cuando vas a dormir, tu espíritu viaja a una tierra de pesadillas. Y si tienes suficiente miedo, tu cuerpo también puede pasar al otro lado.

—¿Al otro lado? —preguntó Paige.

—Le llama Mundo Tenebroso —explicó Charlie—. No sé dónde está… o cómo llegas. Pero la bruja descubrió la manera de pasar entre los dos mundos. Anoche vino a mi casa y trató de robarse a Jack. Se lo quiere comer. Creo que la brujastra podría estar ayudándole.

—¿Qué? —dijo Paige con un grito ahogado.

—Aguarda —Rocco pareció impactado—. Puedo creer que Charlotte sea una bruja... pero, ¿estás diciendo que a esa guapa pelirroja le gusta comer niños?

—¿Quién sabe? —dijo Charlie—. Quizá por eso se mudó a Cypress Creek. Quizá se comió a todos los chicos de su antiguo pueblo y vino aquí en busca de carne fresca.

Sus amigos lo miraron fijamente y en silencio.

—¡Y ahora Charlotte tiene que actuar rápido, porque descubrí lo que es en verdad! —agregó Charlie—. Por eso tenemos que encontrar a Jack de inmediato.

Alfie se estremeció y cruzó los brazos con fuerza.

—No tiene fundamento científico alguno. Pero todo esto se está poniendo muy espeluznante.

—¿Tu hermano está solo con Charlotte ahora mismo? —preguntó Rocco. Charlie podía ver que su amigo estaba preocupado.

Paige frunció el ceño y se torció un mechón de cabello como siempre hacía cuando estaba tratando de entender las cosas.

—No entremos en pánico todavía. Jack probablemente esté bien —dijo, aunque no se veía convencida del todo.

—Puede ser —dijo Charlie—. Pero, ¿y si no?

—Hay una manera de descubrir si Jack está en problemas —dijo Rocco. Se levantó de rodillas y se limpió las agujas de pino de sus pantalones y abrigo—. Misión de reconocimiento.

—Buena idea —dijo Alfie—. Charlotte dijo que se iba a llevar a Jack a comer helado.

—Sólo hay un lugar en Cypress Creek donde comprar helado —Paige subrayó.

—Sí —dijo Rocco—y está a dos cuadras.

La heladería junto a El Herbolario de Hazel era una visión en rosa y azul pálido, muy iluminada. En sus vitrinas principales estaban pintados unos ositos de peluche color pastel que bailaban con barquillos de dos bolas de helado en las manos. La herbolaria de al lado estaba decorada de negro y con varias tonalidades de verde. Su ventana estaba repleta de extrañas plantas que absorbían la luz del tenue sol de Cypress Creek. Una tienda era la fantasía de cualquier niñito; la otra parecía sacada de una pesadilla.

Charlie revisó la fila de autos estacionados a lo largo de la calle. El viejo Range Rover de Charlotte no estaba entre ellos.

—Su auto no está aquí. Debe haber llevado a Jack a la mansión púrpura. ¡Tenemos que ir! —Charlie instó a sus amigos.

—Espera un segundo —dijo Paige—. Vinimos caminando hasta aquí. Quizá Jack y Charlotte lo hicieron también.

—¡Estamos perdiendo tiempo valioso! —alegó Charlie, enojado—. ¡Podría estar cocinando a mi hermano!

—No se muevan chicos. Prometo no tardarme nada —dijo Rocco. Luego salió disparado por el estacionamiento a máxima velocidad. Había visto un millón de películas de acción, y se había memorizado cada movimiento. Cuando llegó a la heladería, Rocco se aplastó contra la pared, estilo comando, y se asomó por la ventana rápidamente. Después de un momento volteó hacia sus amigos y negó con la cabeza. Jack no estaba adentro.

—¡Regresa! —gritó Charlie, justo cuando Rocco cayó sobre sus rodillas y comenzó a arrastrarse hacia la tienda de al lado.

—¡Shhhh! —ordenó Paige.

—Se está asomando dentro del herbolario —dijo Alfie.

Rocco formó un hueco con las manos para evitar el reflejo del cristal por la ventana de la herbolaria. Luego gesticuló frenéticamente a sus amigos para que se acercaran.

—Creo que voy a vomitar —dijo Charlie.

Cuando llegaron a la ventana, se asomó entre la maraña de tomillo trepador. Charlotte estaba en el mostrador de la tienda, sorbiendo algo de un cuenco negro.

El corazón de Charlie se encogió. Habían llegado demasiado tarde. Su hermanito había sido convertido en estofado.

—¡Mira! —dijo Alfie. Jack acababa de saltar sobre un banco al otro lado del mostrador. También él tenía un cuenco oscuro en las manos.

—¡Debe estar tratando de envenenarlo! —dijo Charlie.

—No lo creo —dijo Paige—. Parece que están comiendo helado.

Adentro de la tienda, Charlotte dijo algo que no podían escuchar, pero debía haber sido gracioso, porque Jack se rio tanto que rodó fuera de su asiento. Y cuando se volvió sentar, Charlotte estaba esperando con su cuchara acomodada como una catapulta. Lanzó un proyectil de helado hacia la nariz de Jack y dio justo en el blanco. Mientras Jack se limpiaba las mejillas, no podría haber parecido más feliz.

—Lo siento, Charlie —dijo Paige con compasión—, pero no me parece una bruja.

Charlie no dijo nada. Aunque detestara hacerlo, tenía que coincidir.

—Jack estaba en serio peligro, eso sí —notó Rocco—. Está por comer *demasiaaado* helado.

—Quizá deberíamos conseguir un poco también —dijo Alfie—. Ya saben, ¿como una misión encubierta? Quizá Charlotte dejó algunas *pistas* en la heladería.

Charlie negó la cabeza, incrédulo.

—Lo siento —replicó Alfie—, toda esta charla de brujas y pesadillas me ha dado hambre.

—Sí, sé a qué te refieres —dijo Rocco—. Estoy muriendo por un barquillo justo ahora.

—¿Te importa? —le preguntó Paige a Charlie—. Digo, ahora que sabes que Jack está a salvo y todo eso, ¿te molesta si vamos por un helado?

—Hagan lo que quieran —refunfuñó Charlie—. Yo me voy a casa.

CAPÍTULO ONCE

El intruso

Charlie se marchó hacia la mansión con la mandíbula bien apretada, cabizbajo y con los brazos cruzados. Se sentía como un idiota. Había arrastrado a sus amigos hasta el otro lado del pueblo para que miraran a su hermanito atascarse de helado. *Ella lo planeó todo*, pensó. La brujastra debía haber sabido que les diría a sus amigos sobre ella. Casi le habían creído. Y ahora estaba de nuevo donde empezó... solo.

Pero Charlie tenía una última oportunidad. Si lograba entrar a la Guarida de Charlotte, podría encontrar algo que comprobara su peligrosidad. Cuando llegó a la casa púrpura, subió a toda velocidad hacia la torre y pasó corriendo junto al retrato de Silas DeChant. Justo antes de llegar al segundo piso, Charlie se detuvo. Incluso cuando el resto de su familia estaba en casa, el pasillo del segundo piso le daba escalofríos. Las pinturas en la pared siempre parecían mirarlo. Las personas en los marcos eran todos ancestros de Charlotte. No sólo compartían muchos de ellos el mismo cabello rizado, sino que en la mayoría de los retratos la mansión púrpura se podía ver en alguna parte del fondo, como si estuvieran orgullosos de que fuera parte del clan.

Con cuidado, Charlie dio un paso hacia la puerta que llevaba a las escaleras de la torre. La casa estaba en silencio. Su papá todavía estaba en el trabajo. Charlotte y Jack estaban en el pueblo. Charlie no había metido pie en la guarida de la brujastra en más de un año. En realidad no quería hacerlo ahora, pero evidencia de la verdadera identidad de Charlotte podría estar escondida dentro... y ahora que su familia no estaba, tenía una oportunidad única de husmear un poco.

Charlie estiró la mano y giró la perilla. La puerta se abrió con un crujido. Escuchó las patas de la silla raspar contra la duela, seguido de un golpe fuerte. Contó seis pisadas pesadas y luego... nada.

Charlie casi bajó corriendo para marcar el número de emergencias. Sus rodillas se sentían débiles. Estaba respirando demasiado rápido. Pero Cypress Creek no era hogar de ladrones ni malandrines, recordó. La mayoría de la gente ni cerraba sus puertas con llave. Así que Charlie agarró la perilla y trató de quedarse parado. Debía haber otra explicación.

—¿Hola? —llamó—. ¿Papá?

No hubo respuesta.

Charlie aguantó la respiración y escuchó para ver si había señales de movimiento. Pasaron los minutos, nada. Comenzó a preguntarse si habría sido Aggie. No sería la primera vez que la bestia hiciera un escándalo mientras perseguía a los ratones que vivían en las paredes.

Puso un pie en el primer escalón. Después obligó a sus piernas a levantarlo hasta el siguiente. Trató de no pensar en qué lo podría estar esperando en la habitación de arriba. Con la vida de Jack en juego, no podía salir corriendo.

Cuando alcanzó el último escalón, Charlie estiró el cuello y se asomó al cuarto. Iluminada por la plateada luz de la tarde, la torre estaba vacía. Buscó a Aggie, pero la gata no estaba ahí. Aquella cosa que había hecho conmoción se había ido... aunque no por las escaleras. Pero de que hubo un intruso, eso era seguro. Uno de los cajones del escritorio de Charlotte había sido forzado, y los dibujos yacían regados por el suelo. Charlie reconoció un puñado de ilustraciones que Jack le había mostrado en el desayuno. Vio un dibujo familiar de dos niñas... y otros cuantos de monstruos que quizá nunca olvidaría. Algunas de las ilustraciones eran tan realistas que era difícil creer que las criaturas no hubieran posado para sus retratos.

Charlie se agachó para mirar más de cerca. Le sorprendió descubrir que muchos de los dibujos tenían temas conocidos. Había varios de la mansión púrpura y de Silas DeChant que se veían justo como la pintura en el descansillo de las escaleras. Y... ¡no! Charlie dio un paso adelante y levantó una ilustración del suelo. Era un dibujo de su casa, sólo que en el dibujo no era púrpura... sino negra. Pero no fue el arte lo que le interesó. Fue la leyenda en él. Charlotte había titulado el dibujo *Mansión de Mundo Tenebroso*. Charlie se frotó los ojos para asegurarse de haberla leído correctamente. La palabra *Mundo Tenebroso* se quedó justo ahí, en la página. Dobló el papel y lo metió en su bolsillo. Era la evidencia que buscaba. Mundo Tenebroso era real. Y Charlotte DeChant sabía todo al respecto.

Esbozando una sonrisa triunfal de oreja a oreja, Charlie viró su atención a la superficie del escritorio de Charlotte. La carpeta que alguna vez tuvo sus dibujos estaba completamente abierta. Junto a ella había un desatornillador que había sido usado para romper el cerrojo en el cajón donde se guardaba la carpeta. La silla del escritorio estaba tirada de lado. Quien fuera el perpetrador, debía haber estado sentado en ella cuando fue sorprendido por la llegada de Charlie. Miró alrededor de la habitación. Sólo había una puerta. Espantado una vez más, Charlie recogió la silla y se sentó. Comenzó a hojear las páginas que quedaban en la carpeta, sin estar seguro de lo que encontraría. Luego su mirada cayó sobre una imagen que lo paralizó: un dibujo de una pequeña niña rubia. Vestida con una camiseta normal y jeans, alzaba la vista con furia hacia un horrible payaso de mirada maliciosa. Los dientes de la niña estaban apretados, los puños cerrados. Parecía lista para enfrentar a todos los monstruos del mundo. Charlie conocía bien la mirada. Y sabía que le había pertenecido a su madre.

En la parte de atrás del dibujo había un poema extraño.

Cuando las criaturas chillan y aúllan como chacales,
y hay monstruos de garras filosas y espectros engrilletados,
y demonios de la oscuridad que de tus miedos

se formaron.

¡A no tener miedo, mis lecciones les ayudarán!
Lo primero que debes hacer es saber que estás soñando
cuando las pesadillas gruñen y se escurren y se acercan

arrastrando

Esas criaturas son sólo tus peores temores disfrazados.
Podría ser una sorpresa lo que en verdad te asusta.

Abajo, la puerta principal chirrió al abrirse y se cerró con fuerza. Charlie se quedó congelado, muerto de miedo.

—¡Hoola! —escuchó a Jack gritar desde el vestíbulo—. ¡Charlie...!, ¿estás aquí?

Charlie entró en acción y juntó las páginas que quedaban de la carpeta de la madrastra monstruosa. Si ella lo encontraba, pensaría que el cerrojo roto del escritorio y el desorden eran su culpa. Empujó los dibujos de vuelta en la carpeta y arrojó el libro en el cajón del escritorio. Comenzó a caminar de puntillas hacia la puerta, pero antes de llegar, escuchó a Jack subir brincando por las escaleras hasta el segundo piso. No había escapatoria.

—¡Hola, Charlie! ¡Te trajimos helado! ¡Es tu favorito, el de pasta de galleta! ¿Charlie? Paige dijo que estarías en casa. ¿Dónde estás?

El estruendo de puertas siendo abiertas en el pasillo de abajo llegó a oídos de Charlie. Él regresó al gran escritorio de madera de Charlotte y se metió en el espacio de abajo. Apenas había jalado la silla para colocarla en su lugar cuando la puerta de la torre se abrió por completo. Contuvo la respiración mientras su hermano miraba por todo el cuarto.

—¡Tampoco está acá arriba! —gritó el pequeño a Charlotte.

Estaba oscuro, calientito y sorprendentemente acogedor bajo del escritorio de su brujastra. Hasta con las piernas enredadas y la cabeza descansando contra la madera, los párpados de Charlie comenzaron a sentirse pesados. No era hora de tomarse una siesta, pero no pudo resistirlo.

De repente estaba en el calabozo de la bruja. Allí un caldero burbujeaba al centro de la habitación. Las ratas corrían alrededor del montón de basura, y la gata se zampaba a los más lentos. La bruja estaba sentada en una silla junto a la fogata. Parecía que se estaba arreglando el cabello, usando la hoja de un brillante cuchillo de carnicero como espejo. Cuando levantó la mirada, no parecía estar contenta de verlo.

—Ah, eres tú —dijo, y regresó a sus arreglos—. Ahora no es un buen momento. Ágata y yo estamos por salir. Tenemos una gran noche por delante.

—¿Qué van a hacer? —exigió Charlie.

—Vaya, vaya —la bruja lo reprendió— qué pésimos modales. La respuesta es: nada que te concierna.

—¡Nos vamos a comer a tu hermano! —aulló Ágata.

—¿De verdad? —la bruja le disparó una horrible mirada a la gata—. ¿Era necesario eso?

—No se van a comer a nadie esta noche —declaró Charlie, deseando sentirse tan valiente como sonaba.

—¿En serio? —preguntó la bruja, y bajó el cuchillo de carnicero—. ¿Y se puede saber quién va a detenernos?

—Yo —dijo Charlie. Corrió hacia el caldero, que era del tamaño de una tina y estaba lleno hasta el borde con un fétido menjurje. Golpeó el lado de la olla con todo su peso, y para su sorpresa ésta cayó y soltó una ola de burbujeante líquido café que empapó a la bruja.

—¡Pequeño mocoso repugnante! —aulló ésta, mientras quitaba de su vestido lo que parecían ser garras de pollo y vísceras de rana.

—¿Pensabas que me iba a disolver? Ahora destrozaste mi vestido y echaste a perder el caldo.

—Si no es una película —dijo Ágata, entornando los ojos—. Las brujas no se *derriten*.

—¡Agárralo! —gritó la bruja—. Lo ataremos y lo obligaremos a que nos vea comer.

La gata se le abalanzó, tiró a Charlie de espaldas y lo sostuvo ahí mientras la bruja iba por la cuerda. Pronto Charlie estuvo atado al catre del calabozo… y la bruja y su gata habían desaparecido.

—¡Noooooooooo! —gritó—. ¡Despierta! —se dijo—. Despiértate, despiértate, ¡despiértate!

Y luego, para su gran sorpresa lo estaba: completamente despierto bajo el escritorio de Charlotte.

Charlie se levantó y se dio cuenta de que había caído la noche. Pero la torre estaba lejos de estar oscura. Afuera la luna brillaba, y la luz inundaba la habitación.

Charlie bajó de la torre a toda prisa. Cuando llegó al pasillo del segundo piso, pudo escuchar a su padre hablar por teléfono. Bajó con sigilo hasta el descanso entre el primer y el segundo pisos, afiló los oídos para escuchar.

—… alrededor de las cuatro de la tarde, por la heladería. Les dijo a sus amigos que iba a caminar a casa… Mi esposa lo está buscando afuera ahora… Llevaba jeans y una capucha. Zapatos deportivos azules con rayas verdes… No, oficial, ha sido un poco difícil de tratar últimamente, pero nunca antes había hecho algo así…

Fue justo ahí que Charlie escuchó un crujido conocido. Se giró justo a tiempo para entrever que la puerta a las escaleras de la torre se estaba cerrando. Pudo escuchar las pisadas que subían hasta arriba, y no desperdició el tiempo antes de subir a toda marcha detrás de ellas. Cuando alcanzó la torre, paró en seco frente a la puerta. El cuarto octagonal ya no tenía ocho paredes sólidas. Un lado se había desvanecido, y donde alguna vez hubo yeso y madera, Charlie ahora veía el bosque de sus pesadillas. Se lanzó hacia la apertura antes de que ésta se cerrara. Ahí, a la distancia, podía verse a la bruja con un niñito echado sobre su hombro.

CAPÍTULO DOCE

Payaso al suelo

—¡Jack! —gritó Charlie, pero el niño no se movió. Su cuerpo parecía estar atado bajo una cobija, envuelto como un insecto atrapado en una telaraña.

La bruja se giró y levantó un dedo chueco hasta sus labios.

—¡Shhh! —siseó—. ¡Vas a despertar al bebé!

La carcajada malvada que vino a continuación pareció reverberar en cada árbol del bosque.

—¡Tráelo de vuelta! —ordenó Charlie, y bajó desde la firme duela de madera de la torre hasta el suelo cubierto de musgo.

—Mi mundo, mis reglas —dijo la bruja con desprecio—. Ven por él, mocoso llorón.

Lo último que Charlie vio antes de que la bruja se desvaneciera detrás de un árbol fue el cuerpo de su hermano rebotando contra la espalda jorobada de la bruja. Fue ahí cuando comenzó a correr.

Un angosto sendero serpenteaba por el bosque, pero era imposible quedarse en el camino. Sólo unos cuantos rayos de luna lograban llegar hasta la superficie del bosque. Las sombras más oscuras eran negras como el carbón, y Charlie corrió entre ellas a ciegas, guiado por el sonido evanescente de la risa de la bruja. Vadeó por un pestilente lodazal que le succionó ambos zapatos. Zarzas cubiertas de espinas rasgaron su ropa y le arañaron la piel. Descalzo y sangrando, Charlie siguió corriendo, hasta que el cacareo de la bruja se volvió demasiado débil para seguirlo... el sendero ya no se veía por ninguna parte.

Con los pulmones ardiendo, Charlie se tambaleó hasta detenerse. Se encorvó para recuperar el aliento y masajear la terrible punzada que sentía en el costado. Cuando levantó la mirada, se dio cuenta de lo perdido que estaba. Los árboles que se ceñían sobre él eran más altos que cualquiera que hubiera visto. Costras de liquen se adherían a sus troncos, y un musgo gris y blando colgaba de las ramas como el pelo de una bruja. Uno de sus pies se hundía lentamente en un charco negro y turbio. Al otro pie le goteaba fango. Pero lo que más lo asustó fue lo que acechaba entre los árboles. Aguzó sus sentidos, pero no oyó nada. Nada de nada. Nada de pájaros trinando ni insectos zumbando. Ni el menor crujido de hojas ni el croar de las ranas. El bosque estaba en absoluto silencio.

Pero no estaba solo. La bruja podía haberse ido, pero sabía que la peor pesadilla de todas estaba cerca. Y sabía que vendría por él.

Más adelante había cientos de árboles. Crecían cientos más a la izquierda y a la derecha. Una explosión de temor hizo que Charlie se girara. La vista detrás de él era exactamente la misma. Éste era el bosque que había hecho tanto por evitar. Charlie buscó sus huellas frenéticamente en el lodo, esperando poder seguirlas de vuelta a la torre. Pero luego se detuvo. Había prometido a su madre que cuidaría a su hermano. Ella no le había pedido nada más. Y eso significaba que no podía dejar Mundo Tenebroso sin Jack. Hasta que rescatara a su hermano, no podría ir a casa. Y así, Charlie siguió su camino, aunque sabía que la peor pesadilla de todas podría estar esperando detrás de cualquier árbol.

No dejaría que la bruja ganara, se juró Charlie a sí mismo. Encontraría a Jack, tomara lo que tomara. Pero tenía que actuar rápidamente. Aunque la cosa en el bosque no lo encontrara, tenía la sensación de que no sobreviviría en Mundo Tenebroso más de un par de días. Parecía ser un gran bosque. El agua que había visto era demasiado asquerosa para beberse. Y no había nada para comer más que liquen, musgo, y unos extraños hongos rojos que brotaban del suelo. Charlie recordaba poco de lo que su mamá le había enseñado sobre los hongos, pero estaba seguro de que aquellos no eran del tipo de champiñones que uno podía freír en una omelette. Cada espécimen tenía cinco tentáculos rojos que supuraban baba verde, y un agujero negro en el centro como una boca abierta. Charlie se inclinó para inspeccionar uno de los hongos más de cerca y contuvo la respiración. Mientras lo miraba, sus tentáculos de calamar comenzaron a retorcerse. Luego algo horrible asomó su cabeza por el agujero en el centro.

Era brilloso y negro, con dos antenas que se crispaban. Justo arriba de las alas del bicho había un segmento amarillo opaco con una mancha oscura en el centro. Charlie reconoció la criatura de inmediato. Era un escarabajo carroñero... y su comida elegida era la carne podrida. Dos años antes, un chico en la clase de Charlie había llevado tres de esos insectos para mostrarlos en clase, y durante semanas su recuerdo había reptado en las pesadillas de Charlie. Los bichos de verdad habían sido horribles, pero por lo menos eran pequeños. En Mundo Tenebroso, parecían crecer hasta alcanzar el tamaño de una rata.

Charlie sintió que algo le hacía cosquillas en el pie y echó un vistazo hacia abajo sólo para descubrir a un monstruoso escarabajo reptando sobre sus dedos. Sacudió su pierna, lanzando al bicho contra un árbol. Éste rebotó contra la corteza, golpeó el suelo y siguió caminando, y para el horror de Charlie ya no estaba solo. Mientras investigaba el hongo, había aparecido un ejército de escarabajos carroñeros. Miles cubrían el suelo del bosque, y marchaban sobre sus pies con completa libertad. Era como si ni siquiera estuviera ahí.

Adonde mirara encontraba bichos. La plaga no parecía tener fin, y Charlie enfrentó tres decisiones terribles: podría quedarse quieto, con la esperanza de que los bichos pasaran. Podría tratar de escaparse, lo que significaría aplastar a las criaturas y sentir sus tripas rezumar entre sus dedos. O podría arrastrar sus pies por el suelo y hacer su mejor esfuerzo por moverse junto a los escarabajos.

Charlie deslizó un pie hacia delante, y miles de escarabajos batieron sus alas, como si le estuvieran mandando una señal de aprobación. Parecían estarlo llevando a alguna parte. Charlie sabía que podría no ser el lugar adonde quería ir, pero no tenía más opciones. Estaba atrapado en una pesadilla. Si había alguna oportunidad de salvar a su hermano, tendría que descubrir adónde lo querían llevar los bichos.

Charlie arrastró los pies por lo que pareció una eternidad, sin ver nada más que árboles. Justo cuando estaba por darse por vencido, le llegó un ligero olor a comida. El aroma le recordó a los menjurjes que Charlotte siempre dejaba burbujeando sobre la estufa de la cocina en la mansión. Mientras levantaba su nariz para olfatear, sus ojos se giraron hacia el cielo. Muy arriba en el follaje del bosque, acurrucada entre dos flaquísimos árboles, había una cabaña. A pesar de su ubicación, era una estructura aparentemente normal. Las paredes estaban hechas de troncos, y el tejado a dos aguas había sido construido de paja café. Una luz cálida y dorada iluminaba las cuatro ventanitas. Parecía perfectamente acogedora... y aun así, sólo mirar aquella casa resultaba inquietante. Charlie sabía que la había visto en alguna parte.

El ejército de bichos que lo habían dirigido a la cabaña comenzó a dispersarse. Algunos volvieron a cavar para entrar de vuelta a la tierra. Otros escalaron árboles. La mayoría simplemente se deslizó hacia la oscuridad. Charlie luchó contra el impulso de correr. Junto con los escarabajos, la cabaña era una de las pocas señales de vida que había encontrado. Sabía que no podía sólo decir adiós y dar la vuelta. Buscó cualquier tipo de escalera, pero no parecía haber manera de alcanzarla. Finalmente se hizo para atrás y grito.

—¡Hooola!

La duela de madera comenzó a crujir por encima de su cabeza. La figura de un enorme felino apareció en el porche. Sacó una pata y bateó a un escarabajo que volaba cerca. Le siguió un fuerte crujido.

Charlie se encogió cuando vio a la gata parada en sus patas traseras, asomada hacia abajo para verlo desde el balcón. Sus bigotes estaban mojados con algo verde. Vísceras de bicho, se dio cuenta, y casi se atragantó del asco.

—¡Qué amable que trajeras el aperitivo! —ronroneó la gata—. Me da tanto gusto que pudieras llegar para la cena.

—Ágata —respiró Charlie. No importa cuánto detestara a la gata, era un alivio haberla encontrado.

—Hola, *cena* —contestó Ágata.

—¿Dónde está la bruja? —preguntó Charlie—. ¿Y dónde está Jack? Si acaso lo tocaste...

—Ay, *relájate* —dijo la gata con un bostezo—. Lo tenemos que engordar antes de nuestro festín. El pequeño cerdito probablemente se está comiendo un galón de helado mientras hablamos. Ahora sube y ven adentro. Es hora de mi cena. Estoy absolutamente *famélica*.

Toda la situación era tan extraña que Charlie casi se rio.

—¿Parezco tonto?

—Estarás a salvo —ronroneó la gata—. Esa cosa en el bosque no te puede alcanzar acá arriba.

Se le paró el corazón a Charlie, pero no se movió.

—No voy a escalar hasta arriba para que me puedas comer.

—No te comeré *completo* —dijo Ágata—. Sólo unos cuantos pedacitos que en realidad no necesitas. Un caballero muy importante ha estado esperando a que llegues. Me conformo con mordisquear esos dedos del pie tan apetecibles, porque después él quiere conocer lo que sobre.

—No vine aquí para conocer a nadie. Vine aquí por Jack, y tan pronto como lo tenga, encontraré la manera de despertar.

—¿Despertar? —Ágata dijo con una risita—. No te puedes *despertar*, Charlie Laird. ¡No estás dormido! Atravesaste el portal por voluntad propia. Tu cuerpo también está aquí, lo que significa que estás atrapado en Mundo Tenebroso. Todo fue parte del plan.

Charlie no podría haber estado más confundido.

—¿Qué *plan*? —gritó.

Ágata bostezó de nuevo.

—No me permiten decirlo.

—Entonces supongo que no tenemos nada de qué hablar —Charlie dio media vuelta.

—¿De verdad crees que te dejaría escapar así de fácil? — lo llamó Ágata—. ¿Seguramente reconociste esta hermosa cabaña? Se la pedí prestada a una vieja sobre la que alguna vez leíste. Ella y su casa te dieron pesadillas por semanas. Otro miedito con el que nunca lidiaste del todo.

—Y *tú*, ¿cómo lo sabrías? —Charlie se mofó sin mirar atrás. Pero se estaba poniendo más nervioso con cada segundo que pasaba. Mundo Tenebroso parecía ser el hogar de todas sus pesadillas infantiles, y no estaba ansioso por ver cuál aparecería a continuación.

Echó a andar por el bosque. No había llegado lejos cuando la tierra comenzó a temblar bajo sus pies. Se detuvo y, tras una pausa, la tierra comenzó a moverse otra vez. Luego Charlie se percató de que eran pisadas.

Lo que fuera que lo seguía era enorme... y se acercaba cada vez más.

Charlie se asomó hacia atrás y casi cayó de rodillas. Los dos árboles sobre los que estaba posada la casa no eran en realidad árboles, sino piernas: enormes piernas llenas de escamas que terminaban en pies de pájaro. Las largas garras en las puntas de los dedos se enterraban en la tierra con cada paso que daban. De repente Charlie recordó el libro que lo había asustado cuando era más pequeño. Era una colección de cuentos tradicionales. En ella estaba la historia de la vieja bruja devora-niños cuya choza caminaba sobre dos gigantescas patas de pollo. Leer sobre aquella casa podría haberle dado pesadillas, pero verla en acción resultaba un millón de veces más aterrador.

Charlie corrió con velocidad, más de la que había utilizado en toda su vida. Pero aun con la ventaja, no podía ganarle. Y su ventaja disminuía con cada paso que ésta daba. Esperaba ser aplastado en cualquier momento. Luego, por encima del sonido de su corazón que latía contra sus costillas, y de los golpes que sacudían el suelo, y los árboles que se estrellaban, los oídos de Charlie percibieron otro sonido.

¡Ahhhhhbleeeeeewgah! ¡Ahhhhbleeeeeewgah! ¡Ahhhh-bleeeeeewgah!

Como todo lo demás que había encontrado en Mundo Tenebroso hasta ahora, era extrañamente familiar. Le recordaba el claxon de un auto de juguete con el que Jack jugaba cuando era más pequeño. Charlie arriesgó otra mirada sobre su hombro. Un convertible oxidado, amarillo y destartalado, iba a toda velocidad entre los árboles. Al volante había un payaso que parecía tener por lo menos el doble del tamaño del vehículo. Sus rodillas estaban levantadas contra su pecho y sus dos mechones de pelo rojo brillante eran aplastados por el viento.

¡Ahhhhhbleeeeewgah! ¡Ahhhhhbleeeeewgah! ¡Ahhhhhbleeeeewgah! siguió sonando el auto mientras el payaso lo guiaba alrededor de las patas de la casa. Parecía haber algo que se arrastraba desde la defensa trasera del auto. *Una cuerda*, se dio cuenta Charlie, justo cuando sus dedos del pie se atoraron bajo la raíz de un árbol y cayó de boca en el fango. En un santiamén, se rodó de espaldas, esperando que la casa lo atacara. Pero ésta había parado en seco por la cuerda que ahora tenía enredada alrededor de sus patas.

Arriba, en el porche, la gata parecía enfurecida.

—¿Qué crees que estás haciendo? —le aulló al conductor del auto—. ¡Es *nuestro*, payaso estúpido!

El auto amarillo se detuvo junto a Charlie. Un payaso de proporciones grotescas comenzó a desdoblarse desde atrás del volante.

—¡Pagarás por esto, Dabney! —aulló Ágata.

El payaso ignoró a la felina iracunda y extendió una mano enguantada hacia Charlie. Su rostro era blanco grisáceo. Dos diamantes azules pintados enmarcaban sus ojos rojos, y una maliciosa sonrisa roja se extendía de oreja a oreja. Era el payaso de las ilustraciones de Charlotte.

Charlie se hizo hacia atrás en desbandada, lejos de la mano enguantada que el payaso le extendió.

—¡Vamos! —lo alentó el payaso. Su voz era alta y chillona... y sonaba como que podría comenzar a soltar risitas en cualquier momento—. ¡Levántate y sube al auto!

—¿Q-q-qué? —balbuceó Charlie.

—¡Las cuerdas que están alrededor de las patas de la casa no aguantarán mucho! ¡Métete al auto y sal de aquí! ¡Estoy tratando de salvarte!

Charlie agarró la mano del payaso, quien lo jaló hasta quedar de pie.

—Pero no sé conducir —dijo.

—Es fácil —insistió el payaso—. Sólo pisa el acelerador, gira el volante y trata de no matar a nadie. ¡Ahora ve!

Charlie se deslizó sobre el asiento del conductor.

—¿Adónde se supone que voy? —preguntó.

—No importa —le dijo el payaso—. Donde sea que acabes, alguien te encontrará.

De alguna manera eso no hizo sentir mejor a Charlie. Apretó el pedal suavemente con su pie y el auto se sacudió hacia delante. Quitó el pie y el auto se detuvo de golpe.

—¡Ve! —gritó el payaso. Charlie escuchó un chasquido fuerte mientras las cuerdas que ataban las patas de la casa se rompían. La casa dio un gigantesco paso, y una de sus patas de pollo alcanzó al payaso y se envolvió alrededor de él.

—¡No voy a dejarte! —gritó Charlie al payaso.

—¡Ve! —gritó él—. ¡Yo estaré bien! ¡Las pesadillas como yo nunca mueren!

Charlie encontró el acelerador de nuevo y lo aplastó con fuerza. El vehículo salió disparado a toda velocidad por el bosque. No importaba en qué dirección girara, siempre parecía haber un árbol bloqueando el camino. Era casi como si el bosque intentara detenerlo. Para cuando apareció un camino, Charlie ya había perdido la cuenta de la cantidad de árboles esquivados de milagro. Sus nervios estaban tan deshechos que ni siquiera le importaba adónde lo llevaba el camino. Charlie giró a la izquierda cuando dio con el pavimento... y salió a toda prisa de su pesadilla.

CAPÍTULO TRECE

Meduso

Para sorpresa de Charlie, Mundo Tenebroso era mucho más que un bosque. Mientras el cochecito amarillo corría a través de él, viajó de un sueño horrible al siguiente. Algunas de las pesadillas eran tan pequeñas como una sola casa embrujada. Otras eran del tamaño de todo un reino maldito. Charlie condujo por un castillo de piedra con gárgolas vivas posadas como pichones en sus almenas. Las criaturas se tiraron en picada contra él mientras pasaba, tratando de arrancarlo del auto con sus picos y garras. En las colinas más allá del castillo, una manada de lobos famélicos lo persiguió por un tramo de camino sinuoso. Desaparecieron al borde de un reino tropical donde un volcán humeante se extendía hacia el cielo detrás de las manadas de dinosaurios. Charlie no se atrevía a detenerse. Incluso cuando los velociraptores no lo perseguían, no parecía haber un solo lugar para descansar. Adondequiera que fuera, los terrores seguían llegando. Y no eran sólo parte de *sus* malos sueños. A Charlie siempre le habían gustado los dinosaurios. De alguna manera se había perdido en las pesadillas de extraños.

Lo peor de todo era que no había señales de Jack. Charlie visitó cementerios, asilos, pantanos y urbanizaciones, pero nunca vislumbró el campanario de la bruja. Con cada giro equivocado, se imaginaba a Jack aumentando tallas a la espera de convertirse en el platillo principal del festín de la bruja. Charlie golpeaba frustrado su cabeza contra el volante.

Iba a toda velocidad por un pueblo abandonado cuando su auto finalmente chisporroteó hasta detenerse. Las tiendas del lado izquierdo del camino tenían las ventanas rotas y los muros ennegrecidos por el fuego. Las tiendas a la derecha estaban barricadas con tablones. La calle estaba cubierta de vehículos abandonados, sus puertas completamente abiertas, como si los pasajeros hubiera saltado afuera y salido corriendo. Aquel pueblo no era el mejor lugar para que se descompusiera el auto.

Charlie no vio otra opción más que salir del coche. El viento silbó ominosamente mientras miraba alrededor. No era su pesadilla, eso era seguro, pero sentía como que debía haber estado ahí antes. Luego, en la ventana polvorienta de una tienda en ruinas, lo vio: un oso de peluche con un barquillo de helado en la mano. El pueblo abrasado era Cypress Creek. Charlie miró alrededor, sobrecogido por una mezcla de horror y alivio. Tan terrible como pudiera ser ver destrozado su pueblo, Charlie se dio cuenta de lo que aquello significaba: Jack no debía estar tan lejos. Quería partir en busca de su hermano. Pero, ¿qué criaturas habría al acecho en esta parte de Mundo Tenebroso? Y sin auto, Charlie estaba consciente de que había una probabilidad bastante alta de que no alcanzara ni siquiera el final de la cuadra.

Charlie abrió el cofre del auto de la manera en que había visto a su padre hacerlo y negó con la cabeza. En vez de motor, el auto albergaba una enorme llave de latón. El auto no era otra cosa que un juguete de cuerda. Charlie trató de girar la llave, pero ésta apenas se movió. Estaba comenzando a sudar.

—Ahí esssssstá.

Charlie se giró. Una brisa sopló hojas muertas por la carretera. Las cortinas ondeaban en la ventana de un café vacío. Un semáforo roto que parpadeaba en luz roja se columpiaba en un cable de arriba. Pero no había nadie ahí.

—Ahora esss nuestra oportunidad —siseó una segunda voz—. Actuemosss con rapidezzzz.

—¿Quién está ahí? —llamó Charlie, haciendo su mejor esfuerzo por sonar rudo—. ¿Qué está pasando?

—Me temo que no tendrás tiempo de arreglar ese auto —dijo una tercera voz. Ésta era suave y tan refinada que parecía como si la garganta del dueño fuera de seda—. Es seguro que te vean, en cualquier momento.

—¿Quién? —Charlie se encogió y el cofre del auto cayó con un golpe ensordecedor.

—Vaya, vaya. ¿Debes hacer tanto ruido? Seguramente te escucharon esa vez —la voz parecía venir de una rejilla de metal incrustada en la acera, desde las cloacas.

—¿Quién eres? —demandó Charlie con ansiedad—. ¿Y por qué estás allá abajo?

Sabía que no había respuestas buenas a esa pregunta. Sólo los cocodrilos, los criminales prófugos y los asesinos de las caricaturas pasaban tiempo en la alcantarilla.

—No es de mí de quien deberías preocuparte —contestó la voz misteriosa—. Mira alrededor.

A la distancia, una multitud se reunía en la calle. Por un momento, Charlie sintió un destello de esperanza. Eran los primeros de su tipo que había visto desde que llegó a Mundo Tenebroso. Luego, a medida que comenzaron a arrastrar los pies hacia él, se dio cuenta de que no eran *del todo* humanos. Ya no.

—*Zombis* —Charlie gimió y pateó un neumático del auto que lo acababa de traicionar—. ¿Alguien transformó a Cypress Creek en una pesadilla de zombis?

Nunca había tenido temor especial por los muertos vivientes, pero según Rocco, gran conocedor de películas de zombis, sí que podían ser un verdadero fastidio.

—Tampoco necesitas preocuparte de los zombis —contestó la voz—. Esa gente se está cayendo en pedazos. Hasta los que todavía tienen piernas no podrían correr más rápido que un niño que aprende a caminar. Estos días hay que cuidarse de los conejitos en esta parte del pueblo.

—¿Conejitos? —la palabra estalló de los labios de Charlie, seguido de una risa incrédula.

—Así es —dijo la voz—quien sea que los soñó tiene *bastante* imaginación. Échales otra mirada y verás a qué me refiero.

Charlie todavía estaba sonriendo con superioridad cuando lanzó otra mirada sobre su hombro. En efecto, había una docena de esponjosos conejitos blancos brincando por la calle en dirección a él. Podía ver que eran conejos por las grandes orejas rosadas, pero algo estaba horriblemente mal con sus rostros. No tenían ojos. Ni narices. Ni bigotes. Sus cabezas no tenían otra cosa más que bocas abiertas cargadas de dientes filosos como navajas. Y a juzgar por las brillantes manchas rojas en su pelaje, habían comido ya algo.
Algo bastante *grande*.

Sin los dientes, se habrían parecido mucho a Hans y Franz, los conejitos de la biblioteca de la escuela. Un bravucón de octavo grado los secuestró una vez y los escondió en el casillero de una niña. Los dos salieron de golpe el segundo en que ésta abrió la puerta, asustando tanto a la pequeña que tuvo que quedarse en casa sin ir a la escuela el resto de la semana.

Charlie se volvió hacia la rejilla de la alcantarilla y cayó de rodillas.

—¡Vienen directo hacia mí! ¡Déjame entrar!

No había manera de que aquello que lo estuviera esperando bajo la calle pudiera compararse con ser destrozado por conejitos sedientos de sangre.

—Pensé que nunca lo pedirías —contestó la voz—. Simplemente jala la rejilla y deslízate hacia abajo. Los conejos no te seguirán. El sistema de cañería no es parte de su pesadilla.

Sólo le tomó unos cuantos segundos a Charlie retirarle la rejilla y caer por un ancho tubo de concreto. Aterrizó con una salpicadura a los pies de un hombre que se veía sorprendentemente ordinario. Su traje gris de tres piezas lucía un planchado perfecto, abotonado sobre una barriga que se veía más bien blanda. Encima de la cabeza del hombre había un sombrero anticuado con una ancha banda gris. Tenía los ojos escondidos detrás de anteojos de sol con lentes negros.

Charlie sintió alivio al descubrir que su benefactor era humano. Se levantó y sacudió su ropa con las manos.

—Gracias por la ayuda —dijo, y extendió su mano—. Me llamo Charlie.

Cuando el hombre hizo una mueca al ver la palma cubierta de suciedad de Charlie, éste se limpió la mano en sus pantalones y volvió a extenderla, sintiéndose un poco ofendido. El hombre era muy quisquilloso para alguien de pie hasta los tobillos en un caño.

—¿Quién *eres*?

—Soy el amigo de un amigo —contestó el hombre—. Podrías decir que trabajo con Dabney. Se supone que debo ayudarte a salir de aquí.

Por la manera en que lo dijo, dejó claro que no era un deber que estaba ansioso por llevar a cabo.

Charlie se dio por vencido y bajó la mano.

—¿Quién es *Dabney*? —le sonaba el nombre, pero no lograba recordar de dónde.

—¿Has estado conduciendo su auto por todo Mundo Tenebroso y ni siquiera recuerdas su nombre? —el hombre de los lentes de sol sonaba molesto.

—¡Ah, cierto! —todo cayó en su lugar—. El payaso.

La verdad, a Charlie casi se le había olvidado. Sentía que habían pasado años desde que el payaso lo había salvado.

—¿Dabney estará bien?

El hombre suspiró y se frotó los ojos sin quitarse los lentes.

—Supongo que eso depende de lo que le hiciste.

—Yo no le hice *nada*. Me dijo que me llevara su coche, así que lo hice. Pero estoy bastante seguro de que la gata de la bruja y esa casa caminante lo capturaron antes de que yo me fuera.

El hombre suspiró aun más fuerte.

—¿Qué bruja? ¿Qué gata? Hay de las dos especies hasta en la sopa por aquí.

—El nombre de la gata es Ágata. No sé cuál es el nombre de la bruja, pero sí sé que tiene una amiga llamada Charlotte.

La espalda del hombre se puso rígida.

—Debes estar equivocado. No hay brujas llamadas *Charlotte*. Ni siquiera he *escuchado* de una bruja con ese nombre. Apuesto a que tu bruja es Brunilda —declaró el hombre—. Lo que significa que exigirá un rescate para soltar a Dabney. Probablemente pasaré los próximos días juntando ojos de tritón sólo para pagarle. Y todo porque un niño entrometido...

—¿Disculpe? —dijo Charlie, interrumpiendo el soliloquio del hombre. Estaba haciendo que se sintiera como un fastidio, lo que no le parecía justo, ya que él en realidad no había pedido su ayuda en principio—. No me contestó. ¿Quién es usted exactamente, y por qué está aquí?

Esta vez el hombre ofreció su mano de mala gana.

—El nombre es Meduso —contestó con un resoplido de desdeño—. Y estoy aquí por ti. Normalmente hago mi mejor esfuerzo por evitar condiciones tan apestosas.

Qué grosero, pensó Charlie. Pero no estaba en posición de rechazar la ayuda de nadie.

—¿Así que dónde están tus amigos? —preguntó Charlie mientras se daban la mano.

—¿Qué amigos? —respondió Meduso.

Charlie se daba cabezazos en la pared por bajar la guardia.

—Escuché tres voces que provenían de la alcantarilla —dijo—. Sólo una de ellas era tuya.

—Ah, *esas* voces —Meduso movió nerviosamente—. Me temo que sólo era yo.

—¿De verdad? —Charlie se mantuvo firme. ¿Por qué todos en este mundo lo creían estúpido?—. ¿Dónde están los otros tipos, Meduso? ¿Estás planeando una emboscada?

—¡Eso es ridículo! —espetó Meduso—. Te acabo de salvar el trasero... ¿qué pasó con dar las *gracias*? De veras, ¡estos niños de hoy! Soy un hombre bien vestido parado en una cloaca. ¿Cómo no confiar en mí? —luego volvió a respirar hondo—. Perfecto. ¿Quieres conocer a "los otros"? Te los voy a presentar. Sólo recuerda: no tenemos tiempo para la charla ociosa. Tenemos que salir de esta tubería antes de que comience la siguiente pesadilla.

Meduso se levantó el sombrero con una mano y tres serpientes se desenredaron sobre su cabeza. Charlie dio un horrorizado salto para atrás pero logró no gritar. Ya había enfrentado gárgolas, zombis y conejitos sedientos de sangre. Debería haber sabido que el servicio de alcantarillado de Mundo Tenebroso no sería seguro.

La primera víbora era color rojo oscuro. Su cuerpo muscular se mecía de lado a lado como el reloj de bolsillo de un hipnotista. La siguiente era de un café polvoso y deslavado. Metía y sacaba una rosada lengua bífida que sacudía en el aire. La tercera víbora, una belleza verde esmeralda con ojos rojos, pequeños y brillantes, de inmediato le peló los colmillos.

—Te presento a Larry, Barry y Fernando —dijo Meduso. Fue ahí cuando Charlie se dio cuenta de que las tres serpientes crecían directamente de la cabeza del hombre—. La verde es Barry. No ha dicho nada desde ese malentendido de la "manzana prohibida". Las otras dos nunca se callan.

—Esss un placccer —siseó la serpiente roja con un fuerte acento español—. Mi nombre essss Fernando.

—El niño está descalzo en la cañería —dijo la café. No se molestó en presentarse, pero si Barry nunca hablaba, Charlie se imaginó que ésta debía ser Larry—. Essso sssimplemente no esss higiénico.

—¡Pueden hablar! —dijo Charlie con un grito ahogado.

—Tú también. No sssuenes tan ssorprendido.

—Tranquilosss. Las víborasss no hablan en el lugar de donde viene —dijo Fernando—. ¿No se acuerdan? Ella dijo la missssma cossa.

—¿Ella? —dijo Charlie, preparándose para dar un paso adelante.

Meduso se colocó el sombrero y las tres serpientes desaparecieron debajo.

—No me acercaría demasiado. Barry es de las que muerden.

—¿Y *tú* qué eres? —preguntó Charlie, manteniendo su distancia todavía.

—Soy un gorgón
—contestó Meduso con
arrogancia, como si
debiera ser obvio.

—¿Qué es un gorgón?

Meduso soltó un bufido
ante la ignorancia de Charlie.

—¿Seguramente habrás
escuchado hablar de Medusa,
el monstruo de la mitología
griega? ¿La señora con
serpientes en vez de cabello
y ojos que pueden convertir
a los hombres en piedra?

—¿Sí? —dijo Charlie—. ¿Y qué?

—¿Y qué? —repitió Meduso, indignado—. Ella es una de las pesadillas más famosas que jamás hayan existido… y es una gorgona, igual que yo. Más de dos mil años de edad y tan temible como siempre.

—¿Medusa sigue viva? —preguntó Charlie con asombro—. Pensaba que un tipo le había cortado la cabeza hace mucho.

Meduso hizo un gesto de desdén.

—Ésa sólo es una historia. No deberías creer todo lo que lees. Además, estás hablando de una leyenda. Muestra un poco de respeto o te convertiré en una de esas adorables estatuitas de querubines que hacen pipí en las fuentes. Lo único que tengo que hacer es quitarme los lentes de sol y mirarte con mis ojitos celestes.

—No me puedes convertir en piedra si alguien te mandó para que me ayudaras —señaló Charlie—. ¿Quién fue?

Meduso marchó frente a Charlie como respuesta.

—Tengo que *ayudarte,* no seguirte la corriente. Si quieres dejar este mundo, te sugiero que me sigas. Es un largo viaje hasta el portal, y no tengo…

—¿Portal? —interrumpió Charlie.

—La única puerta entre Mundo Tenebroso y Mundo Despierto. Está dentro de esa mansión en la que vives. Tenemos que llevarte de vuelta ahí antes de…

—No —la voz de Charlie reverberó por el túnel. Por primera vez sonaba casi como si fuera grande—. No puedo dejar Mundo Tenebroso hasta encontrar a mi hermanito.

—¿Disculpa? —Meduso se detuvo y se dio la vuelta—. Nadie mencionó una sola palabra sobre un hermanito.

—La bruja se robó a mi hermanito —dijo Charlie—. Su plan es comérselo.

Meduso se golpeó la frente con la mano.

—No seas tonto. Mira, niño, sé que has visitado Mundo Tenebroso unas cuantas veces en tus sueños. Pero no tienes la menor idea del lío en el que te has metido. Cuando atravesaste el portal, tu cuerpo pasó de este lado junto con tu espíritu. Eso significa que estás atrapado en este mundo hasta que encuentres tu camino de vuelta. Y si algo te sucede mientras estás aquí, te sucederá de verdad, amigo. Podrías ser aplastado por un mamut o tragado por un sarlacc. ¿Entiendes lo que trato de decir? Te estoy diciendo que podrías *morir*.

—No importa —dijo Charlie—. No voy a dejar este lugar hasta encontrar a mi hermano.

Podía haber sonado valiente, pero Charlie sentía más miedo que nunca. Aún así no tenía ningún sentido regresar sin Jack.

Meduso se levantó el sombrero un par de centímetros.

—¿Escucharon eso? —preguntó a sus víboras—. El niño está claramente loco. Ésta es la última vez que hago un favor.

—Pregunta qué le pasó a su hermano —lo interrumpió Fernando.

Meduso suspiró.

—Perfecto. ¿Qué le pasó…?

—Escuché la pregunta —atajó Charlie—. La bruja sacó a mi hermano de su cama y lo cargó hasta la torre en la cima de nuestra casa. Cuando llegué, había desparecido una de las paredes de la torre, y había un bosque detrás de ella. Vi a la bruja correr hacia el bosque con Jack sobre el hombro. Traté de seguirla pero acabé perdiéndome.

De repente Meduso se puso terriblemente serio.

—¿Dices que había una bruja *dentro* de tu casa? ¿Tu casa en Mundo Despierto? ¿Estás absolutamente seguro?

Charlie asintió.

—La seguí por el portal. La gata de la bruja me dijo que todo era una gran trampa. Me atrajo aquí porque algún personaje importante de Mundo Tenebroso me quiere conocer.

La cara de Meduso palideció aún más.

—¿Esta gata te dijo quién?

—No —contestó Charlie—. Sólo dijo que era muy importante.

—¿Me disculpas un momento? —preguntó Meduso amablemente.

Meduso caminó unos cuantos metros hacia la oscuridad. Se quitó el sombrero y sus víboras culebrearon hacia abajo para enfrentarlo.

—¿Alguien desscubrió el portal? —escuchó Charlie a Larry sisear.

—Una bruja —contestó Fernando—. Y si trajo al niño de vuelta a Mundo Tenebroso para conocerlo, significa que *él* sabe sobre el portal.

—¿Y estáss sseguro de que ess *él* quien quiere conocer al chico? —preguntó Larry.

Charlie tembló mientras se le ponía la piel de gallina. ¿Quién era *él*? ¿Y por qué alguien de Mundo Tenebroso querría conocer a un niño de doce años de Cypress Creek? Fuera cual fuera la respuesta, Charlie se imaginó que no podía ser muy buena.

—¿Creesss que el hermano del niño esté aquí, de esste lado?

—Es posible —dijo Meduso—. La habilidad de pasar a este lado parece tener un factor hereditario.

—Esstamoss en sserios problemass —gimió Larry—. ¡Te dije que no debíamoss meternoss en essto!

—¿De qué están hablando? —gritó Charlie—. ¿Quién es ese tipo que quiere conocerme?

Antes de que alguien pudiera contestar, un poderoso rugido corrió por el tubo de drenaje, seguido por un perfumado aire caliente a peste de carne podrida.

Con fuertes pisadas, Meduso caminó de vuelta a Charlie, con su sombrero todavía en la mano.

—Hora de irse —anunció—. Una nueva pesadilla está por comenzar. Y si pensabas que esos conejitos eran algo malo, sin duda no vas a querer cruzar camino con los reptiles que viven aquí abajo.

—¿Pero adónde vamos? —preguntó Charlie.

—A ressscatar a tu hermano —dijo Fernando.

—¿Qué? —se quejó Larry—. ¡Esspera un ssegundo! ¿No tengo vozz ni voto en essto?

—Perdona, ¿tú eres el de los pies aquí? —espetó Meduso.

—¡Claro que no! —contestó la víbora.

Meduso tomó a Charlie del brazo y lo arrastró mientras avanzaba con rapidez por el caño detrás de él.

—Entonces di lo que quieras, Larry. Aun así vas a tener que acompañarnos.

La ardua marcha por la cloaca fue la experiencia más asquerosa en la vida de Charlie, y casi hubiera deseado que sus amigos estuvieran ahí para compartirla. Los insectos que se escabullían por los muros de ladrillo de la cañería habrían fascinado a Alfie. Criaturas casi transparentes, medían quince centímetros y tenían la forma de un ciempiés. Charlie podía ver sus órganos, y a juzgar por los contenidos de sus estómagos, parecían disfrutar comerse los unos a los otros. Rocco se habría maravillado con las enormes pilas de excremento que dejaban los caimanes en la cañería. La primera con la que se topó Charlie era tan grande que podía confundirse con una anaconda enrollada. Pero más que nada, Charlie se preguntaba qué habría dicho la lúcida Paige de verlo a él vadeando por la cloaca detrás de un misterioso gorgón.

Meduso decía que lo habían enviado para ayudar, pero no parecía una elección natural para una misión de rescate. Charlie miró al gorgón abrirse paso con cautela por los túneles, evitando a las ratas tamaño poodle de la cañería mientras hacía su mejor esfuerzo por mantener su traje impecable. Se comportaba como un aristócrata mimado, no como un guerrero que batallara contra las brujas. De vez en cuando, una de las serpientes bajaba deslizándose desde el sombrero de Meduso y le susurraba algo al oído. Los cuatro parecían estar ocupados en un debate bastante acalorado. Charlie no podía escuchar una sola palabra, pero algo sabía de seguro: Fernando, la serpiente española, era el único que realmente estaba de su lado.

Por fin, después de lo que parecieron horas, salieron de una coladera a la orilla de un camino que cortaba por un bosque espeso.

Charlie estaba eufórico.

—¡Aquí es!

Era difícil creer que estuviera tan feliz de estar de vuelta en su pesadilla. Pero no importa qué tan horrible estuviera el bosque, con sus brujas y escarabajos y casas andantes, Charlie sabía que era ahí donde tendría la mejor posibilidad de rescatar a Jack.

—¿Cómo supiste dónde encontrar mi pesadilla? —le preguntó a Meduso.

—Fue fácil. Tienes tu propio terreno, niño —dijo Meduso—. Por aquí, lo llamamos *terror-torio*. Y cada vez que lo visitas, le agregas un poco. La mayoría de la gente viene a Mundo Tenebroso sólo unas cuantas veces al año, así que no necesitan un terreno permanente. Sus *terror-torios* son más como tiempos compartidos. Alquileres para las vacaciones. Pero tiene tiempo que tú has estado viniendo cada noche. Tú ya tienes bienes raíces aquí. Y cada vez que lo visitas, todo se vuelve un poco más real.

Charlie examinó el bosque.

—¿Así que todo esto es mío?

—Tú construiste el campanario y plantaste cada árbol —confirmó Meduso.

—¿Qué pasará si mis malos sueños se esfuman?

—Entonces todo lo que ves se recicla para convertirse en parte de la pesadilla de alguien más. En estas fechas, Cypress Creek es una locación bastante popular. Todos los niños de tu pueblo parecen estar teniendo pesadillas. La culpa la tiene la televisión por cable.

Charlie escuchó el zumbido ligero de un motor, y aparecieron dos puntos de luz a la distancia. Un auto negro y grande venía disparado hacia ellos por la oscuridad.

—Rápido, quítate del camino —siseó Meduso, empujando a Charlie hacia los arbustos—. No podemos dejar que nadie te vea.

—Sí, ¿pero *tú* por qué te escondes? —preguntó Charlie cuando vio a Meduso jalarse el saco sobre la cabeza—. ¿No perteneces aquí?

—¿Siempre haces tantas preguntas? —espetó Meduso.

—Ssí, para de sser tan entrometido —escupió Larry.

El vehículo se estaba acercando a toda velocidad, y pronto apareció lo que al principio pareció una larga y negra carroza funeraria. Sólo verla le recordó a Charlie el segundo peor día de su vida.

—¿Hay un funeral? —preguntó.

—*Siempre* hay un funeral por aquí —dijo Meduso, asomándose por debajo de su saco—. Pero *eso* es una limusina de Mundo Tenebroso. Me han dicho que la parte de atrás es muy espaciosa.

—¿Quién está dentro? —de alguna manera Charlie sabía que necesitaba una respuesta. La limusina marchaba por el bosque. No podía estar ahí por accidente.

—Esss el hombre que la bruja quiere que conozzcass —siseó Fernando.

—¡Fernando! —gritó Meduso, empujándose el sombrero hacia abajo sobre la cabeza—. ¡Condenado soplón! Charlie vio que la limusina bajaba la velocidad para tomar la curva cerrada.

—Voy a tratar de verlo.

Charlie se levantó y salió del escondite antes de que Meduso pudiera detenerlo. Estaba pasando algo grande, pero no le importaba. El hombre de la limusina había mandado a la bruja a robarse a Jack. Y eso significaba que sabía dónde estaba.

—Estás cometiendo una *terrible* equivocación —le advirtió Meduso—. Ese hombre es peligroso... y no eres el único al que persigue.

—Si tienes miedo, no tienes que venir —Charlie salió caminando a la carretera. Sin su hermano no tenía nada que perder.

—¡Qué tal! Al niño sse le zzafó un tornillo —siseó una de las serpientes—. ¡Ni ssiquiera sse molesstó en mirar a loss doss ladoss antess de cruzzar!

El gladiador

Charlie bajó trotando por la carretera detrás de la limusina. Sabía que iba directo al peligro, pero no le importó. Su propia seguridad no tenía importancia. Encontrar a su hermano era su prioridad número uno. Y de alguna manera, eso hacía que ser valiente fuera un millón de veces más fácil.

La carretera finalizaba al llegar a la orilla del bosque, pronto la limusina se detuvo. Cuando el chofer apagó el motor, Charlie se agachó detrás de un árbol y miró asombrado cómo temblaba la tierra y un pequeño estadio se elevaba del suelo a unos cuantos metros de la limusina. Estaba desesperado por ver lo que había en ese lugar, pero su instinto le decía que no se acercara demasiado. Miró alrededor y encontró la solución perfecta: si pudiera alcanzar la cima de uno de los árboles, tendría una vista aérea. Así que agarró una rama que estaba encima de su cabeza y comenzó a subir.

El sonido de resoplidos y bufidos se acercaba más en lo que Meduso finalmente lo alcanzó.

—¡Baja… aquí… mismo… ahora! —jadeó el gorgón desde abajo.

Cuando Charlie ignoró la orden, Meduso comenzó a subir tras él. Charlie no se detuvo: escaló hasta que no era posible escalar más, y luego miró hacia abajo. Dentro de la arena de luces apagadas había un campo de césped circundado por una pista de atletismo y tribunas de metal.

—¿Qué está pasando? —preguntó Charlie cuando Meduso lo alcanzó en la cima del árbol.

—No tengo la menor idea —contestó el gorgón. Estaba luchando por recobrar el aliento mientras rascaba una mancha de savia de pino que le había ensuciado la manga del traje—. Está demasiado oscuro, no veo nada.

Charlie soltó un resoplido. Meduso había podido ver perfectamente bien en la cañería.

—Quizá deberías quitarte los lentes de sol —sugirió.

—O quizá deberíamos hacerle una visita al último humano que hizo bromas sobre mis gafas —contestó Meduso—. Se está sintiendo un poco tieso últimamente. La última vez que supe algo de él, estaba erguido al centro de un parque, cargando ocho o nueve centímetros de caca de paloma.

En el estadio, los reflectores de repente iluminaron el césped ovalado en el centro del campo. Charlie se sorprendió de encontrarse mirando el centro atlético de Cypress Creek, donde los equipos deportivos del pueblo llevaban a cabo sus partidos.

—Parece ser que la pesadilla está por comenzar —comentó Meduso.

Comparado con los pantanos y cañerías de Mundo Tenebroso, a Charlie le pareció rotundamente placentero el estadio bien iluminado.

—Espera… ¿va a comenzar la pesadilla de alguien allá *abajo*? —se rio—. ¿Qué tiene de escalofriante una pista de atletismo?

—Ve tú a saber —contestó Meduso—. Pero, por otro lado, tampoco sé qué tienen de escalofriante las brujas. Da la casualidad de que algunas de mis mejores amigas son brujas. Mira, niño, todos tienen sus propios miedos con qué lidiar. El mismo chico que puede luchar contra un cocodrilo de cañería podría desmayarse con sólo ver una ardilla gigante. Si fuera tú, no me burlaría de las pesadillas de nadie hasta meterme en sus pantuflas por una noche.

Charlie apenas escuchó lo que dijo Meduso. Le llamó la atención la vista de una criatura jorobada con saco de chofer azul marino que había saltado fuera del asiento de conductor y se precipitó para abrir una de las puertas traseras de la limusina. Charlie se quedó embobado con la figura que emergió. El hombre debía medir por lo menos tres metros. Usaba un traje negro al estilo del monstruo de Frankenstein, y su corte al ras parecía filoso al tacto. Charlie no recordaba haber visto a esa bestia en ninguna pesadilla... y aún así sabía que lo conocía de algún lado. Charlie se estremeció, y por un breve momento casi deseó haber tomado el consejo de Meduso y no haber seguido la limusina.

—¿Quién es el grandulón? —preguntó.

Parecía una pregunta sencilla. Charlie se sorprendió cuando tuvo que esperar la respuesta.

—Habría que decírsselo al chico —era Fernando, su cabeza surgía de abajo del sombrero del gorgón.

—*Perfecto* —dijo Meduso con uno de sus distintivos suspiros—. Le llaman el presidente Pavor. Es el líder autonombrado de Mundo Tenebroso. Y en caso de que te lo estés preguntando, no llegó hasta ahí por ser amable.

Otro escalofrío recorrió la columna de Charlie.

—¿Él es el brujo que me quiere conocer?

—Puede ser —admitió Meduso de mala gana.

—Ssssí —lo corrigió Fernando.

Brotaron un millón de preguntas en la cabeza de Charlie, pero todas tendrían que esperar. El jorobado chofer de la limusina estaba abriendo la cajuela del vehículo. El presidente Pavor alcanzó adentro y sacó un cuerpo atado con cuerdas. No estaba lo suficientemente grande como para ser un humano hecho y derecho... y se veía lo suficientemente quieto como para estar con vida.

La sorpresa golpeó a Charlie como una pelota de boliche al estómago.

—Ese chico está... —no pudo terminar la idea.

—¿Muerto? —le ayudó Meduso. Su expresión era sombría—. No, pero en unos cuantos minutos probablemente deseará estarlo. El presidente es uno de los mejores en el negocio. Y no hace apariciones personales en las pesadillas de todos. Ese chico allá abajo debe ser alguien especial si está recibiendo *este* tipo de atención.

Charlie envolvió un brazo alrededor del tronco del árbol, para anclarse con más firmeza en su lugar. Se estaba sintiendo un poco mareado. Podría haber sido él el de allá abajo, sobre el hombro del gigante.

—Así que supongo que si el presidente me quiere conocer, eso debe significar que también yo soy especial.

—Ah, no, *para nada* —la voz de Meduso goteaba sarcasmo—. Si el presidente Pavor se complicó la vida para hacer que la bruja trajera tu cuerpo aquí, eres *mucho* más importante que *ese* pobre niño. No me puedo ni imaginar qué destino tan terrible pueda tener en mente para ti. ¿No te da gusto haberte quedado por acá?

Charlie no discutió. Sabía que estaba tentando a la suerte al quedarse a ver la pesadilla del otro chico. Pero aun no fue capaz de bajarse del árbol. Siguió el avance del presidente Pavor hasta el centro del estadio y miró de cerca mientras el hombre soltaba al chico sobre el césped. Un grupo de criaturas cargadas de tijeras para podar llegó corriendo para cortar las cuerdas que ataban al chico.

—¿Qué le van a hacer? —preguntó Charlie.

—¿Te parece que puedo leer la mente? —Meduso se dio golpecitos en la cabeza con el dedo índice, y las serpientes bajo su sombrero sisearon con fuerza—. Es la pesadilla de ese niño, no la mía. Cuanto más creativo sea, más interesante podría ser su tormento. Pero las pesadillas no están hechas para ser un deporte de espectadores. Se supone que deben asustar al que sueña, no entretenernos a *nosotros*.

En el momento en que las palabras dejaron la boca de Meduso, el pequeño estadio comenzó a crecer. Enormes bloques de piedra beige salieron de la nada y se amontonaron una encima de la otra. Piedra por piedra, se estaba construyendo un muro alto y curvo alrededor del campo atlético. El concreto rellenó los huecos, y la pintura decoró hasta los más pequeños detalles. Cuando se completó la construcción, Charlie contó tres altos pisos de arcadas y columnas. Aparecieron estatuas de dioses y diosas de la antigüedad en todas las ventanas de arriba. Charlie apenas lo podía creer. Frente a él estaba el famoso Coliseo de Roma.

—¿Ya lo viste? —se maravilló Charlie.

—No estoy ciego —espetó Meduso—. Parece que la pesadilla del bobalicón se acaba de poner mucho más interesante.

Adentro del Coliseo estalló el rugido de la multitud, pero Charlie no podía ver más allá del muro. Podía percibir que había aumentado el peligro, pero su curiosidad era demasiada.

—Voy a entrar —anunció, se deslizó de la rama y cayó sobre la que estaba debajo.

—¡No puedes hablar en serio! —dijo Meduso con un aullido.

—Tu presidente podría saber dónde está mi hermano. Tengo que entrar —le dijo Charlie.

La mano de Meduso salió volando para tomar el brazo de Charlie, pero sólo agarró un puñado de aire.

—¡Jovencito, regresa aquí en este momento!

Charlie ya estaba al pie del árbol.

—¿Vas a venir o no? —le llamó al gorgón.

—Sssólo déjalo ir —escuchó decir a Larry la serpiente—. Provoca más problemas de lo que vale.

—¡No lo podemoss dejar! —rebatió Fernando—. ¡Lo prometimoss!

—Perfecto —gruñó Meduso—. Escoltaré al repugnante humanito. Pero más vale que ustedes tres se queden escondidos. Si escucho una sola palabra de cualquiera, el peluquero tendrá visita mañana a primera hora.

Charlie entró al Coliseo con Meduso siguiéndolo de mala gana. Caminaron por un pasaje corto y oscuro y salieron al anfiteatro abierto, donde el sol romano brilló sobre ellos de repente. Charlie quedó boquiabierto. Las tribunas del Coliseo estaban repletas de miles de espectadores. La población entera de Cypress Creek podría haber cabido dentro y todavía sobrarían lugares. El ruido era ensordecedor; la multitud gritaba y abucheaba. Mientras Charlie y Meduso se abrían camino por un pasillo hacia dos de los pocos asientos libres, Charlie reconoció a varias personas.

Llamó a una chica de la escuela, pero ella no mostró la menor señal de haberlo escuchado siquiera. Charlie le dio un golpecito en el hombro, ella no volteó.

—¿Qué está sucediendo? —preguntó. Examinó el frente y el dorso de su mano para asegurarse de que fueran sólidos.

—Sólo es utilería —explicó Meduso—. La gente que ves es el producto de la imaginación del soñador. Él los creó, justo como construyó este estadio. Pero mira... ¿ves los duendes? Ésos son excesivamente reales. Llegaron con el presidente.

Charlie examinó la multitud.

—¿Duendes? ¿Cómo puedes saber cuáles son los duendes? —preguntó, justo cuando su mirada cayó sobre una criatura extraordinariamente fea con pelo negro y áspero que le brotaba de las orejas... y un dedo largo y chueco metido en la nariz.

—Olvídalo —dijo—. Ya los vi.

Una vez que los vio, se dio cuenta de que estaban por todos lados.

—Sí, es difícil no verlos. Ésa es su única cualidad —dijo Meduso mientras él y Charlie se metían en sus asientos—. Por lo demás, son las alimañas de Mundo Tenebroso. La mayoría son demasiado estúpidos para salir como estrellas en las pesadillas. Los pocos duendes inteligentes son demasiado crueles. Por eso los expulsaron de nuestra tierra antes de que el presidente Pavor llegara al poder. Luego los encontró acechando en las sombras fuera de nuestras fronteras y los trajo de vuelta para formar su propio pequeño ejército. En estos días, nunca sale de casa sin unas cuantas docenas de esos hurgadores de narices. Le brincan encima a cualquiera que pudiera presentar el menor problema para su jefe. Así que es mejor que no llames su atención. A menos que quieras acompañar al chico allá abajo.

Meduso apuntó al centro de la arena, y Charlie desvió su atención de los duendes.

Abajo, el presidente de Mundo Tenebroso se irguió con la mano sobre el hombro de un niño bajito con lentes negros y gruesos. La pijama del niño estaba decorada con planetas y estrellas de colores brillantes. Charlie estaba demasiado lejos para poder ver bien la cara del chico, pero habría reconocido esa pijama en donde fuera. Se levantó de su asiento. El corazón le latía con tanta fuerza que casi ahogaba los gritos de la multitud.

—¿Alfie?

Sintió que alguien le agarraba la camisa y lo jalaba hacia abajo. Charlie se giró a su derecha para ver a Meduso.

—El de allá abajo no es un chico cualquiera. ¡Es uno de mis mejores amigos! ¡Tenemos que hacer algo!

—¡Baja la voz! —ordenó Meduso, y se asomó para ver si alguien más había escuchado—. Nos quedamos justo aquí. *Hacer algo* nunca fue parte del trato.

—No entiendo —dijo Charlie, cada vez más frustrado. Estaba cansado de tantos secretos—. ¿Qué *trato*?

Meduso se acercó más.

—El trato es, se supone, que tengo que trasladar tu pequeño trasero a escondidas fuera de Mundo Tenebroso. Incluso te ayudaré a rescatar a tu hermano, ya que te rehúsas a irte sin él. Pero no hay *nada* que pueda hacer por el chico allá abajo.

Charlie le lanzó una mirada a Alfie. Se veía tan diminuto e indefenso de pie junto al presidente Pavor en medio del enorme estadio.

—Pero debe haber algo que *yo* puedo hacer —dijo.

—¿De veras? ¿Vas a ayudarlo? ¿Pues adivina qué, Charlie? —Meduso le dio un golpecito en el pecho a Charlie con una uña de su dedo perfectamente cuidado—. Para empezar, es probable que ese chico esté aquí por tu culpa.

—¿Mi culpa? —Charlie casi se atragantó con las palabras.

Meduso sonrió como un hombre que había decidido desahogarse.

—Me contaron que llevas un rato con pesadillas. ¿Es cierto?

—Sí —admitió Charlie.

—No has encontrado la manera de detenerlas, y no escuchas a nadie que trate de ayudarte.

—¿De qué estás hablando? ¿Y cómo sabrías *tú* si alguien me hubiera tratado de ayudar? —refutó Charlie.

Meduso contestó con los labios sellados y un exasperante encogimiento de hombros.

—Y además… ¿qué tiene si he estado teniendo pesadillas? —siguió.

—¿No lo ves? —preguntó Meduso—. Si no te deshaces de ellas, éstas contagian a los demás. El miedo es como el alquitrán. Se pega a todo y se traga todo.

Tus amigos probablemente consiguieron sus pesadillas gracias a *ti*.

Todo tiene sentido, pensó Charlie. En el búnker, Alfie, Rocco y Paige, todos confesaron haber tenido pesadillas. Charlie debía haber sido el origen de todas ellas.

—¿Así que es mi culpa que Alfie esté aquí? —la ola de remordimiento que golpeó a Charlie lo dejó tambaleándose.

—No te preocupes por él —contestó Meduso—. Todavía se despertará en la mañana. Su espíritu estará aquí, pero su cuerpo está allá del otro lado. Sus pesadillas podrán ser poco placenteras, pero en realidad no puede salir lastimado. Pero tú sí *puedes*, Charlie. Y eso no es lo peor que puede pasar. Si nos quedamos atorados en este estadio, ese hombre allá abajo podría atraparte para siempre en Mundo Tenebroso. Y sólo Dios sabe lo qué me haría a *mí*.

—¡DAMAS, CABALLEROS Y DUENDES! ¡SU ATENCIÓN, POR FAVOR!

Una ensordecedora voz rompió entre el estruendo, y el estadio cayó en silencio. Abajo en la arena, el presidente se dirigía hacia la multitud.

—Su voz —Charlie le susurró al señor Meduso—. Juro que la he escuchado antes.

—¡Gracias por venir! —llamó el presidente Pavor—. Tenemos todo un evento planeado para ustedes esta tarde. Y ahora, ¡denle por favor una cálida bienvenida al estilo de Mundo Tenebroso a Alfie Bluenthal!

La multitud siseó y abucheó. Un duende dos filas más abajo de Charlie lanzó un pegote de hamburguesa rancia hacia la arena. Cayó salpicando justo a la izquierda de Alfie y fue seguido rápidamente de un filete lleno de gusanos que salió volando de las tribunas y pasó a un par de centímetros de la oreja derecha de Alfie.

—¡Eso es carne! —exclamó Charlie completamente asqueado—. Los duendes están lanzando carne podrida.

—Efectivamente —confirmó Meduso—. Supongo que tendrán una buena razón. Y supongo que la razón tiene algo que ver con el espectáculo que estamos por ver. Sospecho que el olor a comida le debe abrir el apetito a algo. Creo que tu amigo está por ser comido.

Esa idea, combinada con el cálido sol romano y el hedor a carne pútrida que llenaba las tribunas, hizo que a Charlie se le revolviera el estómago.

—Contrólate —siseó Meduso—. Si vomitas, vas a revelar nuestras identidades. Y entonces los dos estaremos ahí abajo esquivando filetes podridos.

Charlie pasó saliva y se sentó derecho.

—Invité al señor Bluenthal aquí hoy para mostrarnos de qué está hecho —anunció el presidente, y una risa desagradable sacudió el estadio—. Verán, Alfie *dice* que es un genio. Pero ha estado escondiendo un secretito repugnante. Nuestro amigo está reprobando *deportes*.

—¡Deportes! —un duende aulló de risa, desatando al resto de la multitud. Gritos de júbilo reverberaban por todo el Coliseo mientras Alfie enterraba su rostro en las manos.

—¡Miren! ¡Está llorando! —gritó alguien.

—¿Alfie está reprobando deportes? —Charlie ni siquiera sabía que eso era posible—. ¿Quién reprueba *deportes?*

—Y yo aquí pensando que eras su amigo —dijo Meduso, poniendo a Charlie en su lugar—. Con razón Alfie nunca te lo contó.

Charlie se sintió terriblemente mal. Siempre sintió que podía confiar en Alfie para lo que fuera. Pero por alguna razón, Alfie no había estado tan seguro de él.

El presidente Pavor levantó una mano y el Coliseo se quedó en silencio una vez más.

—¿Qué les gustaría ver primero, damas y duendes? —le preguntó a la multitud—. ¿Flexiones? ¿Un poco de calistenia? ¿Veremos a Alfie hacer la carrera de cuarenta yardas? Por algo le dicen *Tortuga*, ¿saben?

—¿Tortuga? —repitió Charlie. ¿Por qué le resultaba tan familiar la voz del hombre? La respuesta le llegó repentinamente—. ¡Conozco a ese tipo! —susurró a Meduso—. Será diferente aquí, ¡pero es el director Stearns! El presidente de Mundo Tenebroso es el director de mi escuela. ¡Siempre supe que era algún tipo de monstruo!

—No seas ridículo —contestó Meduso—. No es el director de tu escuela. ¿Necesito explicar cómo funcionan las pesadillas? Ustedes vienen *aquí* a nuestro mundo. Nosotros no vamos al suyo. Incluso si quisiéramos, sólo hay una manera de llegar ahí... y hasta que tú llegaste, el portal permaneció *cerrado*.

—¡Te lo digo, es el mismo tipo! —la voz de Charlie era un susurro que se acercaba lo más posible a un grito—. Llegó a nuestra escuela hace unos cuantos meses. Ha sido horrendo con todos nosotros, pero es verdaderamente desagradable con Alfie y Rocco. ¡Nuestro director es el presidente Pavor de incógnito!

—Eso no es posible —insistió Meduso, descartando la idea con una imperiosa negación de cabeza.

—¡Claro que es posible! La bruja entró a mi casa, ¿recuerdas? ¡Y el presidente Pavor fue el que la envió por mí! Así que, ¿por qué es tan difícil creer que también él ha ido a nuestro mundo?

Detrás de sus lentes de sol, la cara regordeta del gorgón palideció. No podía discutir con la lógica de Charlie.

Charlie podía escuchar a las serpientes susurrándose la una a la otra bajo el sombrero del gorgón.

—Deberíamos irnos —anunció Meduso mientras se deslizaba lentamente al frente de su asiento—. Si tienes razón, estamos en muchos más problemas de lo que pensaba.

—De ninguna manera —contestó Charlie. No iba a decepcionar a Alfie. Tenía que comprobarle a su amigo que podría de verdad confiar en él. Alfie siempre había estado ahí para Charlie... incluso en tiempos recientes, cuando Charlie no lo merecía. Dejarlo atrás no era opción—. Tengo que rescatar a mi amigo.

—¡Es la carrera de cuarenta yardas, entonces! —el bramido del presidente Pavor se alzó desde el centro del antiguo campo de batalla—. Pero antes de comenzar, hay un pequeño error que quisiera corregir. Creo que nunca he visto a una *Tortuga* usar lentes, ¿y ustedes?

Arrebató los lentes del rostro de su cautivo.

—¡Necesito eso! —chilló Alfie dócilmente.

—¡*Necesito* eso! —se burló el presidente Pavor del niño—. Sólo los perdedores *necesitan* lentes —aventó las gafas al suelo—. Ahora. ¡En sus marcas! —el presidente Pavor levantó una pistola de salida en el aire—. ¡Listos! ¡Fuera!

Alfie se tambaleó hacia delante, sus brazos haciendo aspavientos frente a él. El corazón de Charlie se hundió por su amigo. Sabía que Alfie estaba prácticamente ciego sin sus lentes.

—¡CORRE, GORDITO! ¡CORRE, GORDITO! ¡CORRE, GORDITO! —entonó la multitud. Pero después de unos minutos, los duendes se habían aburrido de mirar al chico trastabillar.

—¡Ahora, *eso* sí es espectáculo! —el presidente Pavor se abrió paso hacia la opulenta tribuna del emperador del lado norte del estadio—. Pero, ¿por qué no hacemos que esto se vuelva un poco más interesante?

Una nube de polvo se levantó del suelo del Coliseo. Cuando se acomodó, Charlie vio que había aparecido un oso en el extremo lejano del estadio. Un tigre caminaba de un lado al otro en medio, y un león estaba listo para brincar en la tierra justo frente a sus asientos.

—¡Hagan sus apuestas, damas y caballeros! ¿Cuál de estas magníficas bestias está por cenar un poco de *Tortuga*?

Todos los animales hambrientos estaban atados al suelo del Coliseo. Sin sus lentes, Alfie de seguro se tropezaría con alguno de ellos. Charlie sabía que sólo era cuestión de tiempo antes de que su amigo quedara hecho trizas.

—Voy a ir por él —Charlie le dijo a Meduso. Ya no podía esperar más—. No me importa que sólo sea un sueño. Es mi culpa que esté allá abajo. No me voy a quedar aquí a ver sufrir a Alfie.

—¡Siéntate! —demandó Meduso, más alarmado que nunca—. Tu amigo se despertará cuando esté listo. No se puede escapar de sus miedos. Si ese chico deja su pesadilla ahora, simplemente regresará mañana en la noche. Y la próxima vez, su temor será peor. Cada vez que te escapas de una pesadilla, tu temor crece. ¿Eso es lo que quieres para Alfie?

—Es mejor que ser alimento para osos —dijo Charlie.

Meduso agarró el brazo de Charlie y lo retuvo.

—No podemos llegar a la arena sin ser atrapados por cientos de duendes —susurró. Luego se detuvo, sonrió, y asintió cordialmente a un duende que se metía el dedo en la nariz y que por casualidad miró en su dirección. La criatura se chupó los mocos del dedo y miró hacia otro lado.

—Sí —insistió Charlie una vez que pasó el peligro—. Podemos llegar a la arena de la misma manera en que llegaron esos animales.

Meduso negó con la cabeza, exasperado.

—Éste es un sueño. Tu amigo se imaginó estos animales. Les dio vida y los hizo aparecer. Ésa es la magia de los sueños.

—Estamos hablando de *Alfie* —dijo Charlie—. Lo conozco desde preescolar, y Alfie Bluenthal no sólo se *imagina* las cosas. Primero investiga. Sé *exactamente* cómo llegaron esos animales a la arena, y no tiene nada que ver con la magia.

CAPÍTULO QUINCE

El poder secreto de Alfie

El año anterior, la clase de historia de sexto grado en la Escuela Primaria de Cypress Creek había tratado sobre el imperio romano. Cuando llegó la hora de escribir sobre lo que habían aprendido, Charlie entregó un breve y sangriento ensayo sobre el asesinato de Julio César… y obtuvo un respetable ocho. Alfie, por otro lado, produjo un ensayo de diez páginas sobre los gladiadores, completo, con ilustraciones hechas a mano y un modelo del Coliseo romano construido con madera. Durante su presentación, cautivó a sus compañeros de clase con un *tour* por el ancestral estadio… desde la arena, donde los gladiadores y animales salvajes combatían hasta la muerte, hasta el hipogeo, el laberinto de túneles escondidos bajo el suelo de madera del Coliseo.

Charlie recordaba muy poco sobre Julio César. Pero gracias a Alfie, sabía más sobre la famosa arena romana que la mayoría de la gente con cuatro veces su edad.

Charlie guio a Meduso fuera del área de los asientos y de vuelta dentro de la estructura principal. Después de un poco de investigación, encontró lo que buscaba: unas escaleras que llevaban al hipogeo. Se encontraban exactamente donde estaban en el modelo de Alfie. Muy abajo de las tribunas donde aclamaban los duendes, Charlie guio a Meduso por una serie de pasadizos desiertos. Tenía que darle crédito a Alfie: su Coliseo era asombrosamente detallado. Estaba caliente, polvoriento y cien por ciento auténtico. El suelo estaba repleto de fragantes pilas de excremento animal. Hasta había grafitis en las paredes que mostraban exactamente lo que les pasaba a los gladiadores inexpertos.

Charlie estaba asustado, pero su misión era clara: tenía que salvar a Alfie. Eso era todo… y sabía lo que tenía que hacer. Al quitar la mente de sus propios miedos, Charlie pudo sentir que se le iba resbalando la oscuridad. Pronto tendría a un amigo a su lado. Si él y Alfie unían fuerzas, tendrían una buena oportunidad de encontrar a Jack. Charlie recordó lo que su madre le había dicho: *Dos serán siempre más fuertes que uno*. Ojalá lo hubiera entendido antes. Como siempre, su mamá había tenido la razón.

El gorgón iba unos cuantos pasos detrás de Charlie, con un pañuelo de seda encima de la nariz y la boca.

—¿Esscuchasste lo que dijo el niño? —susurró la serpiente Larry.

—Ssí —respondió Fernando—. Parecce sser que el pressidente Pavor ha esstado vissitando Mundo Desspierto.

—¿Qué sse trae entre manoss el pressidente? —preguntó Larry—. ¿Por qué quiere conoccer a algún debilucho?

—Este chico no ess ningún cobarde —contestó Fernando—. Ssólo mira a dónde noss ha traído.

Charlie sonrió. Comenzaba a agradarle mucho Fernando.

—Ssiempre tieness pretexxtoss para los humanoss —se burló Larry— en esspecial para loss esstúpidoss.

—¿Qué te puedo deccir? Ssoy muy ssocciable —siseó Fernando.

—Sólo porque no los puedo ver no quiere decir que no los pueda *escuchar* —les informó Charlie.

—¿Ya vess? El niño no ess tan tonto como pienssass —comentó Fernando.

—El jurado todavía está deliberando al respecto —dijo Meduso, su voz se amortiguaba por su pañuelo. Luego bajó la tela de su boca y llamó a Charlie. —Así que, ¿nos quieres decir qué estamos buscando acá abajo?

—Un elevador —contestó Charlie.

—Y dijisste que no era esstúpido —dijo Larry con una risita.

—Mi querido niño —dijo Meduso—. Este edificio es de la Roma antigua. No creo que...

—¡Encontré uno! —anunció Charlie. Apuntó hacia un cuadrado delgado de luz muy alto en el techo de arriba. Era una compuerta. En el suelo abajo de ésta había una plataforma de madera. Estaba atada a un sistema de cuerdas y poleas que podían levantar la plataforma hasta el techo.

Meduso examinó la plataforma con escepticismo.

—¿Ese artilugio tan primitivo es un elevador?

—Sí, y arriba hay una compuerta que lleva al piso del Coliseo —dijo Charlie, dirigiendo la atención de Meduso al techo—. Alfie nos enseñó en clase que los romanos usaban elevadores y compuertas para hacer que aparecieran cosas en el estadio. Parecía magia para los que estaban mirando, pero sólo se trataba de astuta ingeniería.

Charlie saltó sobre la plataforma de madera y apuntó hacia una cuerda que colgaba del techo.

—Tira de la cuerda y el elevador me llevará arriba.

—No me dijeron que estaría haciendo trabajo manual —refunfuñó el gorgón, quitándose el saco. Lo dobló con cuidado, lo bajó, y se arremangó la camisa—. No soporté ocho años de escuela de etiqueta para gorgones sólo para acabar siendo un operador de elevadores.

Finalmente Meduso se puso a trabajar y la plataforma comenzó a subir lentamente. Cuando llegó hasta arriba, Charlie levantó una compuerta, apenas lo suficiente como para asomarse al campo del coliseo. Entró una lluvia de arena por el hueco, y tosió mientras el polvo amarillo y espeso le llenaba los pulmones. El rugido de un león le hizo repiquetear los tímpanos. La bestia estaba tan cerca que podía oler su aliento a hamburguesa podrida. Cuando se aclaró el polvo, Charlie pudo ver que trataba de enterrar los dientes en algo que estaba apenas fuera de su alcance. Con un poco más de cuerda, podría haber atacado. Charlie se giró y vio a Alfie temblando en sus pijamas a apenas unos metros. Su amigo tenía las piernas cruzadas, y estaba haciendo puños con las manos. Charlie sabía que la vejiga de Alfie se encogía tres medidas cuando se asustaba.

—¡HAZTE PIPÍ EN LOS CALZONES! —cantó la multitud encantada—. ¡HAZTE PIPÍ EN LOS CALZONES!

—¡Alfie! —lo llamó Charlie, pero los gritos eran tan fuertes que su amigo no lo podía escuchar.

—¡HAZTE PIPÍ EN LOS CALZONES! —gritó la multitud—. ¡HAZTE PIPÍ EN LOS CALZONES!

—¡ALFIE! —gritó Charlie con toda la fuerza que pudo. La palabra le raspó su garganta mientras salía.

Alfie se enderezó, con una expresión de total sorpresa en su rostro. Charlie leyó su propio nombre en los labios de Alfie.

—¡ENCONTRÉ UNA DE TUS COMPUERTAS! ¡ESTOY A TRES METROS A TU DERECHA! —gritó Charlie.

No hubo que decírselo dos veces. Alfie comenzó a abrirse paso poco a poco hacia Charlie, pero se congeló cuando el león cercano casi suelta otro potente rugido. El chico se quedó perfectamente callado, con una pierna levantada a medio aire. Mientras Charlie esperaba que el pie cayera, notó algo que brillaba en la tierra. Los lentes de Alfie estaban en el suelo, a medio camino entre el niño y el león.

—¡Alto! —gritó Charlie—. Ponte a gatas. ¡Te vas a tener que arrastrar hacia el rugido!

—¿Qué? —dijo Alfie. Para Charlie era difícil soportar la confusión, el temor y la desesperanza en su rostro.

—¡Confía en mí! —le llamó Charlie—. ¡Te voy a guiar hasta tus gafas!

Parecía que Alfie estaba a punto de llorar. Cerró los ojos, dio un respiro profundo, y cayó de rodillas. Luego comenzó a arrastrarse hacia el león.

Los espectadores enloquecieron de la emoción. Luego cayó el silencio cuando vieron a Alfie localizar algo en la tierra. Después de limpiarlos rápidamente, los lentes estaban en su rostro. Una vez que pudo ver, soltó un grito. Un enorme león estaba a medio metro de él. Se dio la vuelta y comenzó a arrastrarse a toda velocidad hacia la compuerta abierta.

—¡Cómete a la tortuga! —exigió la multitud. Los duendes estaban de pie. Estaban furiosos de que Alfie pudiera llegar a un lugar seguro—. ¡Cómete a la tortuga!

—¡No se inquieten, damas y duendes! —llamó el presidente Pavor desde la tribuna del emperador—. Prometí un espectáculo, y pienso cumplir.

El presidente batió las manos y las cuerdas que ataban a las bestias desaparecieron. El león se lanzó contra Alfie, con el oso y el tigre pisándole los talones. El león tendría la primera mordida pero los demás estaban decididos a conseguir las sobras.

—¡RÁPIDO! ¡LEVANTA UN POCO DE POLVO! —gritó Charlie. Alfie siguió la orden de Charlie, y por un momento, las criaturas desaparecieron bajo una nube de polvo amarillo. En la confusión, Charlie sintió un cuerpo tibio rozar su brazo. Pensando que era Alfie, lo agarró, y sus dedos se envolvieron alrededor de una pata cubierta de pelo. El rugido que lo siguió lo dejó temporalmente sordo de un oído. Una garra rasgó su antebrazo, y dejó un rastro de fuego desde su muñeca hasta su codo. Soltó la pata del león y la bestia se dio la vuelta, derribando a un cuerpo contra el piso. Charlie estiró su brazo y encontró el de Alfie. Arrastró a su amigo por la apertura. Los pies de Alfie apenas habían dejado la arena cuando la compuerta se cerró de golpe. Podían escuchar a una bestia furiosa que golpeaba las tablas de madera sobre sus cabezas.

—¿Charlie? —jadeó Alfie—. ¿De verdad eres tú?

—En carne y hueso —confirmó Charlie, agachado para recuperar el aliento mientras Meduso comenzaba a bajar la plataforma de nuevo al túnel. Un poco de sangre se había filtrado del raspón en el antebrazo de Charlie y manchó el costado de sus jeans. La herida todavía ardía. En todos sus viajes a Mundo Tenebroso, nunca antes se había lastimado.

—¡Me salvaste! —gritó Alfie, y lanzó sus brazos alrededor de Charlie. Esas muestras de cariño siempre avergonzaban a Charlie, pero Alfie venía de una familia de gente que se abrazaba mucho.

—Tú te salvaste a ti mismo —lo corrigió Charlie, empujando a Alfie para atrás un poquito. El pijama del niño estaba empapado de una sustancia que debía ser sudor de pánico o baba de león—. No habría sabido de los elevadores de no ser por tu presentación en la clase de historia.

Alfie pareció asombrado.

—¿Quieres decir que estabas poniendo atención?

Charlie sonrió de oreja a oreja. Siempre escuchaba a Alfie... incluso cuando no podía entender lo que decía su amigo.

—Sí, y qué bueno que lo hice. Así fue como supe cómo llegar a ti. Aunque sólo sea un sueño, me imaginé que probablemente habías construido una réplica perfecta del Coliseo.

Alfie pareció anonadado.

—¿Eso hice, verdad? —dijo, mientras sentían que la plataforma bajo sus pies finalmente caía en el suelo con un golpe.

—Detesto interrumpir esta enternecedora reunión —Meduso arrastró las palabras—, pero estamos por quedar cubiertos hasta el trasero de duendes. ¿Alguno de ustedes tiene ganas de correr?

Alfie miró a Charlie.

—¿Quién es *ése*?

—Meduso, te presento a Alfie Bluenthal. Alfie: Meduso.

—Es un placer conocerlo, señor —dijo Alfie, extendiendo una mano. Cayó a su lado antes de que Meduso pudiera tomarla. Una muchedumbre de duendes acababa de dar la vuelta por la esquina y se dirigía directamente hacia ellos.

—Es demasiado tarde para correr —observó Meduso. Luego se deslizó detrás de una columna—. Quédense en donde están.

—¿Mientras tú te escapas? —demandó Charlie—. ¿Qué clase de cobarde…?

—¡Shush! —ordenó una de las serpientes.

—Cuando grite CONGÉLENSE, los dos cierran los ojos —ordenó Meduso desde su escondite—. Pensaba que había dejado la escultura para siempre, pero es hora de hacer un poco de arte.

Iba a convertir a los duendes en piedra, se dio cuenta Charlie, deseando poder verlo.

—¿De qué está hablando? —gimió Alfie.

—Te explico después. Sólo haz lo que dice —le indicó Charlie—. Cierra los ojos el instante en que escuches CONGÉLENSE, o nunca volverás a ver.

Una fracción de segundo después, los duendes estaban sobre ellos. Todos llevaban uniformes azules mugrientos. O, más bien, la parte superior del uniforme. No parecían llevar pantalones. Charlie nunca había visto criaturas más feas en carne y hueso. Sus cabezas casi no tenían pelo, y sus narices eran largas y puntiagudas y destilaban mocos. De cerca, la piel de los duendes era de un verde pálido y manchado, con parches escamosos que parecían estar moviendose. Las criaturas eran de patas larguiruchas y tenían barrigas prominentes. La mayoría sólo eran unos cuantos centímetros más altos que Charlie, y ninguno parecía ser terriblemente fuerte, pero había docenas de ellos. No tenía sentido luchar.

—Adelante, llévenme —Alfie dio un valiente paso adelante—. Pero por favor dejen solo a mi amigo. Él no pertenece a esta pesadilla.

Charlie extendió la mano y jaló a Alfie hacia atrás mientras los duendes soltaban risitas. Uno que estaba adelante se escarbó la nariz y frotó un rastro de moco por el costado de su uniforme.

—¿Quién dice que venimos por *ti?* —chilló con voz aguda.

—*Tú* no eres el fugitivo —se burló otro duende.

—Veamos qué tenemos —un tercer duende dio un paso adelante y sonrió, mostrando una serie de dientes rotos y negros. Era más alto que los demás y llevaba un par de pantalones de raya diplomática. No cabía duda: era uno de los listos que había mencionado Meduso, y parecía estar a cargo de los demás. El duende tomó el brazo de Charlie y olfateó el rasguño sangriento que había dejado el león. Luego una sonrisa se extendió sobre su rostro.

—Sangre de verdad —le anunció a la multitud—. Te hemos estado buscando por todo Mundo Tenebroso, Charlie Laird.

Charlie sintió un escalofrío al escuchar su nombre. La voz del duende era cruel, y su sonrisa siniestra. Éste no era un secuaz. Era una criatura que lastimaba a otros por diversión... y lo disfrutaba todavía más cuando sus víctimas estaban indefensas. Las pesadillas en Mundo Tenebroso podrían haber sido temibles. Pero el duende frente a él era en verdad malvado.

—Pero éste es *mi* sueño —escuchó a Alfie decir—. ¿Por qué están buscando a *Charlie?*

—No te preocupes —el duende principal le dio un pellizco juguetón a la mejilla de Alfie—. Tendrás tu parte de atención pronto. Una vez que el presidente tenga a Charlie Laird, nos dejará hacer lo que queramos *contigo*.

—¡Ya sé! ¡Ya sé! ¡Démosle de comer la Tortuga al tigre! —gritó un pequeño duende.

—No todo a la vez —agregó otro—. Sólo un poquito cada vez.

—Decidiremos cómo deshacernos de la Tortuga después —dijo el duende principal, con lo que puso fin a la discusión—. Primero entregamos al fugitivo —sujetó el brazo de Charlie y lo torció—. Escapaste de la bruja, niño, pero no escaparás de nosotros.

—No hay ningún payaso que te ayude ahora, ¿verdad? —se mofó un pequeño duende.

—Está bien encerrado —agregó otro.

—Y su juicio es mañana.

Los duendes hablaban tan rápido que Charlie apenas podía seguirles el ritmo. Los más tontos parecían tener una sola cosa en el cerebro.

—Cuando declaren culpable al payaso, nos tocará castigarlo.

—Luego, ¡no más Dabney! —dos docenas de duendes soltaron bufidos de risa.

—Ven con nosotros —ordenó el duende principal a Charlie—. El presidente quiere verte.

—Y no le gusta esperar —dijo uno de los duendes menores.

—Y deberías ver lo que le hace a cualquiera que lo obliga a hacerlo —el duende principal miraba a los niños maliciosamente mientras hablaba, y la muchedumbre aullaba de la risa.

Charlie comenzaba a preguntarse si Meduso los había abandonado a un destino terrible, cuando escuchó las palabras mágicas:

—¡Congélense, alimañas!

Charlie cerró bien los ojos y puso una mano sobre los de Alfie, por si las dudas.

—¿Alimañas? —se burló uno de los duendes. Le siguió un coro de chillidos agudos. Hubo varios estruendos fuertes, como si grandes rocas se estrellaran unas con otras. Y luego se hizo el silencio.

Charlie abrió los ojos. La horrenda muchedumbre todavía estaba abarrotada frente a ellos, pero las criaturas eran de piedra de pies a cabeza. Meduso se estaba ajustando los lentes de sol. Pero ésta no era hora de celebrar.

—¡Duendes al suelo! ¡Duendes al suelo! —llegó una voz de atrás de la pila de estatuas. El duende listo debía haberse dado cuenta de qué estaba ocurriendo y había cerrado los ojos justo a tiempo. Estaba agachado detrás de sus camaradas congelados, chillando en un *walkie-talkie*.

—¡Hay un gorgón aquí! ¡Alerten al presidente y saquen los escudos antigorgones!

—¿Eres un gorgón? —Alfie contempló a Meduso con asombro.

—¿Qué pensabas que era? —le gritó Meduso al niño—. ¡Para de mirarme embobado y corre!

—¡Cierto! —coincidió Alfie—. Supongo que podemos conocernos después.

Los fugitivos salieron volando por el túnel, sólo para llegar a un alto repentino en el pasaje. Había tres rutas para escoger, y todas le parecían idénticas a Charlie.

—¿Qué hacemos ahora? —gimió. Estaban demasiado cerca de la fuga como para perderse en un laberinto subterráneo.

—Supongo que no importa qué pasaje tomemos —dijo Meduso, sin aliento—. Al final, todas las rutas nos llevarán fuera del edificio y para estas horas el presidente debe tener el Coliseo rodeado. Caballeros, deberían prepararse para enfrentar a unos cuantos duendes.

—Eso no será necesario —contestó Alfie—. Síganme. Conozco la salida secreta.

Charlie miró a su amigo con renovado respeto. Sin Alfie, estarían perdidos. Charlie podía haber salvado a Alfie… pero ahora él iba a demostrar de qué está hecho.

—*Tú* conoces una salida secreta —se mofó Meduso.

—Sip —contestó Alfie mientras los guiaba con calma por el lado derecho de la bifurcación—. Verán

—comenzó felizmente— este pasaje fue construido por el emperador Cómodo hacia el siglo segundo de nuestra era. Cómodo era un gobernante terrible, y no importa cuántos juegos o torneos de gladiadores tuviera, nunca se ganó los corazones de los ciudadanos de Roma. De hecho lo repudiaban tanto que se vio obligado a construir un túnel secreto bajo el Coliseo para poder entrar y salir de la arena sin pasar entre las multitudes. Luego, en el año 182...

Meduso tomó del brazo a Charlie, y los dos se detuvieron mientras Alfie avanzaba, sin parar de dictar cátedra a las paredes.

—¿Este chico es de verdad? —preguntó Meduso a Charlie.

Charlie sonrió.

—Creo que nadie podría soñar a alguien como Alfie.

CAPÍTULO DIECISÉIS

El jardín de piedra

Justo cuando Charlie comenzaba a pensar que el pasaje subterráneo podría seguir por siempre, éste se detuvo abruptamente. Él, Alfie y Meduso se encontraron frente a una pared de ladrillos con una escalera de madera desvencijada recargada contra ella.

Charlie miró hacia arriba, pero no pudo ver hacía dónde se dirigía la escalera. La cima desaparecía en un agujero redondo en el techo.

—¿Adónde va? —le preguntó a Alfie, pensando que el niño genio lo sabría.

Alfie negó con la cabeza.

—No tengo la menor idea.

—Llegamos al final de su pesadilla. Me sorprende que llegara tan lejos —contestó Meduso. Levantó la mirada hacia el agujero—. Supongo que tendré que echar un vistazo —dijo con un resoplido, como si Charlie y Alfie se hubieran rehusado a hacer dicha tarea.

Los peldaños de la escalera crujieron mientras el gorgón escalaba. Unos cuantos segundos después de que desapareciera por el agujero, Charlie escuchó un golpe fuerte.

—¡Hey! —gritó Larry—. ¡Fíjate por dónde vass! —Charlie se imaginó que Meduso se había golpeado la cabeza.

—Mis disculpas —dijo el gorgón—, parece ser que encontramos una salida —llamó abajo a Charlie y su amigo.

Se escuchó el chirrido de unas bisagras, y de repente el agujero estaba iluminado. Charlie miró hacia arriba, sólo para ver el trasero de Meduso que bloqueaba el sol de Mundo Tenebroso.

—De todos los lugares en donde acabar —gruñó el gorgón. Luego se asomó hacia abajo a los niños en el túnel—. Van a estar bien. Síganme.

Alfie miró a Charlie nerviosamente.

—¿Deberíamos?

Charlie se encogió de hombros y comenzó a subir la escalera. Ni que tuvieran otra opción.

De vuelta en Mundo Despierto, un lugar curioso yacía al pie de una montaña justo al oeste de Cypress Creek. No había caminos que llevaran a ese lugar. Para alcanzarlo, tenías que caminar por una hora o más entre hierbas que llegaban hasta la cintura y zarzas repletas de espinas. Justo cuando uno pensaba que estaba irremediablemente perdido, lo encontraba: un pequeño jardín en medio de la nada, vigilado por un gigantesco roble y repleto de flores silvestres de todos los colores imaginables. Cinco estatuas de piedra asombrosamente realistas estaban de pie, o sentadas, entre las flores: un venado parecía listo para salir disparado. Un perro de piedra gruñía con ferocidad. Una dama con un bastón para caminar parecía perpetuamente sorprendida. Un zorrillo levantaba la cola para rociar. Y un anciano de ropa harapienta estaba sentado con las piernas cruzadas en el suelo, mirando hacia arriba en total asombro.

Cuando la mamá de Charlie estaba viva, hacía excursiones hasta ese extraño jardincito de esculturas unas cuantas veces al año. Y cuando Charlie tenía cinco, comenzó a llevarlo con ella. Su mamá nunca hablaba mucho durante sus visitas. Arrancaba hierbas de las estatuas mientras Charlie apilaba hojas o esparcía semillas de las flores silvestres. Antes de emprender el camino de regreso, la mamá de Charlie siempre dejaba un hueso para el perro de piedra. Decía que le recordaba a una mascota que había amado cuando era niña.

Charlie no había regresado al lugar en los tres años desde que había muerto su mamá. Cuando tenía ocho y el mundo entero parecía estar encantado, el jardín de esculturas no había parecido tan extraño. Ahora que era mayor, sospechaba que su imaginación lo hacía más inquietante de lo que era en verdad. Aun así, Charlie nunca había esperado encontrarse con otro lugar como ése. Hasta que subió por la escalera al final de la pesadilla de Alfie.

Meduso había abierto la simple puerta de madera que alguna vez selló la salida. Incluso antes de salir del agujero, Charlie podía percibir que los tres ya no estaban solos. Cuando salió, se encontró rodeado de figuras talladas en piedra gris pálida. Como las estatuas en el jardín de esculturas afuera de Cypress Creek, las figuras parecían extrañamente reales. Cada diente salido, forúnculo o mechón de pelo de orejas estaba capturado con espectacular detalle. La mayoría de las estatuas eran duendes: casi todas las criaturas horrendas parecían estar gruñendo, gritando o embistiendo. Pero el único sonido que podía escuchar Charlie era el viento. Crecían malas hierbas alrededor de sus pies y las espinosas trepadoras se enredaban alrededor de sus torsos; a la distancia, una montaña cubierta de nieve se alzaba sobre todos ellos.

—¿Dónde estamos? —preguntó Charlie. Sabía que las figuras eran de piedra, pero aun así resultaba desconcertante que los superaran tanto en número. Extendió un dedo y golpeó al duende más cercano, un espécimen flacucho con la lengua afuera. Como era de esperarse, el duende estaba tan duro como una piedra.

—Es el basurero de Mundo Tenebroso —contestó Meduso—. Una nueva tanda de duendes debería estar llegando pronto del Coliseo.

Los ojos de Charlie se movieron nerviosamente en dirección a Meduso.

—¿Tú convertiste a todas esas criaturas en piedra? —preguntó, abrumado de repente. Había demasiados para contar.

Meduso no dijo una sola palabra, y ésa fue la única respuesta que necesitó Charlie. Sabía que los duendes probablemente merecían lo que les había pasado, pero eso no hacía que Meduso fuera menos aterrador.

—No están muertos —Meduso parecía haberle leído la mente.

—Pero están... —Charlie comenzó a discutir.

—¡No están muertos! —gritó Meduso a todo pulmón, y Charlie selló los labios.

Fernando se deslizó afuera del sombrero del gorgón.

—Ssólo están congelados por ahora.

Se envolvió alrededor del cuello de Meduso por un momento, como si fuera a darle un abrazo. Luego volvió a desaparecer bajo del sombrero.

—Oye, ¿qué está...? —Alfie había luchado hasta llegar al suelo sólido. Charlie giró justo a tiempo para ver a su amigo parpadear furiosamente mientras sus ojos se ajustaban al sol brillante. Charlie se la había pasado poniendo a Alfie al día sobre la situación durante su viaje por los túneles. Pero nada de lo que había dicho había preparado a ninguno de los dos para ver a miles de miles de duendes congelados.

—¿Estamos seguros aquí? —le susurró Alfie a Charlie.

Meduso escuchó.

—Éste es Mundo Tenebroso —le dijo bruscamente al niño—. No estás seguro en ninguna parte —clavó un dedo en dirección a Charlie—. *Y éste* fue lo suficientemente tonto como para traer su cuerpo también. Así que, a menos que lo quieras ver asado por un dragón o asfixiado por una babosa gigante, tenemos que seguir avanzando.

—¿Pero adónde nos llevas? —preguntó Charlie con nervios.

Si a Meduso le había desagradado antes, ahora parecía que lo aborrecía.

—Ya verás —fue su respuesta poco satisfactoria.

En circunstancias normales, Charlie se habría rehusado a ir a cualquier lado, pero las circunstancias estaban lejos de ser ordinarias. Le dio un codazo a Alfie y siguió unos pasos detrás de Meduso mientras el gorgón los dirigía entre la multitud petrificada. No todas las estatuas eran duendes, notó Charlie rápidamente. Había otras criaturas entre ellas. Vio un minotauro, una gigantesca ardilla rayada, una masa amorfa que parecía estar hecha de queso, incluso un hombre con traje de negocios que casi parecía humano. Charlie se preguntó qué habían hecho todos ellos para ganarse la ira del gorgón.

Alfie se pegó al lado de Charlie.

—Gracias por rescatarme —dijo, interrumpiendo los pensamientos oscuros de Charlie—. Esto podrá ser aterrador, pero es un millón de veces mejor que mis pesadillas de siempre.

—Estoy encantado de escuchar que *los dos* se están divirtiendo —les llamó Meduso.

—¿Por qué me agradeces a *mí*? —le preguntó Charlie a Alfie, ignorando al gorgón—. Tú eres el que nos salvó los traseros a fin de cuentas. La idea del pasaje secreto fue brillante.

Meduso se dio una vuelta repentina para quedar frente a los chicos.

—¿No creen que es *un poco* temprano como para darse palmaditas en la espalda? ¿Tienen la menor idea de los problemas en que están metidos? ¿O en cuántos problemas me han metido a *mí*? —Charlie podía ver el rostro sorprendido de Alfie reflejado en los lentes del gorgón cuando Meduso dio un paso hacia él—. Supongo que tu amigo Charlie olvidó darte las *malas* noticias, Alfie Bluenthal. Te acabas de escapar de tu pesadilla.

Eso significa que rompiste una de las reglas más grandes de Mundo Tenebroso. No enfrentaste tu miedo. Tendrás que regresar... y la próxima vez, será peor.

Alfie recibió el anuncio encogiéndose de hombros.

—Por lo menos no tendré que ir solo —le dijo al gorgón. Luego miró a Charlie y puso los ojos en blanco—. ¿Siempre es así de gruñón?

—Sssólo esstá molessto —vino una voz siseante de abajo del sombrero de Meduso.

—¿Quién dijo eso? —Alfie se giró confudido. Charlie tomó el brazo de su amigo y apuntó al sombrero de Meduso. La cabeza de una serpiente roja se estaba asomando por debajo del ala.

—¡Guau! —exclamó Alfie, dando brincos como un sapo agitado—. ¡De verdad *eres* un gorgón! ¿Puedo ver tus serpientes? ¿Puedo? ¿Puedo?

Meduso levantó su sombrero de fieltro de mala gana. Charlie dio un paso atrás mientras las tres serpientes se desenrollaban para ver bien a Alfie. La lengua bífida de Barry se movía rápidamente sobre el rostro del niño.

—Ése es Barry —dijo Charlie, apuntando a la serpiente verde—. Él muerde. El café es Larry, y el rojo es Fernando.

Charlie esperaba que Fernando ofreciera un saludo agradable, pero aparentemente la víbora no estaba de humor para las presentaciones.

—Nuesstro amigo esstá en peligro —siseó Fernando—. No hay tiempo que dessperdiciar.

—¿Cuál amigo? —preguntó Charlie, confundido otra vez.

—¡Dabney, el payaso! —espetó Meduso—. ¿Acaso nunca prestas atención? Los duendes dijeron que habían llevado a Dabney a juicio por salvarte el trasero de esa bruja. Lo van a declarar culpable; no cabe la menor duda de ello. Y no puedes ni empezar a imaginarte lo que esos duendes pueden hacerle a un payaso rebelde.

Charlie vio cómo los ojos de Alfie seguían a Barry mientras la serpiente se mecía de lado a lado... así que chasqueó sus dedos frente a la cara de Alfie antes de que su amigo acabara hipnotizado.

Alfie salió de su trance con una idea para Meduso.

—¿Por qué no vas al juicio y los conviertes a todos en piedra? —sugirió—. Eso funcionó bastante bien allá en el Coliseo.

—Sólo funcionó porque los pude sorprender —dijo el gorgón—. El presidente Pavor y sus duendes estarán esperando que yo aparezca en el juicio... y créanme, van a estar preparados. Además, una cosa es congelar duendes. No puedo nada más pasearme por ahí, convirtiendo en piedra a otras pesadillas trabajadoras.

Charlie levantó la mirada hacia la estatua de un ogro que se alzaba sobre los duendes que la rodeaban.

Meduso no había tenido ningún problema en convertirlo a él en piedra.

—Eso es lo primero que ustedes dos necesitan aprender mientras estén de este lado —dijo Meduso, suspirando tristemente—. No pueden saltarse lo difícil. Intenten solucionar un problema de la manera fácil, y sólo se pondrá peor. No hay atajos en Mundo Tenebroso. Si voy a rescatar a Dabney, tendré que hacerlo de la manera difícil.

—Te ayudaremos a salvar al payaso —anunció Charlie—. Tan pronto como encontremos a Jack.

—¡Sí! —coincidió Alfie sinceramente. La aventura del coliseo parecía haber hecho maravillas con su confianza.

De golpe, Meduso se volvió a colocar el sombrero en la cabeza y se marchó, dejando a los dos niños en el polvo.

—¿Ah, sí? —preguntó—. ¿Y cómo se supone que dos mocosos de Mundo Despierto me van a ayudar a *mí*?

Charlie corrió para alcanzar al gorgón, estuvo a punto de tropezarse sobre un gnomo que cargaba una olla de monedas de piedra. Tenía la intuición de que la captura de Dabney no era la única causa del pésimo humor de Meduso. Algo le decía que Dabney sólo era parte de una historia mucho mayor... una que involucraba al gigante de pesadilla que Alfie y Charlie habían conocido como el director Stearns.

—¿Qué está pasando? —Charlie presionó al gorgón—. Esto no se trata sólo de dos chicos atrapados en Mundo Tenebroso, ¿o sí? Alfie y yo somos especiales de alguna manera, ¿no es así?

—Vaya si son *especiales* —gruñó Meduso—. Pero yo no lo tomaría como un cumplido.

—¿Por qué no? —demandó Alfie.

Charlie empujó al gorgón a un lado para poder pararse frente a frente con él.

—Suelta la sopa, Meduso. Dinos todo lo que sabes. No vamos a ninguna parte hasta que lo hagas.

—¿Quieres hablar *aquí*? —gesticuló hacia la multitud a su alrededor. A un par de metros, dos granujas alados los miraban fijamente desde la maleza. A pesar de sus ojos de piedra, parecían estar escuchando todo disimuladamente. Charlie podía ver que el corpulento gorgón estaba impaciente por seguir moviéndose. Estar rodeado de sus propias víctimas lo hacía retorcerse de incomodidad—. ¿Justo ahora?

—Sip —dijo Charlie, firme—. Comencemos con esto: ¿por qué me estabas buscando cuando llegué?

Meduso cruzó los brazos como un infante engreído.

—¿Acaso debo repetirlo? Me dijeron que un niño humano había entrado a Mundo Tenebroso por voluntad propia. Prometí regresarte a Mundo Despierto. Eso es todo.

—¿A quién se lo prometiste? —preguntó Charlie.

—Me temo que ésa es información privilegiada —contestó Meduso con rigidez. No iba a revelar el nombre del benefactor misterioso de Charlie.

—¿Sabes por qué el presidente Pavor está tratando de encontrarme?

—Ni idea —dijo el gorgón.

—Esso ess mentira —siseó Fernando debajo del sombrero del gorgón.

—Traidor —gruñó Meduso—. ¿Por qué no te ocupas de tus propios asuntos?

Charlie arqueó una ceja y trató de verse rudo.

—¡Está bien, perfecto! —dijo Meduso con un resoplido—. Tengo unas cuantas ideas. Si el presidente Pavor es el director de tu escuela, está claro que ha estado atravesando el portal...

—¿El portal de la mansión púrpura? ¿El presidente Pavor ha estado en *mi* casa? —Charlie no lo podía creer... hasta que se dio cuenta de que tenía todo el sentido del mundo. Se acordó de las pisadas que a menudo escuchaba a tempranas horas de la mañana. Charlie había supuesto que era la bruja, pero podría haber sido el presidente. Quizás era por eso que el director Stearns siempre estaba en la escuela antes que cualquier otro y se iba antes de que sonara la última campanada del día. Podría haber estado cruzando por el portal cuando la familia Laird todavía estaba dormida y regresando a Mundo Tenebroso antes de que llegaran a casa.

—Espera un segundo —interrumpió Alfie—. ¿Ha estado cruzando por el mismo portal por el que pasó Charlie?

—Claro —dijo Meduso—. Sólo hay una puerta entre Mundo Despierto y Mundo Tenebroso. Muy pocas criaturas de este lado saben que existe, porque casi siempre se queda cerrada. Pero si la abren, las pesadillas pueden atravesarla.

—¿Cómo se abre? —preguntó Alfie.

Meduso miró a Charlie y frunció el ceño.

—Hay gente en Mundo Despierto que puede abrir el portal y visitar Mundo Tenebroso mientras están despiertos. Pero nunca se dan cuenta de que tienen esa habilidad hasta que es demasiado tarde.

—¿Demasiado tarde? —preguntó Charlie.

—Terminan por abrir el portal por accidente. Siempre sucede de la misma manera. Alguien que vive en la mansión deja que su vida se vuelva tan oscura como Mundo Tenebroso. El portal se abre, y la persona comienza a viajar entre los dos reinos.

—¿Ha… ha sucedido antes? —balbuceó Charlie.

—Oh, sí. El hombre que construyó la mansión púrpura fue el primero en visitar este lado. Cuando finalmente logró dominar sus miedos, el portal estaba sellado. Desde entonces, ha sido abierto dos veces por humanos que permitieron que el miedo tomara el control de sus vidas.

—Todavía no lo entiendo... ¿quién abrió el portal esta vez? —preguntó Alfie.

Charlie pudo sentir que le ardía la cara.

—Yo lo hice.

La vergüenza le pesaba tanto que pensó que lo podría aplastar.

—¿Tú? —espetó Alfie.

—Sí —confirmó el gorgón—. A Charlie le aterra algo. Sea lo que sea, todavía lo horroriza. Si no, el portal ya se habría cerrado —Meduso dio un paso hacia Charlie—. Por eso te está buscando el presidente Pavor. Por alguna razón quiere que el portal permanezca abierto, y eso significa que tiene que asegurarse de que el miedo te domine.

—¿Por qué está haciendo esto? —preguntó Charlie—. ¿Por qué quiere que el portal permanezca abierto?

—Eso no lo sé —dijo Meduso—. Pero lo que sí sé es que no eres el único que tiene problemas. Las pesadillas han estado cruzando a el otro lado. Gracias a ti, Charlie Laird, todo tu pueblo está en peligro.

Charlie dejó caer los brazos. No tenía más preguntas. Meduso comenzó a deslizarse entre las estatuas hacia la orilla de la multitud. Parecía dirigirse hacia un sendero de terracería que llevaba por el costado de una montaña cercana. Charlie y Alfie siguieron un rato en silencio, aunque Charlie podía ver que Alfie moría por seguir hablando.

—No entiendo, Charlie —susurró Alfie finalmente—. ¿Por qué tienes tanto miedo?

De inmediato regresó la oscuridad, que burbujeaba dentro de él.

—Porque mi madrastra es una *bruja* —arremetió Charlie. No tenía la fuerza para admitir que había algo que lo aterraba mil veces más que Charlotte. No le podía contar a Alfie sobre la cosa en el bosque—. ¡Por lo menos no le tengo miedo a la carrera de cuarenta yardas!

—¿Perdón? Creo que los tigres y los leones dan mucho más miedo que cualquier madrastra.

—¡Caballeros! —Meduso se giró para verlos—. No me obliguen a quitarme estos lentes. Si empiezan a pelear, el peligro será el doble. Para bien o para mal, los dos están juntos en esto. Ahora pídanse una disculpa en este instante.

—Lo siento, Charlie —dijo Alfie, clavando la mirada en sus pies.

—Yo también —le dijo Charlie a su amigo mientras la oscuridad se le escurría y se convertía en remordimiento—. Y siento haberlos metido a todos en este desastre.

—Gracias —contestó Meduso con arrogancia—. Te dejaré saber cuando esté listo para disculparte.

Charlie estaba por poner los ojos en blanco cuando se dio cuenta de que todavía tenía una pregunta para el gorgón.

—Espera... ¿cómo sabes *tú* tanto sobre el portal? —preguntó.

Meduso se detuvo y dejó que la pregunta flotara en el aire por un momento.

—Porque yo estaba por aquí la última vez que se abrió... hace veinticinco años —dijo finalmente—. Eso es lo único que diré al respecto porque se nos está acabando el tiempo. Tenemos un pueblo, un payaso y un niño que rescatar. Y si ustedes esperan salir de Mundo Tenebroso en una sola pieza, los tres necesitamos asistencia de expertos. Y la única persona que puede darla vive hasta arriba.

Apuntó hacia el costado de la montaña que se alzaba sobre ellos, y por primera vez, Charlie notó un puntito diminuto en la cima. Parecía una cueva.

CAPÍTULO DIECISIETE

La moradora de la cueva

Charlie no podía imaginarse cómo podrían empeorar las cosas. Estaba atrapado en Mundo Tenebroso. Su hermanito podría ser devorado por una bruja. Había puesto a todo su pueblo en terrible peligro. Y estaba siguiendo a un asesino en masa hacia la cima de una montaña. Nadie lo habría culpado si se hubiera echado a llorar. Peor no podía estar la situación. Y aun así, Charlie encontró esa idea casi reconfortante. Había escuchado que cuando la vida no puede empeorar, sólo puede mejorar. Charlie estaba por descubrir si eso era cierto.

Pero una cosa era segura: todavía tenía miedo. Sólo pensar en la cosa que lo buscaba en el bosque hacía que su corazón palpitara y le sudaran las manos. Sin embargo algo extraño pasaba cuando pensaba en Jack. El miedo no se iba, pero descubría que era capaz de combatirlo. No tenía otra opción.

Sin ese poquito valor adicional, Charlie jamás habría logrado escalar la montaña. El camino hasta la cima estaba flanqueado de figuras congeladas en piedra. Éstas no eran como los duendes y las pesadillas de abajo. Aquí había héroes vestidos con las armaduras resplandecientes de la antigua Grecia. Un batallón de guerreros de la Amazonia. Dos repartidores de correos. Exploradores mongoles a caballo, con flechas amenazantes y espadas desenvainadas. Y un rebaño de ovejas que debió haber cruzado el camino incorrecto en el momento menos indicado. Lo único que tenían en común todas las estatuas era una mirada de absoluto terror en sus rostros.

—¿Estás seguro de que deberíamos seguir a este tipo? —preguntó en voz baja Alfie—. ¡Mira a toda la gente que ha congelado!

La duda llegó a oídos de Meduso.

—Estoy bastante cansando de ser insultado por ustedes dos, humanos enclenques —les dijo el gorgón desde adelante—. Me llevó el crédito por los duendes, pero no tuve nada que ver con *esto*.

El último tramo del camino estaba bloqueado por una legión romana. Cientos de soldados armados con escudos, espadas y jabalinas estaban congelados en plena acción. A Charlie, Alfie y Meduso les tomó años deslizarse entre ellos. Luego, por fin, el grupo llegó a la cueva en la ladera de la montaña. Podría haber estado tallada en la dura pared de roca, pero no era la guarida húmeda y sombría que Charlie se había esperado. La puerta medía tres metros de altura y estaba incrustada de oro. Junto a la entrada había ventanales decorados con cortinas escarlatas; y arriba, un tramo de puertas francesas abría hacia un extenso balcón.

—Ésta es la cueva más elegante que haya visto jamás —observó Charlie. Estaba impresionado, aunque sabía que una vida de lujo no hacía que fuera menos peligrosa la criatura de adentro.

—Oye, ¡mira esto! —Alfie le llamó a Charlie. Estaba parado a un lado de la entrada de la cueva, admirando la vista.

Todo Mundo Tenebroso se extendía abajo de ellos. A la distancia, Charlie podía ver un mosaico de pantanos, desiertos, ciudades abandonadas y bosques embrujados. Pero ahí no era adonde Alfie estaba apuntando. Al pie de la montaña yacía la versión pesadilla de Cypress Creek. Las tiendas del centro ya eran un pueblo zombi infestado de conejitos. El centro deportivo del pueblo había sido reemplazado por el Coliseo. Incluso vio una extraña versión en negro de la mansión púrpura, le recordó el dibujo de Charlotte. Y justo a la orilla del pueblo estaba el bosque de Charlie, con el campanario de la bruja sobresaliendo entre los árboles. Sólo verlo, el estómago de Charlie se retorció por los nervios. Era ahí donde tenía que estar.

—¡Escuchen! —Meduso los llamó—. Más vale que los dos se comporten. Nuestra anfitriona es una de las celebridades más grandes de Mundo Tenebroso. Y si a los dos les gusta moverse, sugiero que la traten con el respeto que se merece.

Meduso tocó el timbre y dio un paso veloz hacia atrás. Charlie trató de adivinar quién podría ser la que llamaba a esa cueva su hogar. ¿Maléfica? ¿La Reina Roja? ¿Cruella de Vil?

La puerta de la cueva se abrió de golpe.

—¡Cariño! —exclamó la criatura del otro lado—. Mi dulce, querido, pequeño Basil. ¡Dale un besito a mamita!

Charlie se quedó atónito. Había visto más monstruos de los que le tocaban, pero nada se comparaba con el que estaba en la puerta. Medusa tenía el rostro y el torso de una hermosa mujer mayor, el cuerpo de una culebra gigante, y cien serpientes que le crecían de la cabeza. Afortunadamente, unas gafas de sol enormes protegían a los huéspedes de sus mortíferos ojos.

Cuando se agachó para besar a su hijo, sus serpientes se envolvieron alrededor de la cabeza de Meduso.

—¡Ay! —gritó Meduso—. ¿No les puedes enseñar a tus víboras que no muerdan? Están asustando a Larry, a Barry y a Fernando.

—Ay, dulzura, ya sabes que así es como muestran su cariño. ¿Cuándo vas a dejar de ser tan sensible? —lo reprendió Medusa. Luego se asomó hacia las figuras detrás

de su hijo observó a los dos niños de pie en la entrada. Charlie trató de sonreír, pero sus labios no respondieron.

—¿Y esto es lo que me trajiste? —suspiró dramáticamente—. Deberías estar convirtiendo a los niños en piedra, querido, no arrastrarlos a casa para que conozcan a tu madre.

—No son niños comunes y corrientes —rebatió Meduso—. Son...

Su mamá levantó una mano para detenerlo.

—Sólo estaba bromeando, querido. Sé exactamente lo que son. Justo estaba hablando por teléfono con nuestro *horrendo* presidente. Parecía creer que mi hijo renegado aparecería por aquí acompañado de dos jóvenes fugitivos. Me ordenó que alertara a las autoridades al instante.

Charlie encontró su voz.

—¿Lo hará? —preguntó.

—¡Claro que no, niño! Nadie le dice a Medusa qué hacer.

—Gracias, señora —replicó Alfie, quien sonó genuinamente deslumbrado.

—¿*Señora*? —Medusa hizo un puchero infantil—. ¿Me veo lo suficientemente vieja como para que me digan *señora*?

—Es un niñito, mamá. Le dice señora a todas —la tranquilizó Meduso—. Todavía estás tan despampanante como siempre.

Charlie observó a Medusa dar a su hijo un alegre pellizco en la mejilla.

—Gracias, cariño. Por eso has sido siempre mi hijo favorito.

—Y el único —subrayó Meduso.

—Cómo me gustaría que aprendieras a aceptar un cumplido. Pasen, chicos. Que no nos vean pajareando afuera.

La cueva sin duda parecía el hogar de una villana rica. Los pisos eran de un mármol blanco y resbaladizo. La perilla de cada puerta estaba bañada de oro, y cada candelabro parecía hecho de la provisión total de cristal de una caverna completa. A Charlie le sorprendió ver espejos en cada pared. Parecía un poco peligroso tener tantos alrededor. Si las leyendas eran ciertas, mirar su propio reflejo podría convertir a Medusa en piedra tan rápido como a cualquiera. Debía usar sus gafas de sol veinticuatro horas al día.

Charlie y Alfie siguieron a Medusa mientras ésta se deslizó hacia una estancia; sus escamas verdes centelleaban en la luz. Charlie tuvo que saltar dos veces sobre el cascabel al final de su cola mientras ésta era azotada sobre el suelo.

—Y ahora, ¿qué puedo hacer por ustedes, caballeros? —preguntó Medusa una vez que se extendió sobre una tumbona antigua—. Basil nunca me visita a menos que haya una razón. Déjenme adivinar. ¿Los tres necesitan unos disfraces?

—Sí, madre —confirmó Meduso—. Y tendrá que ser tu trabajo más fino. Necesito llevar a estos dos humanos de vuelta a Mundo Despierto, lo que significa colar a uno de ellos por el portal a escondidas. Sería un desafío incluso sin que nos estuvieran cazando los duendes del presidente Pavor.

—Ay, Basil —dijo Medusa, con la voz cargada de desilusión—. ¿Es por eso que necesitas mi ayuda? ¿Sólo un humilde contrabando?

—¿A qué te refieres, madre? —espetó Meduso—. ¿Pues qué crees que debería estar haciendo?

Medusa se examinó las uñas casualmente. Charlie notó que estaban pintadas de escarlata y eran filosas como cuchillos.

—Pensé que los tres podrían estar en camino a la corte. Tu amigo Dabney tiene su juicio hoy. ¿No deberías rescatarlo?

Meduso torció una mueca. Charlie se quedó anonadado al ver a un gorgón adulto comportarse como un adolescente consentido. Por lo menos Meduso *tenía* una madre que lo molestara. Charlie habría dado todo su brazo izquierdo por tener que soportar de nuevo un poco de fastidio maternal.

—¿Estás preocupada por Dabney? —preguntó Meduso—. Cuando era niño, me decías que me alejara de los payasos. Decías que no sabían cómo asustar.

Medusa gesticuló con su delicada mano para hacer la crítica a un lado.

—Cariño, todos hemos dicho cosas que no queríamos.

—No, tú *sí* querías decirlo —dijo Meduso—. Sólo me pregunto qué te hizo cambiar de parecer ahora.

—He estado al tanto de las noticias. El payaso no asusta mucho, pero sin duda es valiente —contestó Medusa, vagamente—. Siempre *he adorado* a los héroes.

—¿Hasta aquellos que convertiste en piedra? —bromeó Meduso.

Medusa frunció sus labios rojo rubí, y Charlie supo que a su hijo le iba a tocar un sermón.

—¿Te refieres a mis ornamentos de jardín? —contestó—. Los dos sabemos que la mayoría de esas estatuas no son más que utilería. Además, Dabney es un héroe *de verdad*. Sólo actúa por el bien de sus pesadillas. De no ser por él y sus compañeros rebeldes, el presidente Pavor y esos duendes infames tendrían el control total de Mundo Tenebroso. ¿Ya entiendes por qué debes salvar a Dabney... o necesito hablar con Fernando? Sé que él entiende lo que está en juego.

Charlie vio algo moverse debajo del sombrero de fieltro de Meduso. El gorgón lo mantuvo en su lugar con fuerza, antes de que serpiente alguna pudiera asomarse.

—No —dijo Meduso hoscamente.

Cuando Medusa sonrió y extendió la mano para acariciar la rodilla de su hijo, Charlie pudo ver que había terminado el regaño.

—Así que, cariño, antes de otra cosa, ¿puedes salvar al payaso?

La pregunta casi hizo que Charlie saltara de su asiento.

—Disculpe —interrumpió antes de que Meduso pudiera contestar—. Sé que tenemos que ayudar a Dabney, ¿pero qué hay con mi hermanito? ¿No deberíamos rescatarlo a él primero?

—Una bruja secuestró al hermano del niño, y está amenazando con comérselo —explicó Meduso—. Detesto ponerme del lado de un humano, pero su problema podría ser un poquito más urgente que el de Dabney. El cuerpo del hermanito podría estar aquí en Mundo Tenebroso. El niño podría realmente ser devorado.

—Ay, Basil —el suspiro melodramático de Medusa sonaba exactamente como los de su hijo—. Paraste de pensar como una pesadilla —se inclinó y sujetó una de las manos de Charlie. Éste tuvo que armarse de valor para evitar liberarse—. La bruja no se comerá a tu hermano, no importa qué tan sabroso se vea.

—¿Cómo puede estar tan segura? —preguntó Charlie.

—Porque si se lo comiera, ya no tendrías miedo de que lo haga. ¿Entiendes? El miedo es el único poder que la bruja tiene sobre ti. Y no va a cambiarlo por nada.

Le tomó un momento a Charlie darse cuenta de que la gorgona tenía razón. Luego todo su cuerpo pareció relajarse. La bruja se había llevado a Jack para que Charlie fuera tras él. Si se comía a su hermano, ya no tendría carnada. Por supuesto, todavía habría que rescatar a Jack. Donde estuviera, lo más probable es que no se sintiera muy cómodo. Por lo menos estaba vivo. Eso le daba a Charlie un poco más de tiempo.

—Ahora vengan, niños —dijo Medusa—. Si van al tribunal, tenemos que asegurarnos de que lo hagan vestidos de la forma correcta.

El vestidor de Medusa era más grande que la antigua casa de Charlie. Se deslizaron por los pasillos, entre innumerables disfraces, la mayoría diseñados para ser usados por una criatura mitad mujer, mitad serpiente. Cuando no estaba asustando a los humanos hasta petrificarlos, Medusa era actriz, explicó su hijo. Era dueña del teatro más popular de Mundo Tenebroso.

La voluptuosa gorgona se detuvo ante un estante repleto de disfraces talla niño.

—¡Ajá! —exclamó Medusa empujando un grupo de ganchos a un lado—. ¡Esto podría funcionar!

Colgados de la barra había dos disfraces grises y peludos con largas colas rosadas. Las cabezas tenían bocas repletas de dientes filosos y puntiagudos.

—¿Ratas? —Charlie frotó la piel entre sus dedos. Se sentía un poco demasiado real—. ¿Tienes algo que dé más miedo?

Dos de las serpientes de Medusa pelaron los colmillos.

—¡Pero éstas son *ratas gigantes comedoras de hombres*, cariño! ¡Una de las peores pesadillas! Han sido protagonistas de los más terribles sueños durante miles de años. ¡Son un clásico!

Meduso suspiró.

—Mamá, si el niño...

—No, no, está perfectamente bien —dijo Medusa, examinando otros disfraces. Se detuvo frente a un delantal rosado con holanes que estaba salpicado de sangre—. ¿Qué les parecen las muñecas asesinas?

—¡Nada de muñecas! —increpó Alfie.

—Está bien, entonces —contestó Medusa—. Nada de qué preocuparse. Veamos qué más tenemos aquí —pasó rápidamente entre los disfraces colgados frente a ella—. ¿Mosquitos transmisores de enfermedades? Demasiadas patas. ¿Unos pequeños alienígenas grises, con todo y sus sondas? Demasiado adorables. Ah, ¡aquí hay uno! ¡La perfección finalmente!

El último disfraz no era nada más que una bola sucia y polvorienta de tela bien enrollada.

Alfie comenzó a rebotar de la emoción.

—¿Puedo ser Tutankamón? ¿Por favor, por favor?

—Sin duda, cariño —exclamó Medusa—. Es una *excelente* decisión. Los dos tienen la misma tez divina. Aunque su nariz no es lo que solía ser. Se aplastó un poco en el sarcófago.

Charlie apuntó hacia la bola de tela.

—¿Cómo es *eso* un disfraz del rey Tut? ¿Dónde está el tocado y la barba falsa?

—Estás pensando en la máscara que llevaba puesta Tut —dijo Alfie—. Voy a ser lo que encontraron *detrás* de la máscara.

—¿Un adolescente muerto? —bromeó Charlie.

—Buen chiste —admitió Alfie—. No, ¡voy a ser una momia!

—¿Eso no es un poco tonto? —rebatió Charlie—. ¿Hay alguien que en verdad tema a las momias?

—Están aterrados de las momias que *yo* creo —dijo Medusa con desprecio.

—¿Y yo qué? —preguntó Charlie.

Medusa levantó una sábana blanca y una peluca negra.

—Me temo que lo único que queda de tu tamaño es un *yurei*.

—¿Un qué? —preguntó Charlie.

—Es un tipo de fantasma —interrumpió Alfie—. Son lo máximo en Japón.

Charlie gimió. Nunca había oído hablar siquiera de un *yurei*. Pero tendría que bastar con eso.

En menos de una hora, Alfie estaba envuelto en trapos y sentado frente al tocador de Medusa, pintándose la piel alrededor de los ojos de un rojizo tono carne cruda. Con los trapos rotos para revelar agujeros enormes en su carne, Alfie lucía adecuadamente aterrador. A unos pocos metros, Charlie dejó que Medusa lo ayudara con la sábana y se quedó quieto mientras ella le ajustaba la peluca. Tarareaba para sí misma mientras trabajaba, justo como hacía la mamá de Charlie cuando preparaba los disfraces de Halloween a sus hijos. Había pasado mucho tiempo desde que alguien se ocupaba con tanta suavidad de él. Le gustaba sentir los dedos de Medusa arreglándole el pelo y acomodándole la sábana en su lugar. Era maravilloso sentir aquello. Pero cuando cerró los ojos y trató de fingir que su propia mamá estaba ahí la felicidad comenzó a sentirse dolorosa.

—¿Le puedo hacer una pregunta, señora? —aventuró Charlie.

—No si me dices señora —fue la respuesta.

—Está bien, señorita… ah… Medusa. Sólo me preguntaba… ¿la mayoría de las pesadillas tiene hijos?

—No, yo soy una de las pocas suertudas. Hace dos mil años un niño tuvo una pesadilla sobre un terrible bebé gorgón y fue así que nació mi hijo. Estaba tan emocionada que no me molestó que el niño le diera piernas de humano a mi bebé en vez de una cola. O que sus serpientes nunca pararan de hablar. Amé a mi pequeño Basil justo como es.

Por un momento Charlie extrañó tanto a su propia madre que apenas pudo hablar, pero hizo su mejor esfuerzo por mantenerse en la conversación.

—¿Tienes dos mil años?

—No, querido; *Basil* tiene dos mil años. *Yo* tengo treinta y nueve.

Medusa sonrió por la confusión en el rostro de Charlie. Atrás de sus labios pintados había dos hileras perfectas de filosos dientes blancos.

—Ya lo entenderás cuando seas más grande. De todos modos, siempre hay trabajo ahí fuera para un gorgón. Cada año, cientos de pesadillas se ven obligadas a convertirse en nuevas criaturas, pero el cabello de víbora nunca pasa de moda.

La idea lo tomó por sorpresa.

—¿Otras pesadillas cambian? —preguntó Charlie.

—Oh, sí —dijo Medusa—. Deben evolucionar para mantenerse al día con los tiempos. Por ejemplo, en la Edad Media a los europeos les aterraba bañarse. Sus temores mantuvieron a algunas criaturas muy ocupadas por siglos. Pero ahora ya nadie le tiene miedo al jabón. Ni siquiera los franceses. Lo mismo pasó con la peste negra. Los doctores que la trataron usaban unas máscaras terribles con picos largos, como de pájaro. Mundo Tenebroso solía estar repleto de ellos. Ahora todos usan máscaras de hockey y cargan motosierras. Verás, cuando una pesadilla deja de dar miedo, se le da la opción de volverse otra cosa. Trato de ayudar cuando puedo. Muchas veces, las pesadillas vienen aquí a mi sala de disfraces para probarse nuevas identidades.

—¿Y si una criatura de pesadilla se rehusa a cambiar?

—Entonces se jubila y desaparece —contestó Medusa.

El aire alrededor de Charlie pareció helarse de repente.

—No entiendo —dijo—. ¿Cómo puede simplemente desaparecer una pesadilla? ¿Adónde va?

Medusa se recostó contra su silla.

—Es una excelente pregunta. Algunos dicen que cuando las pesadillas se jubilan se convierten en sueños. Pero ninguno de nosotros ha puesto ojos jamás sobre el Reino de los Sueños, así que nadie de aquí puede estar seguro de que exista. Me temo que la mayoría de las pesadillas llega a creer que tenemos sólo dos opciones: o seguimos asustando a la gente para siempre... o morimos.

—¿Morir? —Charlie recordó lo que le gritó Dabney el payaso en el bosque: que las pesadillas nunca mueren. Dabney le había salvado el trasero a Charlie, así que esperaba, por el bien del payaso, que aquello fuera cierto—. ¿Y tú qué piensas? —le preguntó a Medusa.

—Creo que descubriré la verdad más temprano que tarde —dijo Medusa—. En realidad no me molesta. La muerte no me asusta. Después de unos cuantos miles de años, asustar a los niños se vuelve un poco aburrido. Lo que me preocupa es Basil. No quiere ser una pesadilla, pero se rehúsa a jubilarse. Hace apenas el trabajo suficiente como para quedarse en Mundo Tenebroso. Pero su actitud lo ha metido en muchos problemas. El presidente cree que pone mal ejemplo.

—¿Y por qué Meduso ya no quiere ser una pesadilla? —preguntó Charlie.

Cuando Medusa suspiró, varias de sus serpientes suspiraron con ella.

—Hubo un tiempo en que mi hijo era la pesadilla más aterradora de todas. Convertía a cualquier criatura que encontrara en piedra. Luego, Basil encontró la manera de entrar a Mundo Despierto. Me trajo eso —apuntó a una ardilla de piedra sentada en su escritorio de trabajo—. Es una bestiecilla horrenda —dijo Medusa con aprecio—. ¿Hay muchas más como ésa en tu tierra?

A Charlie le costó trabajo no reírse.

—Los bosques están repletos de ellas —le dijo.

Medusa se estremeció y continuó con su historia.

—En ese entonces Basil era muy ambicioso. Cuando hizo un segundo viaje al otro lado, me preocupé de que pudiera tratar de conquistar Mundo Despierto. Pero no lo hizo. Y cuando volvió, mi hijo ya no era el mismo.

—¿En qué era diferente? —preguntó Charlie con voz suave.

—Ya no le interesaba asustar a los humanos. Me dijo que había conocido a unos niños del otro lado, y había llegado a admirarlos.

Niños humanos, pensó Charlie.

—¿Quiénes eran?

—No tengo la menor idea, cariño —contestó Medusa—. Nunca he fraternizado con tu especie.

—Y si no quiere ser una pesadilla, ¿por qué no se jubila? —preguntó Charlie.

—Porque tiene miedo.

—¿Las pesadillas se asustan? —nunca se le había ocurrido esa idea a Charlie.

—Sin duda —contestó Medusa—. Y Basil no es el único que está asustado en estos días. El presidente Pavor está decidido a hacer que todos cuestionemos si el Reino de los Sueños es verdadero. Antes de que llegara al poder, nuestra vidas eran simples. Si disfrutabas ser una pesadilla, te la pasabas asustando a los humanos. Si te cansabas de todo eso, te podías jubilar y quizá volverte un sueño. Ahora, gracias a él, todo ha cambiado. La mayoría de las pesadillas de hoy no cree en el Reino de los Sueños... y nadie se jubila porque tienen miedo de morir.

—Pero Dabney dijo que las pesadillas no mueren.

Medusa sonrió con la mención del nombre del payaso.

—Dabney está convencido de que el Reino de los Sueños existe. Por eso es como una espina clavada en el pie del presidente. Dabney dice que nuestro trabajo no es mantener asustados a los humanos. Nuestro trabajo es ayudar a los humanos a enfrentar sus miedos. Y si hacemos bien nuestro trabajo, merecemos jubilarnos. El Reino de los Sueños es nuestro premio.

—¿Ya nadie cree eso? —preguntó Charlie—. ¿Ni siquiera Meduso?

—Puede ser difícil combatir el miedo —dijo Medusa—. Pero sé que Basil *quiere* creer. Por eso le doy un empujón de vez en cuando. Es más valiente de lo que cree. Sólo necesita encontrar el valor.

Terminó de arreglar el disfraz de Charlie, jaló el largo cabello negro de su peluca hacia abajo, sobre sus ojos, y le ayudó a ponerse un par de sandalias de madera estilo japonés.

—Ahora voltea y mírate al espejo —ordenó Meduso—. Mantén el cabello sobre tu rostro en todo momento.

Charlie se apersonó frente al espejo de cuerpo completo. Ahí estaba el fantasma más tenebroso que hubiera visto jamás. Pero el disfraz tenía algo extraño, notó Charlie. Ahora que lo traía puesto, la sábana parecía más un kimono.

—Espera un segundo —dijo Charlie—. ¿Estoy usando un *vestido*? ¿Me convertiste en una *niña* fantasma?

—Los *yurei* son tradicionalmente femeninos —contestó Medusa con un cascabeleo de cola de serpien-

te—. Pero déjame decirte que las niñas pueden ser tan tenebrosas como los niños. Además, ¿quién se va a burlar de ti aquí? A nadie en Mundo Tenebroso le importan un comino estas cosas.

Charlie frunció el ceño ante su reflejo. Dudaba que alguien pudiera soportar verlo lo suficiente para darse cuenta de que estaba vestido como niña.

—Está bien —dijo finalmente—. Lo usaré.

—Gracias, cariño —dijo Medusa. Luego agregó en voz baja para que sólo Charlie pudiera escuchar—: Me da gusto que tú y tu amigo estén aquí para ayudar a Basil.

—Lo estoy haciendo por Dabney —admitió Charlie—. No creo que le agrade mucho a tu hijo.

—Te equivocas en eso —le confió Medusa—. Sé que Basil puede ser gruñón a veces. Y todos lo hemos escuchado decir cosas feas sobre tu especie. Pero debes entender, sólo está tratando de evitar que su horrible secreto salga a la luz.

—¿Qué secreto? —preguntó Charlie.

Medusa se agachó y susurró en el oído de Charlie.

—Basil *disfruta* ayudar a los humanos.

CAPÍTULO DIECIOCHO

El conejillo de Indias

El tribunal de Mundo Tenebroso era una estructura lúgubre. Estaba construido con el mismo estilo que la corte de Cypress Creek, pero diversas variedades de moho hacían que pareciera cubierto de un vómito peludo. La mayoría de las ventanas del edificio estaban rotas, y las esquirlas de vidrio ensuciaban la banqueta de afuera. Una larga fila de criaturas se extendía a lo largo de la escalinata principal, esperando que los admitieran a juicio. Había milpiés, espectros, yeti y tres humanos con shorts, zapatos y cachuchas de béisbol que se veían casi normales.

—¿Ellos qué son? —se preguntó Charlie en voz alta.

—Maestros de deportes —contestó Alfie con aire de experto—. Los primeros dos son del tipo cruel. El tercero es del tipo que siempre dice "sólo tienes que echarle más ganas". Ésos son los *peores*.

En la plaza frente al tribunal un maleante con aspecto de matón vendía gafas de sol espejeadas de todas las formas, estilos y tamaños.

—¡Gorgón rebelde anda suelto! —gritaba—. ¡Compre sus escudos antigorgón hoy mismo,! ¡o arriésguese a terminar como una pieza artística!

—¿Esas cosas de verdad funcionan? —le susurró Charlie a Meduso, que estaba vestido como una parca. Llevaba un abrigo negro, la cabeza escondida bajo una enorme capucha y guadaña en mano. A Charlie le impresionó lo convincente que se veía. Incluso las otras criaturas de pesadilla se cuidaban de guardar su distancia.

—Me temo que los escudos funcionan bastante bien —respondió Meduso—. Si llegara a ver mi reflejo en los lentes de espejo, me convertiría en piedra. Los espejos son un riesgo laboral serio para los gorgones. ¿Por qué creen que sólo quedamos dos?

—Pero la casa de tu mamá está llena de espejos —indicó Alfie.

—Sí, le encantan los espejos —contestó Meduso—. Podrá ser una gorgona, pero también es una diva. Una es una criatura aterradora que puede convertir a los hombres en piedra, y la otra es una gorgona.

Meduso guio a Charlie y Alfie hasta el final de una larga fila que llevaba hasta la corte. Al principio, el desfile de monstruos mantuvo entretenido a Charlie,

Luego se dio cuenta de que llevaban bastante tiempo sin moverse.

—¿Por qué está tardando tanto? —lloriqueó Alfie.

Charlie se paró de puntitas para asomarse al edificio. Comenzaba a ponerse un poco nervioso.

—Los guardias están revisando a todos —explicó Meduso—. Qué bueno que sus disfraces son de altísimo nivel. Eres una joven momia verdaderamente aterradora. Y, Charlie, tú una hermosa señorita fantasma.

Charlie frunció el ceño. Estaba demasiado ansioso para bromear.

—El presidente Pavor puso a todos los duendes y guardias a buscarnos, ¿no es así? —preguntó Charlie.

Meduso suspiró.

—Ahí vas, sintiéndote *especial* otra vez. Para tu información, también me están buscando a mí.

La fila siguió avanzando, centímetro a centímetro Charlie entró finalmente al tribunal. En frente, vio que cada criatura de pesadilla era detenida y examinada en un punto de revisión dirigido por una larva gigante. Su brilloso cuerpo blanco medía por lo menos dos metros de largo y un metro y medio de circunferencia. Una diminuta cabeza café con enormes pinzas estaba colocada encima. Atrás se movían seis patas tan pequeñas que apenas parecían ser útiles. Los ojos negros y brillantes de la guardia observaban mientras un hombre vestido de dentista sacaba una aguja obscenamente larga de su bolsa de doctor. Después seguía un gnomo de jardín que se veía muy alegre, hasta que se soltaba la mandíbula para revelar un conjunto de dientes listos para arrancar la piel.

—¿Qué hace la larva? —le preguntó Charlie a Meduso.

—Está administrando la revisión de sustos —dijo el gorgón—. Es la mejor manera de distinguir a una pesadilla verdadera de una falsa.

Charlie sintió que el sudor comenzaba a acumularse en el borde de su peluca.

—¡Mira! —Alfie apuntó hacia una anciana humana que había llegado hasta el frente de la fila—. Veamos lo que le sucede a ella.

La viejecilla le hizo gestos a la larva para que se agachara. Tan pronto como sus mejillas estuvieron a su alcance, la mujer le pellizcó una lo más fuerte que pudo… y le plantó un asqueroso beso húmedo en el otro. La larva se retorció hasta soltarse y negó con la cabeza. No estaba satisfecha. Luego la viejita abrió la boca. Salieron seis tentáculos, se envolvieron alrededor de la larva, y la levantaron en el aire.

—Impresionante —admitió Meduso—. Jamás habría adivinado eso.

—¡Alfie y yo nunca vamos a pasar la prueba! —las palmas de Charlie ya estaban sudando—. Tenemos que salirnos de esta fila. Tenemos que idear otro plan.

—Patrañas —dijo Meduso—. Mamá siempre piensa en todo —puso su mano en la parte de atrás del cuello de Charlie y buscó bajo su peluca—. Hay un interruptor en alguna parte por aquí. Ah, ahí vamos. Ya no hablen más. Sus disfraces fueron hechos para el teatro. Tienen micrófonos incorporados, y los estoy encendiendo.

Se detuvo para encender el interruptor del micrófono de Alfie también.

—Cuando la larva pregunte, quiero que le des un buen rugido de momia. Y Charlie, necesito que grites tan fuerte como puedas. ¿Creen poderlo hacer?

Charlie y Alfie asintieron. El contenido en la barriga de Charlie se agitaba. Estaba preocupado de que no saliera más que aire con su grito.

—Bueno, entonces esperen hasta que todos estén escuchando y denle con todo —les dio instrucciones

Meduso—. Pero no demasiado fuerte, o derribarán el edificio entero.

Cuando los tres llegaron al frente de la fila, la larva gigante alzó una de sus diminutas patas y los hizo detenerse.

—Ustedes dos son demasiado adorables para ser pesadillas —increpó la larva con una extraña voz de muñeca bebé.

Charlie no respondió. Pudo ver por la manera en que Alfie empuñaba las manos que estaba ofendido.

—No creo que los *yurei* tengan el poder del habla, madame —dijo Meduso amablemente—. Y la lengua de la momia podría haber sido removida como parte del proceso de embalsamamiento.

La guardia siguió sin impresionarse.

—Mi supervisora tendrá que mirarlos más de cerca —colocó un *walkie-talkie* cerca de la boca—. ¿Disculpe, señora? ¿Puede venir por un segundo? Tenemos a un par de pesadillas aquí que se ven asombrosamente *preciosas* para mi gusto —dijo con desdén, cuando pronunció la palabra *preciosas*.

Charlie miró embobado a la supervisora, que se dirigía hacia ellos. Era una diosa azul brillante con cuatro brazos y un collar hecho de dedos humanos. Su gafete decía *Kali*.

—¿Una momia y una fantasmita? Qué adorables —dijo Kali en voz monótona, como si ya lo hubiera visto todo—. Más vale que su desempeño sea impresionante, o tendremos que mandarlos con *ellos* para que los examinen.

La mirada de Charlie siguió a la de la diosa. Tres duendes estaban de pie a un costado, explorándose las fosas nasales mientras esperaban para ver qué harían las pesadillas menuditas. Charlie le dio un veloz vistazo a Alfie y levantó cinco dedos. Alfie asintió. Al contar hasta cinco, soltó un terrible rugido.

—¡Mmmrrrrraaaaaawwwwrrrrrr!

Y Charlie soltó lo que pudo haber sido el chillido más fuerte de toda la historia.

—¡Eeeeeaaaaaaaaaaaaaeeeeeeekkkkkkk!

La combinación de sonidos agitó el edificio entero y sacudió el cerebro de Charlie, por primera vez sus rodillas temblaron de otra cosa además de miedo. El poco vidrio que quedaba en las ventanas de la corte se quebró y cayó al suelo.

—Basta con eso —anunció la supervisora, que todavía parecía aburrida—. Disfruten el juicio.

Adentro, la gigantesca sala de la corte estaba a reventar. Pero no fue hasta que encontraron a Dabney al frente del cuarto que se abrieron por completo los ojos de Charlie. El payaso maltrecho estaba encadenado a una silla de oficina, y un guardia duende estaba parado junto a él, arrancando brillantes pelos rojos del cuero cabelludo de Dabney uno a la vez. De repente Charlie percibió cuánto estaba en juego. No había manera de saber qué podrían hacerle los duendes a Dabney después del juicio. Tanto como el secuestro de Jack y las terribles pesadillas de Alfie, el arresto de Dabney era su culpa. Era su deber rescatarlo. Pero al mirar alrededor del cuarto a las criaturas imponentes de la concurrencia, Charlie no estaba seguro de poder hacerlo.

—¡Fuera del camino! —ordenó alguien.

Charlie dio un paso a un lado mientras el séquito del presidente se abría paso adelante de Meduso, haciendo espacio para su líder. El presidente Pavor llevaba un par de escudos antigorgón, al igual que los miembros de su pandilla de duendes, que casi arrojaron a Alfie al suelo mientras se apuraban para alcanzarlo. Cuando el presidente llegó al frente de la corte, el público irrumpió en aplausos.

El presidente Pavor se cernía sobre la mayoría de las pesadillas. Su traje de corte perfecto y postura rígida exigían deferencia, pero habría sido igual de aterrador sin él. Era su expresión despiadada la que hacía toda la diferencia; la sonrisa que mostraba cada vez que alguien sufría. El presidente Pavor era una verdadera pesadilla, un clásico, entendió Charlie. No sólo era el director ideal para una escuela, también le habría quedado como anillo al dedo el papel de jefe, *matón* o guardia de prisión —cualquier rol diseñado para hacer que una persona se sintiera débil e indefensa. El presidente probablemente había sido la estrella de un millón de pesadillas.

—Gracias. Gracias —dijo Pavor con solemnidad, y un silencio cayó sobre la multitud—. Antes de que comencemos nuestro asunto oficial esta mañana, tengo unas cuantas noticias desafortunadas que reportar. Hay dos niños humanos sueltos en Mundo Tenebroso.

Charlie, Alfie y Meduso de inmediato se sentaron en sus asientos, antes de que alguien notara el verdadero tamaño de la momia y el fantasma.

—¿Sueltos? —aulló una Llorona. Las criaturas de pesadilla comenzaron a revisar bajo sus sillas, como si pudiera haber niños escondidos debajo. Charlie tuvo cuidado de mirar bajo la suya también.

—Es correcto. ¡Sueltos! —el presidente apuntó un dedo a Dabney—. Y este payaso y sus amigos son los responsables.

—¡Traidor! —gritó alguien. Un jitomate voló por el aire y se estrelló contra el pecho de Dabney. Lo siguieron rápidamente tres huevos y un betabel.

—Vaya que avientan mucha comida por aquí —le susurró Charlie a Meduso, e hizo una mueca de dolor mientras una col estallaba cerca de la cabeza de Dabney.

—¿Y qué otra cosa deberíamos hacer con ella? —preguntó Meduso. Alcanzó dentro de su vestimenta y sacó un tomate—. Idea de mamá —dijo, cuando vio que Charlie lo miraba.

Charlie estaba por pedir una explicación cuando el presidente levantó una mano.

—¡Su atención por favor! —dijo, y la comida paró de volar—. Siento decir que las noticias sólo empeoran.

—¿Qué puede haber peor que unos asquerosos niñitos que infestan nuestro mundo? —gimió una cucaracha sentada junto a Charlie.

El presidente Pavor dio un paso hacia el público, como si se preparara para compartir un secreto.

—Esperaba hacer el siguiente anuncio en una ocasión más festiva, pero no tengo más opción que hacerlo ahora. Durante los últimos cuantos meses, he estado trabajando en un proyecto especial: uno que podría beneficiar a todas las criaturas de Mundo Tenebroso. El payaso y sus compañeros rebeldes han puesto en riesgo ese proyecto —los ojos del presidente fulguraron como el rojo de lava burbujeante—. Encontré la manera de entrar a Mundo Despierto.

La multitud guardó silencio. Charlie podía ver que el anuncio los había tomado a todos por sorpresa. Un elfo de aspecto cruel levantó la mano.

—¿Eh, disculpe? ¿Por qué querría usted ir ahí?

—Veamos si Phyllis puede responder la pregunta —dijo el presidente. Se acercó a un miembro del público.

Phyllis parecía una vampiro. Con la excepción del tamaño de sus incisivos puntiagudos y su complexión inusualmente pálida, era una criatura atractiva con rizos negro azabache y labios de rubí.

—¿Qué? ¿Yo? —buscó a otra Phyllis en los asientos cercanos. Luego el presidente tomó su mano, Charlie casi sintió pena por ella.

—No eres tan tenebrosa como alguna vez lo fuiste, ¿no es verdad, Phyllis? —preguntó.

—Bueno, quisiera pensar —la vampira comenzó una breve argumentación. Luego su espalda decayó y su cabeza se hundió—. No —admitió—. Los últimos humanos que he visitado *querían* que me tomara su sangre. Ni siquiera gritan cuando me ven. En lugar de eso, comienzan a hacerme preguntas. Anoche, una niñita hasta me preguntó que si brillo a la luz del sol. ¿Lo pueden *creer*?

El presidente Pavor negó tristemente con la cabeza y le acarició con ternura la mano.

—Ahora que ya no eres tenebrosa, pronto enfrentarás una decisión importante, ¿no es así? Puedes decidir si volverte una nueva pesadilla… o puedes optar por jubilarte del servicio. ¿Has decidido qué será?

—No —gimoteó Phyllis. Una lágrima color rojo sangre rodó de uno de sus ojos.

—Lo sé, es una decisión terrible, ¿no es así? —preguntó el presidente Pavor, y Charlie se estremeció. El gigante era absolutamente espeluznante cuando trataba de fingir compasión—. Bueno, ¿qué si te dijera que podrías no tener que decidir después de todo?

—Eso no es posible —dijo con tristeza Phyllis—. Todos tenemos que decidir.

—Ahora tenemos que hacerlo, pero quizá sea algo que podamos cambiar —dijo el presidente. Miró hacia el público—. Los humanos de Mundo Despierto nos temen de noche, pero cada nueva mañana se olvidan de nosotros. Se levantan para ver el sol brillar y para escuchar a los pajaritos cantar. Y, con el tiempo, simplemente dejamos de asustarlos. Pero si fuéramos a conquistar Mundo Despierto, podríamos hacer que los humanos vivieran con temor todo el tiempo, día y noche. Ninguno de nosotros tendría que cambiar: ninguno de nosotros moriría jamás.

—¿Podríamos hacer eso? —preguntó Phyllis con asombro—. ¿Podríamos tomar Mundo Despierto?

Sólo cuando Charlie escuchó a Alfie soltar un grito ahogado, se dio cuenta de que no había estado respirando.

El presidente Pavor soltó la mano de la vampira. Su voz se elevó mientras sus ojos pasaban sobre la multitud.

—Sí. *Podemos* conquistar Mundo Despierto. He descubierto un portal entre nuestro mundo y el suyo. Se ubica en un pueblo llamado Cypress Creek, y ya comencé a preparar la invasión. Pero para poder continuar, debo encontrar a los dos niños que desaparecieron anoche. Uno de ellos es esencial para mis planes. Fue su temor el que abrió el portal. A menos que lo mantengamos aterrado, el portal se cerrará antes de que estemos listos.

Charlie se encogió en su silla, preocupado de que su corazón estuviera latiendo con tanta fuerza que todos en la habitación pudieran escucharlo. La situación era peor de lo que había imaginado. Mundo Despierto estaba a punto de ser invadido por monstruos y él, Charlie Laird, de doce años,
lo había permitido.

El presidente Pavor chasqueó los dedos y tres duendes se precipitaron a su lado, cargando un caballete gigante, cubierto con una cortina negra. El presidente arrancó la tela y reveló un simple pizarrón blanco con grandes letras negras.

1. ENCONTRAR AL NIÑO.

2. MANTENER ABIERTO EL PORTAL.

3. CONQUISTAR MUNDO DESPIERTO.

4. PROBAR UNA DONA KRISPY KREME.

5. NO MORIR JAMÁS.

—Mi plan, compañeras pesadillas, es simple. Uno: encontrar al niño.
Dos: mantener abierto
el portal. Tres: conquistar

Mundo Despierto. Cuatro: probar una dona Krispy Kreme. Cinco: no morir jamás.

La multitud susurró emocionada.

—¿De veras será tan fácil? —preguntó un esqueleto de voz estruendosa.

—Nada podría ser más simple, mi niño —aseguró el presidente con una sonrisa espantosa.

—Soy una *dama* —contestó el esqueleto con un resoplido.

—Y qué hermosos huesos tienes, querida —contestó el presidente sin batir una pestaña.

Entonces los restos de un forajido del Viejo Oeste se levantaron. Se quitó el sombrero para dirigirse al presidente, exhibiendo un agujero en el centro de su frente.

—Dice que tenemos que mantener a este chico en un estado de terror. Bueno, pues yo he asustado a mucha gente a lo largo de los años, y es un asunto delicado. Si no eres lo suficientemente aterrador, dejan de venir a verte. Pero si eres demasiado aterrador, de verdad les damos una paliza. ¿Cómo te vas a asegurar de que no empujemos al chico al extremo?

La sonrisa del presidente Pavor lo hizo parecer un diabólico presentador de un programa de juegos.

—¡Qué estupendamente oportuno eres, Tex! ¡Ésa es la pregunta que esperaba escuchar! ¿Cómo mantienes a un humano asustado… sin empujarlo a la locura total?

Déjenme presentarles el Aterrorizador 3000 —el presidente levantó un objeto rectangular con un estuche de metal gris opaco y una brillante pantalla negra—. Es un dispositivo nuevo y revolucionario inventado por su servidor. Reúne datos de los sensores que se colocan en el humano, y hacen posible que se monitoreen los niveles de miedo de una persona en todo momento. Trato de mantener el indicador entre tres y ocho. Un ocho hará que a los humanos se les vacíe la vejiga. Un nueve hará que se desmayen. Y hasta ahí es lo más lejos que lo queremos llevar. Sólo en las situaciones más extremas habría que subir el indicador a diez.

—¿Qué sucede cuando llegas al diez? —preguntó alguien.

El presidente ignoró la pregunta.

—Quizá lo correcto sería una demostración. Tengo un conejillo de Indias esperando que comience el espectáculo.

Se oscureció el tribunal y la imagen de video se proyectó sobre una pared blanca detrás del presidente. Una diminuta niña rubia con un camisón rosado caminaba de un lado al otro en un cuarto vacío.

Alfie soltó un grito ahogado.

—Santo cielo, ¡es Paige!

Charlie se sentó derecho en su silla y entornó los ojos hacia la pantalla. Se rehusaba a creerlo.

—¿Cómo puede ser Paige? No le tiene miedo a nada.

—¿Todavía no lo entiendes, verdad? —lo regañó Meduso—. Todos le tienen miedo a *algo*.

CAPÍTULO DIECINUEVE

¿Quién le teme a la oscuridad?

—Probablemente habrán notado que muchos de los niños de Cypress Creek han comenzado a pasar sus noches aquí con nosotros —dijo el presidente Pavor a la multitud fascinada—. El terror se está extendiendo rápidamente por el pueblo. El sol no ha brillado en Cypress Creek en semanas, y ya comienza a parecerse mucho a Mundo Tenebroso. Los niños siempre son los primeros en sucumbir ante el miedo, pero no pasará mucho tiempo antes de que los adultos también sean víctimas. Pronto estaré llevando a algunos de ustedes conmigo al otro lado. Una vez que Cypress Creek esté bajo nuestro control, podremos expandir nuestras operaciones. Conquistaremos su mundo casa por casa, pueblo por pueblo.

—Los que se estén preguntando cómo podremos mantener a los humanos asustados veinticuatro horas al día, por favor permítanme demostrarlo. Nuestro conejillo de Indias es hoy una niña llamada —se detuvo para revisar la pantalla de su dispositivo— *Podge*.

—¿*Podge?* —susurró Alfie.

—Podge está en una habitación de pruebas aquí junto. Justo ahora su nivel de miedo está flotando alrededor de dos. Veamos si lo podemos empujar hasta un respetable seis o siete.

En el video, se apagaron las luces y un grito surcó el aire. La cámara que filmaba a Paige cambió a visión nocturna, y el público en el tribunal vio a la diminuta rubia de pie en el centro de un cuarto vacío. Completamente ciega en la oscuridad, extendió los brazos frente a ella, buscando sentir una pared. Sin embargo, cada vez que se acercaba a una, el cuarto se expandía. En segundos, Paige estaba frenética. Sus brazos se agitaban y las lágrimas corrían por sus mejillas. Caminaba en círculos.

—Parece que el nivel de miedo de Podge ha llegado a un saludable cinco —dijo el presidente

Pavor sin un gramo de preocupación por la niña que sufría—. Pero creo que podemos mejorarlo un poco más, ¿no creen?

La puerta del cuarto de Paige crujió al abrirse y una figura umbría entró de puntitas. Era lisa y negra, sin ojos, boca o facciones. Sus dedos largos, como zarcillos, acariciaban el aire. Paige se detuvo, aguantó la respiración, y escuchó las pisadas suaves de la figura acercarse más y más. Se envolvió fuertemente con sus brazos. Charlie podía ver cómo su pecho se agitaba. Ver a Paige sufrir era mucho peor que cualquier pesadilla que hubiera tenido jamás. Sin importar las consecuencias, no tenía otra opción que ayudarla.

—Le voy a poner un alto a esto —susurró, y se levantó de su asiento. Alfie se levantó con él.

—¡Sentados! —Meduso agarró sus disfraces y jaló a los dos niños de vuelta para abajo.

—¡Pero Paige nos necesita! —susurró Alfie.

—Ese cuarto está bajo mucha vigilancia —bufó Meduso —. Si los atrapan en la cámara, pondrá a toda nuestra misión en peligro. Su amiga sólo está teniendo un muy mal sueño. Si insisten, podemos rescatarla tan pronto como el payaso esté a salvo. Pero vinimos aquí por Dabney, ¿recuerdan? Es él quien corre verdadero peligro.

Los ojos de Charlie aterrizaron sobre Dabney, quien fijaba la mirada en el video, al igual que todos los presentes. Incluso con pintura en el rostro, el horror del payaso era evidente. De alguna manera, Charlie supo que Dabney habría deseado que ayudaran a Paige.

—¿Giramos el indicador hasta seis? —anunció el presidente desde el frente del cuarto.

Unos cuantos en la multitud vitorearon frenéticos, pero la mayoría de las criaturas de pesadilla en la corte estaban estupefactas por la demostración. Parecían no disfrutar ver a una niña sufrir. Hasta la cucaracha gigante sentada junto a Charlie se retorcía en su asiento al mirar el espectáculo.

En la pantalla, la figura oscura dio un paso hacia Paige. Se agachó y llevó su rostro sin facciones a apenas unos centímetros de la niña. Charlie podía ver a Paige percibir una presencia. Probablemente podía hasta sentir un aliento en su piel. Pero todavía no podía verla.

—¿Qué *es* esa cosa? —preguntó Alfie, moviéndose incómodamente.

—Ésa, amigos míos, es la pesadilla más antigua de todas —contestó Meduso con solemnidad—. La mayoría de su especie la llama simplemente *oscuridad*.

—¿Paige Bretter le teme a la oscuridad? —Charlie no podía creerlo. La Paige que conocía era de lo más imperturbable, el tipo de niña que podía salvar a un grupo de preescolares de un zorrillo rabioso... o que usaría su propio suéter para apagar un incendio.

—¿No han aprendido *nada* desde que llegaron? —dijo Meduso, manteniendo la voz baja—. Lo importante no es *a qué* le teme Paige. Es *por qué* le teme —apuntó a una viejecita que parecía del todo innocua sentada en la fila de adelante—. No parece muy temible, ¿o sí? Pero hay una razón por la que alguien la soñó. Las pesadillas son los miedos que los humanos ocultan.

Las pesadillas son miedos disfrazados. ¿Dónde había escuchado eso antes?, se preguntó Charlie,

—Así que, ¿alguno de ustedes tendrá una idea de por qué Paige le tendrá tanto miedo a la oscuridad? —preguntó Meduso.

Charlie habría jurado que sabía todo sobre Paige, pero no tenía idea de por qué estaría tan aterrada de algo que no podía ni verse.

—Nunca se los contó, ¿verdad? —preguntó Meduso, y los niños negaron con la cabeza—. Así es como crece el miedo. Cuando lo mantienes guardado adentro y nunca lo dejas salir, te comienza a carcomer.

—¡Ya tuve suficiente! —era la cucaracha junto a Charlie. Se giró para verla, esperando que lo regañaran por secretearse durante el espectáculo. En cambio, vio al bicho juntar sus cosas—. Ya no puedo ver eso. No se supone que debería funcionar así —masculló para sí misma—. Se supone que debes darles a los humanos un buen susto, y luego dejarlos despertar. No se supone que las pesadillas cometan actos de tortura.

Charlie vio su oportunidad.

—No podría estar más de acuerdo, señora —le dijo a la cucaracha—. Agarró su bolso y le ofreció un brazo—. Permítame acompañarla afuera.

—Gracias, cariño —dijo la cucaracha—. Es agradable descubrir que queda algo de decencia. ¿Sabes?, jovencita, no me imagino que seas lo suficientemente vieja como para recordar las cosas horribles que los duendes hacían a los humanos. Sólo digamos que tuvimos muy buenas razones para echarlos de Mundo Tenebroso. Y ahora que están de vuelta también ha vuelto la tortura a los niños. Es una vergüenza, te digo. Tiemblo al pensar hasta dónde está llegando esta tierra.

—¡Charlie! ¿Adónde crees que vas? —preguntó irritado Meduso mientras Charlie y el bicho caminaban rumbo al pasillo, que dirigía a la habitación de pruebas.

—Por Paige —contestó Charlie.

—Entonces yo también voy —secundó Alfie.

—No —Charlie empujó a su amigo de vuelta en su asiento—. Quédate con Meduso. Necesitará tu ayuda para salvar a Dabney.

Charlie no había notado la habitación de pruebas a un costado de la corte. No debía haber estado ahí cuando esperaba en fila el juicio, porque no era el tipo de lugar que olvidaría. El edificio gris opaco estaba cubierto de hiedra venenosa, las hojas brillaban en la tenue luz solar de Mundo Tenebroso. Con la entrada flanqueada por columnas de mármol y persianas deshilachadas que colgaban de sus múltiples ventanas, el sitio parecía un manicomio abandonado. Charlie estaba dispuesto a apostar que aquel era hogar de cientos de fantasmas.

Para la mayoría de la gente, el primer paso dentro de la estructura habría sido el último. La pestilencia de la putrefacción y el moho era estremecedora. El lugar *olía* embrujado. Pero el miedo ya no tenía poder sobre Charlie. El viejo hospital podría haber estado repleto de brujas de toda variedad y aun así habría entrado.

Corrió pasillo tras pasillo, saltando sobre montones de escombros. Cada pasillo albergaba multitud de puertas. La mayoría se abría para revelar recámaras decoradas con muebles cubiertos de polvo y bases de cama oxidadas. También había salas de examinación repletas de aparatos aterradores. Finalmente, en uno de los extremos más lejanos del tercer piso, Charlie encontró una sola puerta asegurada. Una placa grabada en la pared identificaba al paciente encerrado adentro: BRETTER.

Charlie ya estaba girando el picaporte cuando se acordó de lo que llevaba puesto. Paige probablemente estaba demasiado frágil como para tolerar más miedo. Ver a una *yurei* aparecer de la nada podría matarla de un susto. Así que, a pesar de todas las cámaras apuntadas sobre el cuarto de Paige, Charlie se arrancó la peluca negra y reveló su rostro. El presidente de Mundo Tenebroso pronto sabría dónde encontrarlo.

En el momento en que abrió la puerta, la oscuridad se deslizó afuera silenciosamente. Charlie encontró a Paige sentada en medio del suelo, las rodillas acurrucadas frente al pecho y los brazos alrededor de sus espinillas. El corazón de Charlie se partió. Nunca la había visto en tal estado. Paige siempre había sido la ruda del grupo. Ahora ni elevó la mirada cuando la luz inundó el cuarto. Se limitó a arrullarse hacia adelante y atrás, cantando una canción de cuna.

—Paige —Charlie se agachó junto a ella—. Soy yo.

Tomó un rato para que su amiga respondiera. Paige parecía estar perdida en su propia cabeza. Cuando finalmente miró a Charlie, tenía los ojos inyectados de sangre y los bordes rojos.

—Charlie —envolvió sus brazos de inmediato alrededor de él y se aferró con fuerza.

—¿Por qué no me contaste que tus pesadillas se habían vuelto tan malas? —susurró.

Paige soltó a Charlie. Su barbilla se hundió hasta el pecho.

—No quería que pensaras que podría ser como ella —masculló.

Charlie no necesitaba preguntar a quién se refería. Él y sus amigos sabían que la mamá de Paige a veces pasaba semanas sin dejar su cuarto. Y cuando la tristeza se volvía demasiada, la señora Bretter se internaba en el hospital. Durante esos tiempos, Paige tenía que cuidarse sola mientras sus papás lidiaban con la enfermedad de su madre. La experiencia había sembrado en Paige una madurez superior a su edad. Sabía cómo hacer cosas que la mayoría de los niños de doce años ni pensaba, como arreglar una tele rota o preparar nachos en el microondas sin quemar el queso; y Charlie sabía que Paige estaba orgullosa de las cosas que había aprendido sola. Pero también sabía que ese conocimiento había llegado con un terrible precio.

Charlie echó otro vistazo al cuarto y se dio cuenta dónde estaban: una versión pesadillesca del hospital al que Paige a menudo iba a visitar a su mamá.

—Tu mamá es la que está enferma, Paige —la consoló Charlie mientras le arrancaba los sensores aterrorizantes de la piel—. Estás perfectamente sana. Sólo estás teniendo una pesadilla.

La mirada de Paige paseó por el cuarto.

—¿Estás seguro? —preguntó—. Todo parece tan real.

—*Es* real —le dijo Charlie—. Pero también yo lo soy. ¿Lo puedes ver?

Paige se acercó a él y lo pellizcó.

—Sí —dijo.

—Así que no estás sola —dijo—. Y yo te puedo sacar de aquí.

Apenas había ayudado a Paige a pararse cuando una voz conocida reverberó por los pasillos del hospital.

—¡CHARLIE LAIRD Y PODGE BRETTER! ¡TENEMOS EL EDIFICIO RODEADO! ¡ESTÁN ARRESTADOS!

Charlie hizo una mueca de dolor. En su carrera por llegar a Paige, había olvidado pensar en un plan de escape.

—¿Estoy loca o ése es el director Stearns? —Paige tomó la mano de Charlie y la apretó con fuerza.

—Es una larga historia —masculló Charlie justo cuando la entrada se comenzó a llenar de duendes.

—Bueno, bueno —dijo el presidente Pavor—. Miren lo que los duendes arrastraron hasta aquí.

La multitud de la corte estaba reunida fuera del hospital, esperando echar un vistazo a los fugitivos. Hasta Dabney, atado todavía a una silla de oficina, había sido empujado afuera para atestiguar el espectáculo. Los duendes entregaron a Charlie y a Paige bajo custodia de la larva guardia.

—Pensabas que podrías engañarme, ¿eh? —increpó la larva, tomando a Charlie por su disfraz y a Paige por la parte trasera de su camisón.

La larva parecía todavía más gorda que en su primer encuentro. Y no había manera de negar su fuerza. Columpió a los dos prisioneros como muñecas de trapo.

—Una pequeña momia llegó con el fantasma —le dijo al presidente—. ¿No dijo que había dos pequeños humanos sueltos? Encuentre a la momia; es el segundo fugitivo.

Se escuchó un grito en el centro de la muchedumbre. La multitud se partió para revelar a una momia tamaño niño. Alfie estaba ahí, de pie, los brazos en los costados. Charlie sabía que debía estar muerto de miedo, pero su amigo no mostraba señal de ello. Ni siquiera se le veían las ganas de hacerse pipí.

—Eso fue fácil —dijo el presidente—. Supongo que eres tú la Tortuga que hemos estado cazando.

Alfie asintió.

—¿Demasiado temeroso para hablar? —se burló el presidente Pavor.

Esta vez Alfie negó con la cabeza.

—¿No? —el presidente se rio—. Deberías estarlo. Estoy seguro de que mis duendes tienen algo bastante especial planeado para ti esta noche. ¿Hay algo que quisieras decir antes de que te lleven?

Alfie asintió.

—¿Y qué es? —espetó el presidente, cansado del juego.

Alfie abrió la boca.

¡Mmmmmmmmmmmmmmmmmmmmmrrrrrrrrrrrrrrrrrraaaa-aaaaaaaaaaaawwwwwwwwwwwrrrrrrrrrrrrr!

El rugido se propagó entre los peinados y agitó la gordura de la larva. Rebotó en las paredes. Quebró cada trozo de vidrio que quedaba a la vista, desde las ventanas del hospital abandonado hasta los lentes de espejo de los escudos antigorgones de la guardia.

En un segundo, Charlie supo lo que planeaba su amigo. Con sus escudos antigorgones destrozados, los duendes y guardias quedarían indefensos contra Meduso.

—Cierra los ojos —le ordenó a Paige—. No los vuelvas a abrir hasta que diga que está bien.

Desafortunadamente, Charlie no fue el único que se dio cuenta de lo que estaba por ocurrir.

—¡Alerta de gorgones! —gritó una criatura. Pero la larva guardia no reaccionó a tiempo.

—¿Qué demon…? —alcanzó a decir, antes de que su cuerpo se convirtiera en piedra. Los bracitos que sostenían a Charlie y a Paige se quebraron bajo su peso y se desmoronaron, dejando en libertad a los dos fugitivos.

Todo a su alrededor fue caos. La mitad de las criaturas de pesadilla estaban dando vueltas por ahí con los ojos cerrados, chocando con los que estaban parados en su lugar, escudando sus rostros con sus patas o tentáculos. El presidente Pavor y sus duendes corrieron en busca de resguardo. Nadie se atrevió a echarle un vistazo al gorgón.

La figura envuelta en una túnica de parca levantó a Charlie para que quedara de pie.

—Lleva a tus amigos y sácalos de aquí antes de que alguien decida asomarse —ordenó Meduso.

—¿Quién es ése? ¿Ya puedo abrir los ojos? —preguntó Paige.

—Adelante —le dijo Charlie—. Paige, te presento a Meduso. Meduso, ella es Paige.

—Un placer conocerte, querida —dijo Meduso galantemente.

—Guau —soltó un grito ahogado al ver a la parca—. Esto probablemente me daría pesadillas, si no estuviera ya en una.

—Te sorprenderá con qué rapidez te acostumbras —dijo una momia. Paige casi gritó cuando ésta trató de darle un abrazo.

—¡Soy Alfie! ¡Charlie, dile que soy yo! —gimoteó la momia.

Pero Charlie estaba demasiado ocupado examinando a la multitud. Al otro lado de la plaza, un payaso encadenado a una silla de oficina estaba dando vueltas mientras las criaturas pasaban corriendo a su lado.

—No nos podemos ir sin rescatar a Dabney —dijo.

—¿Quién dijo que me voy? —preguntó Meduso. Se estiró dentro de su ropa de parca y sacó el jitomate que Charlie lo había visto sostener. Luego agarró a un esqueleto que pasaba corriendo—. ¿Te puedo pedir esto prestado? —le preguntó mientras le arrancaba un huesito de la mano. Meduso metió el hueso en el jitomate y se lo lanzó a Dabney.

—¿Por qué hiciste eso? —preguntó Charlie mientras Dabney abría la boca y atrapaba la fruta como un profesional. Luego el payaso hizo la cabeza para atrás y soltó una fuente de jugo de jitomate.

—Llave maestra —dijo Meduso.

—Pero ¿cómo va a…? —Charlie miró nuevamente hacia Dabney, sólo para ver que el payaso ya había liberado una de sus manos.

—Hasta los payasos de pesadilla van a la escuela circense —dijo Meduso—. Y ése no es el único truco que tiene bajo la manga. Ahora ve a buscar a tu bruja, Charlie. Te alcanzaré pronto. ¿Qué esperas? ¡Corre!

CAPÍTULO VEINTE

Tarde para la cena

Cuando Charlie y sus amigos alcanzaron el bosque de pesadilla, Charlie entró en él a toda prisa. Pero su confianza recién encontrada no duró mucho tiempo. Incluso con Alfie y Paige a su lado, su miedo crecía con cada paso que daba. Después de unos cuantos minutos de caminar, Charlie se detuvo y miró hacia el lugar de donde habían venido. Lo único que podía ver detrás de él eran árboles. Sentía como si el bosque se lo hubiera tragado.

Paige y Alfie no parecían asustados, hasta que sus miradas cayeron sobre el rostro de Charlie.

—¿Estás bien, Charlie? —preguntó Paige.

No lo estaba. Podía sentir a la cosa en el bosque… la que había estado acechándolo desde que comenzaron sus pesadillas. Estaba más cerca que nunca. Quería con desesperación darse la vuelta y correr. Pero cuando pensaba en Jack, se obligaba a seguir caminando.

—Estoy bien —mintió Charlie mientras comenzaba a trotar. El trote se convirtió rápidamente en carrera.

—Charlie —jadeó Alfie—. ¿Hay alguna razón para correr?

—¿Algo nos está persiguiendo? —preguntó Paige, nerviosa—. ¿Qué hay allá fuera?

Charlie podía ver temor en Paige, la estaba asustando. Ralentizó el paso, pero su corazón siguió acelerando.

—Nada —mintió.

Mareado y desorientado, Charlie se preguntó cómo encontraría la fuerza para seguir adelante. Luego, de repente, como por arte de magia, el campanario apareció entre los árboles. Su bosque se había encogido. Cuando recien llegó a Mundo Tenebroso era tan vasto que le habría tomado días cruzarlo. Ahora había logrado alcanzar el corazón del bosque en apenas unos minutos. Con razón la cosa se había sentido tan cercana. Apenas quedaban árboles para esconderla.

Mientras Alfie y Paige miraban asombrados el edificio de piedra, Charlie corrió a toda velocidad hasta llegar al campanario. Mareado y con una mezcla de esperanza y terror en el cuerpo, entró a toda velocidad por las puertas. Esperaba encontrar a su hermano sano y salvo, pero sabía que también era posible presenciar un horrible descubrimiento.

—¡Jack! —gritó Charlie. El temor estalló dentro de él cuando no hubo respuesta. El único sonido que escuchaba era el golpe de sus propios pies. Subió por las escaleras hasta la inmunda estancia del campanario. Las plantas carnívoras se habían secado y muerto. La bruja no había estado ahí en un buen rato.

—¡Jack! —gritó Charlie mientras rebuscaba por el resto de la casa, su pánico crecía a medida que descubría cada cuarto vacío. La jaula no contenía prisioneros. Hasta el calabozo estaba abandonado.

Charlie yacía en el calabozo junto al caldero de la bruja cuando lo encontraron Paige y Alfie. Estaba al borde del llanto. Como se había detenido para ayudar a todos los demás, había perdido la oportunidad de salvar a su propio hermano.

—El presidente debe haber avisado a la bruja que estábamos en camino —dijo Paige—. Parece que se llevó a Jack a otro lado.

—O quizá se lo comió —esa idea era la peor que Charlie hubiera tenido jamás.

—Cálmate, Charlie —dijo Paige, tratando de reconfortarlo—. No saltes a ninguna conclusión.

—Así que supongo que ésta es tu pesadilla —preguntó Alfie, observando las paredes del calabozo ennegrecidas por el hollín y el montón de huesos junto al caldero—. Puedo ver por qué te da tanto miedo.

—La bruja me ha estado trayendo aquí todas las noches desde que me mudé a la mansión púrpura —Charlie había visto las pesadillas de sus amigos, pero era extraño que visitaran la suya. Se sentía incómodo y expuesto, como si lo miraran bailar en calzones—. Hay una jaula en la cima del campanario. Ahí es donde me quiere encerrar y así no estorbarle más a Charlotte.

Alfie levantó una mano.

—Espera. Alto ahí, Charlie. ¿Todavía crees que Charlotte está involucrada en esto? —preguntó, escéptico.

—¡Tú sabes qué pasó! Abrí el portal por accidente y la bruja se pasó a nuestro lado —dijo Charlie—. Debe haber traído a Charlotte por ahí con ella.

Charlie vio a Paige y a Alfie intercambiar miradas.

—¿Qué? —preguntó.

—No tiene sentido —Alfie trató de darle las noticias con suavidad.

—El portal está dentro de la mansión púrpura, ¿verdad? —agregó Paige—. Eso significa que la abriste después de que te mudaste allí.

—¿Entonces? —preguntó Charlie.

—Conociste a Charlotte antes de mudarte a la mansión —dijo Paige—. No podría haber entrado por el portal. Es humana como nosotros, Charlie.

—No, es una bruja... ¡justo como la de mis pesadillas! —insistió Charlie—. ¡Hasta se parecen las dos!

—¿No crees que pudiste hacer que tu pesadilla se pareciera a Charlotte porque le tienes miedo? —preguntó Paige cuidadosamente.

—¡Le tengo miedo porque ES UNA BRUJA! —gritó Charlie a todo pulmón.

—¡Está bien, está bien! —dijo Alfie—. Pero, ¿recuerdas lo que nos dijo Meduso? No se trata de a qué le tienes miedo. Es *por qué* le tienes miedo. Las pesadillas son los miedos de la gente, sólo que disfrazados.

—¿Y eso qué significa, de todos modos? —gritó Charlie. Sentía una gran frustración. Simplemente no lo entendía. Le asustaba la bruja porque las brujas eran horribles. En especial cuando te querían encerrar en una jaula y comerte.

Alfie se sentó junto a Charlie sobre la pila de huesos.

—Le he estado tratando de encontrar sentido desde que escapamos del Coliseo. No he parado de pensar en por qué mis pesadillas tienen que ver con ser malo en los deportes. La verdad es que no me molesta tanto ser un terrible atleta. Lo compenso con un gran cerebro. Creo que lo que de verdad me molesta es que la gente se ría de mí. Eso hace que me pregunte si de verdad importa ser listo. Y me comienzo a sentir tan pequeño por dentro como lo soy por fuera.

—Deberías sentir lástima por la gente que se ríe de ti —Paige estaba sentada en el catre sobre el que Charlie había pasado tantas terribles horas—. Sólo la gente débil necesita hacer que los demás se sientan pequeños.

El rostro de Alfie se iluminó.

—Supongo que nunca lo pensé así —dijo—. Así que, ¿qué contigo, Paige? ¿Por qué le tienes tanto miedo a la oscuridad?

—No lo sé. ¿No le tienen todos un poco de miedo a la oscuridad? —preguntó Paige, tratando de evadir la pregunta.

—Yo no —respondió Charlie con tono triste.

Alfie se levantó y tomó asiento junto a Paige en el catre.

—El lugar donde tuviste tu pesadilla se parecía mucho a un hospital —dijo Alfie con delicadeza—. ¿Crees que tus pesadillas tengan algo que ver con tu mamá?

La barbilla de Paige se hundió hasta su pecho. Se quedó mirando el suelo hasta que pudo hablar.

—Mi mamá dice que cuando está enferma siente como que está atrapada, sola en la oscuridad. Quiere escaparse, pero no puede. Escuché a un doctor decirle a papá que el problema podría ser hereditario. Lo que significa que también yo podría tenerlo en el futuro. Así que supongo que eso es lo que me asusta de la oscuridad. Que podría no encontrar la manera de salir. Podría perderme en ella y terminar sola también.

Alfie rodeó a Paige con un brazo y le dio un apretón.

—No importa adónde vayas —le dijo a la niña—. Hay tres chicos que nunca van a dejarte sola.

Paige rio y se limpió una lágrima del ojo. Charlie la quería abrazar también. Pero no lograba moverse.

—¿Charlie? —preguntó Alfie—. ¿Has pensado por qué tienes tanto miedo de la bruja?

—No quiero jugar a este juego —la oscuridad se estaba levantando rápidamente. Podía probar su amargura y casi hizo que se atragantara.

—¿Por qué te da miedo descubrir lo que de verdad temes? —preguntó Alfie.

Charlie ya lo había entendido.

—Tengo miedo de que Charlotte me quite a mi papá y a mi hermano. Ahí está. ¿Estás satisfecho? —pero ésa era sólo una de sus pesadillas. No lograba obligarse a mencionar la otra. La que estaba allá afuera en el bosque, buscándolo.

—Perdiste a tu mamá —dijo Paige—. Y estabas preocupado de que perdieras también a otra gente que te quiere.

—¡Y sí los perdí! —casi gritó Charlie—. La bruja se llevó a mi hermano. Me engañó para que la siguiera por el portal, y así es como me quedé aquí atorado. Charlotte quería a mi papá para ella sola, y ya lo tiene.

—Pero Charlie —dijo Alfie en su voz más razonable—. Pensaba que habíamos determinado que Charlotte no podía ser...

—Oye, espera un segundo —Paige se levantó del catre. Charlie reconoció la mirada en su rostro. Una idea se cocinaba en su cabeza—. ¿Cómo sabes que la bruja se llevó a Jack? ¿La *viste* secuestrarlo?

—No —dijo Charlie a la defensiva—. La escuché subir corriendo por las escaleras de la torre. Cuando llegué al portal, la vi cargando a Jack por el bosque.

—Pero nunca los viste a los dos juntos en el mundo real.

—¿Qué estás tratando de decir, Paige? —demandó Charlie.

—¡Ya entendí! —anunció Alfie, rebotando de la felicidad—. ¿Recuerdas, Charlie? Meduso dijo que tenías que atravesar el portal por tu propia voluntad.

—¿Entonces? —preguntó Charlie, sintiéndose un poco lento.

—¡*Entonces* la bruja no pudo haberse robado al Jack de verdad! No podría haberlo llevado más allá del portal contra su voluntad. Sea lo que fuese, lo que cargaba no era tu hermano. ¡Todo fue un truco para traerte!

Charlie estaba por preguntarle a su amigo a qué se refería exactamente cuando pensó en el cuerpo que había visto echado sobre la espalda de la bruja. Había supuesto que era Jack, pero en realidad nunca vio el rostro de su hermano. Podría haber sido prácticamente cualquiera... o cualquier cosa.

—Quizá tengas razón. ¿Pero qué si no la tienes?

—Hay una manera de estar seguros —dijo Alfie—. El presidente Pavor dijo que la mayoría de los niños de Cypress Creek está teniendo pesadillas estos días. Si Jack es uno de ellos, podríamos encontrar su pesadilla. Y si sólo su espíritu está aquí, en Mundo Tenebroso, sabremos que su cuerpo todavía sigue del otro lado, ni más ni menos que en su propia cama.

—Pero no tengo la menor idea de cuál podría ser la pesadilla de Jack —Charlie gimió con sólo pensar en otro acertijo que resolver—. Ni siquiera sé si tiene alguna. Siempre me ha parecido perfectamente feliz.

—¿*Siempre*? —preguntó Paige enfáticamente.

—Sí. Jack quiere a todos sus maestros. No tiene enemigos. Hasta se lleva de maravilla con Charlotte. Sólo es un niñito feliz que se pasea por ahí con un disfraz del Capitán América... —la voz de Charlie se fue apagando. Había tenido una visión de la última vez que su hermanito había usado el disfraz. Podía verse a sí mismo parado con Jack frente a su escuela. Luego vio cómo la espalda de su hermano se desplomaba y sus hombros se hundían. Y supo que sólo había una persona que podía asustar a Jack Laird.

—¿Qué pasa? —preguntó Alfie—. ¿Crees que la pesadilla de Jack podría tener algo que ver con el Capitán América?

—No —dijo Charlie—. Pero acabo de encontrar qué podría darle pesadillas a mi hermano.

—¿Qué? —preguntó Paige.

Dolía hasta pensar en la respuesta a su pregunta.

—Yo —contestó Charlie—. Vamos a tener que ir a revisar nuestra escuela.

CAPÍTULO VEINTIUNO

Escuela de pesadillas

No había ni día ni noche verdaderos en Mundo Tenebroso. En algunos *terror-torios*, el sol nunca se ponía. En otros, no parecía salir jamás. Por lo que había observado Charlie, las pesadillas de Mundo Tenebroso trabajaban por turnos, dependiendo de cuándo dormían sus humanos. A medida que él y sus amigos se abrían paso por el sendero que atravesaba el bosque, pasaban junto a pesadillas que estaban camino a casa. Charlie se agachó detrás de un arbusto y esperó a que dos canguros monstruosos pasaran saltando. Un trío de extraterrestres de ojos grandes pasó corriendo en bicicleta. Zorros voladores formaron nubes densas que se arremolinaron encima. Hombres-ualabí andaban por el bosque en manadas, algunos todavía con su forma humana.

—¿Estás seguro de que vamos en la dirección correcta? —preguntó Paige cuando estuvieron de vuelta en el camino.

—Sí —contestó Charlie. Podía intuirlo. La escuela estaba cerca.

Pronto, unas luces brillantes atravesaron las hojas. Cuando Charlie llegó a la orilla del bosque, encontró un páramo desolado que se extendía frente a él. El suelo estaba tan seco que se había resquebrajado en pedazos. Ningún árbol ni planta lograría brotar jamás de esta tierra muerta y seca. En el centro de esa solitaria extensión surgía un edificio de ladrillo con un área de juegos detrás. Viéndola desde ese lado, la escuela era idéntica a la primaria Cypress Creek salvo por los barrotes de hierro en las ventanas y los candados en las puertas. Adentro de la escuela, podían mirarse docenas de rostros apretados contra las ventanas… y todos eran de niños.

Al principio Charlie se preguntó si podrían ser de utilería, como los espectadores en el sueño del Coliseo de Alfie. Pero cuanto más se acercaba, más obvio resultaba que el horror en los rostros de los niños era real. No era el producto de la imaginación de nadie. La mitad de los estudiantes de la primaria Cypress Creek estaba atrapada en esa gran pesadilla.

Charlie llevó a sus amigos hacia un grupo de cuatro niños que se asomaban por una ventana rota en el primer piso.

—¿Qué está pasando aquí? —le preguntó a un chico pelirrojo que parecía como de la edad de Jack.

—Seis estamos atrapados en el baño —contestó el niño con un susurro tembloroso—. Hay más encerrados en otras partes. El director tiene toda la escuela entre rejas. No podemos salir, y algo horrible se está paseando por los pasillos. Se come todo lo que ve.

—¿Qué es? —preguntó Paige.

—Un abominable hombre de las nieves —contestó el pelirrojo—. Lo puedo oler desde acá.

—¡No es un hombre de las nieves! —el rubio detrás sonaba indignado—. ¡Es un monstruo del pantano!

—¡Ustedes están locos! —gritó un niño de cabello oscuro—. ¡Es un cerdo gigante!

—¿Cuántas pesadillas hay ahí adentro?—preguntó Charlie. Los pasillos de la escuela estarían a reventar si hubiera una criatura por cada niño.

—No estamos seguros —confió el pelirrojo.

—Bueno, ¿alguno de ustedes ha visto al monstruo? —preguntó Alfie.

Cuando nadie en el grupo tomó la palabra, el niño pelirrojo negó con la cabeza.

—Supongo que no —admitió.

Alfie apartó a Charlie para una breve consulta.

—Justo como lo sospeché —dijo—. Todos se están imaginando su peor pesadilla… pero ninguno de ellos se ha encontrado con un monstruo. Es el miedo lo que los mantiene adentro.

Charlie se preguntó qué habría imaginado él paseándose por los pasillos. Una bruja... ¿algo peor?

—¡Oye! ¡Ese perro que me mordió en el parque está esperando afuera de la puerta del baño! Quiere volver a probarme. ¡Tienen que sacarnos de aquí! —rogó un cuarto niño, era tan pequeño que Charlie sólo podía verle los ojos y la parte de arriba de su cabeza—. ¿Vinieron aquí a hacer el examen también?

¿El examen? No había tiempo para pruebas, y no había tiempo para preguntarle al niño de qué hablaba.

—Estoy buscando a mi hermano —dijo Charlie—. ¿Alguien de aquí conoce a Jack Laird?

—¡Yo sí! —gritó el niño de pelo oscuro al fondo del grupo—. Pero no lo he visto para nada. Quizá sea uno de los niños a los que se comieron.

Charlie trató de hacer la idea a un lado. No podía dejar que echara raíces en su cabeza.

—¿Alguien más vio a un chico con un disfraz del Capitán América? —preguntó.

—Pregúntale al resuelvexámenes —sugirió el pelirrojo—. Ha estado aquí desde el mero principio.

—¿El resuelvexámenes? —preguntó Paige antes de que Charlie pudiera hacerlo.

—Está a la vuelta de la esquina. En el césped frente a la escuela. No hay pierde.

—Gracias por el dato —dijo Charlie. Tenía el presentimiento de que el resuelvexámenes era alguien que debía conocer. Pero estaba bastante seguro de que no sería Jack.

—¡Dile que lo apoyamos y le damos ánimo! —dijo el niño rubio.

—¡Y tráenos comida también! —gritó el chico de pelo oscuro mientras Charlie y sus amigos se alejaban rápidamente—. No podemos llegar a la cafetería, ¡así que no hemos estado comiendo más que bichos desde que tenemos memoria!

Fuera de la escuela, en un trocito de tierra donde debería crecer césped, había un escritorio de madera. Un chico de pelo negro estaba sentado detrás de él, encorvado sobre una hoja de papel, con un lápiz número 2 apretado en la mano. A sólo unos cuantos metros, hasta arriba de una breve serie de escaleras, el portón principal de la escuela estaba cerrado por gruesas cadenas de metal que entretejían las manijas y candados macizos.

Adentro de la escuela, docenas de pares de ojos se asomaban abajo para ver al niño detrás del escritorio. Parecía estar ocupado llenando circulitos en una prueba, pero pasaba más tiempo borrando del que pasaba escribiendo. El suelo alrededor del escritorio estaba repleto de exámenes marcados con enormes ceros en rojo.

Charlie soltó un gemido cuando vio que su presentimiento era correcto: Rocco era quien resolvía los exámenes. El presidente Pavor en verdad tenía un don para encontrar la debilidad secreta en cada persona. Los monstruos no habrían asustado a Rocco Marquez. Él habría batallado felizmente contra cien criaturas de pesadilla si con ello salvaba a los chicos. Pero todo caballero tiene una grieta en su armadura. La única cosa que podía asustar a Rocco era un examen.

—¡Rocco! —lo llamó Charlie.

La cabeza del chico se levantó de golpe. Su rostro estaba tan retorcido de terror que Charlie apenas reconoció a su amigo.

—¿Cómo entraron a mi pesadilla? —preguntó Rocco—. ¿El presidente los secuestró también?

—¡Shhh! —ordenó una voz. Un hombre de pelo relamido y piel gris cadáver observaba la escena—. ¡*Prohibido* hablar durante el examen!

—¿Por qué Rocco está tomando un examen frente a la escuela? —susurró Paige—. ¿Y por qué lo están mirando todos?

Charlie se encogió de hombros y siguió avanzando hacia el escritorio.

El supervisor revisó su reloj.

—Siga trabajando, señor Marquez —ordenó—. Le quedan diez minutos.

Rocco comenzó a llenar círculos incluso más rápido. Luego se detuvo, borró una hoja completa de respuestas, y comenzó todo de nuevo.

—¿Necesitas ayuda? —le susurró Alfie a Rocco antes de que Charlie lo pudiera detener.

—¡Alfie! —gimieron Charlie y Paige al mismo tiempo.

—¡Trampa! —anunció el supervisor. Por la manera en que escupió la palabra, lo hizo sonar peor que asesinato o traición—. ¡Terminó el examen, señor Marquez! ¡Baje su lápiz!

—¡Pero no tomé respuestas de nadie! —rebatió Rocco desesperadamente.

—Quizá no, pero lo que cuenta es la intención —dijo el supervisor. Escogió un candado de combinación entre una pila grande junto al escritorio de Rocco y lo sujetó a las cadenas sobre la puerta principal de la escuela.

—Se agregará un candado por cada examen que repruebe. Se quitará uno por cada prueba que pase.

—¡Lo sé! ¡Lo sé! —gritó Rocco.

Charlie miró las cadenas de reojo. A juzgar por la cantidad de candados, Rocco estaba teniendo una larga mala racha.

—Excelente —dijo el supervisor—. Tienes exactamente tres minutos antes de que comience la siguiente prueba.

Charlie, Alfie y Paige formaron un círculo alrededor del escritorio de Rocco.

—Y de todos modos, ¿qué están haciendo aquí? —Rocco los miró confundido—. ¿Y por qué Charlie lleva puesto un vestido?

Charlie bajó la mirada al kimono blanco que había usado para el juicio de Dabney. Era sorprendentemente cómodo, y se le había olvidado que lo llevaba puesto.

—Es una larga historia —le dijo a Rocco.

—¿Así que ésta es tu pesadilla? —le preguntó Paige a Rocco.

—La misma que he estado teniendo durante las últimas dos semanas —confirmó Rocco—. Cada noche vengo aquí y trato de salvar a los chicos aprobando los exámenes, pero no me saco nada mejor que un cero.

—Bueno, estamos aquí para sacarte de este sueño —dijo Charlie.

—¡No puedo irme! —gimió Rocco—. ¡Estos chicos cuentan conmigo! El director los encerró a todos. Hay algo horrible adentro. Se los está comiendo uno por uno, y yo soy la única persona que puede detenerlo, aunque, por ahora, sólo estoy empeorando las cosas. ¡Daría lo que fuera para ser más listo!

Alfie arrebató uno de los exámenes del suelo y le echó un vistazo rápido.

—¿Sabes?, la mayoría de las pruebas no miden qué tan listo eres —proclamó—. Sólo miden qué tan bueno eres para resolver problemas.

Alfie le pasó la hoja a Charlie. Charlie revisó dos de las preguntas y sintió como si su cabeza fuera a estallar.

—Guau, esta prueba es imposible —dejó que el trozo de papel cayera volando hasta el suelo—. Ni Alfie podría aprobarla. Mira, todos hemos sido amigos desde que teníamos cinco años, Rocco. ¿Crees que confiaríamos en un tonto?

—Sólo están siendo amables —contestó Rocco devastado.

—Yo no —dijo Alfie, negando con la cabeza—. Soy un cerebrito, no un santo.

Charlie sabía que tenía que obligar a Rocco. Aunque los exámenes fueran una prueba imposible de superar, Rocco seguiría tratando por siempre antes que abandonar a sus compañeros.

—Ven con nosotros. Encontraremos otra manera de salvar a esos niños —prometió.

—Sí, maquinaremos un plan que no tenga nada que ver con resolver pruebas —agregó Paige.

—¿Por qué? ¿Están diciendo que nunca lograré pasar una? —Rocco trató de levantarse, pero su silla estaba atada al escritorio y todo se fue con él —gracias por el voto de confianza, Bretter.

Charlie comenzó a defender a Paige, pero Alfie intervino primero.

—Creo que lo que Paige trataba de decir es que podrías tener más éxito en liberar a los niños si encontraras una manera de usar las múltiples habilidades que posees.

—¡Ésa es sólo una manera elegante de decir que nunca pasaré el examen! —Rocco dejó caer su puño con fuerza sobre el escritorio.

—¡Alto! —Charlie sabía lo frustrado que se sentía Rocco, pero discutir no los llevaría a ninguna parte—. Tenemos que permanecer en calma, ¿de acuerdo? Entonces un olor nauseabundo invadió las narices de Charlie. Era la peste de animales atropellados en un día caliente de verano. Un olor a carne pútrida que haría vomitar a un gusano. El aroma de la sopa hasta el fondo del bote de basura en la peor taquería de la ciudad. Era absolutamente desagradable, y se estaba volviendo más fuerte cada segundo.

—¿Qué es eso? —Paige apuntaba a un zombi que se movía atropelladamente hacia la escuela. Su cara hinchada era del color de un moretón fresco. Usaba un sombrero de copa, un traje apolillado y un par de lentes oscuros pasados de moda. Parecía como si tuviera un hacha clavada en el cuello. Pero lo peor de todo era que el muerto viviente cargaba un gran bolso negro de lona de cuyo cierre abierto colgaba un brazo.

Cuando quedó claro que el zombi se dirigía hacia ellos, Paige y Alfie se prepararon para correr, pero Charlie los retuvo.

—Sólo esperen —dijo, conteniendo una sonrisa.

—Se suponía que estarías buscando a la bruja —susurró el zombi cuando alcanzó a Charlie.

—¿Meduso? —preguntó Alfie, presto a desmayarse.

—¡Claro! —espetó Meduso—. Recorrí todo el camino a casa de mamá para ocultar a Dabney, y de paso conseguirles nuevos disfraces. ¡Luego escalé todo el camino al campanario oliendo como un auténtico matadero, sólo para descubrir que no estaban allí! —finalmente Meduso notó al miembro más nuevo del grupo—. ¿Y éste quién es? —preguntó—. Por favor, dime que no rescataste a *otro más* de tus amigos.

—Meduso, te presento a Rocco Marquez —dijo Charlie, presentando a su amigo—. Ésta es su pesadilla. Tiene que aprobar un examen para liberar a los niños que están atrapados dentro de la escuela, pero no cree ser lo suficientemente listo.

—Para ser honesto, estoy comenzando a preguntarme si todos ustedes son idiotas incompetentes —dijo Meduso.

—¿*Disculpa?* —Alfie sonaba terriblemente ofendido—. Te haré saber…

—Se supone que deben esconderse del presidente Pavor, ¿y deciden visitar la escuela que dirige? Sugiero que salgan de aquí lo más pronto posible. Si yo los encontré, les garantizo que Pavor no estará muy lejos.

—Yo no me voy —dijo Rocco, empecinado—. Si me voy, ¡van a comerse a todos los niños!

—No, no lo harán —insistió Charlie—. Éste es Mundo Tenebroso. Si se los comen a todos, no quedaría nadie con miedo.

Charlie podía ver que Rocco no lo entendía. A su amigo todavía le quedaba por aprender cómo funcionaba Mundo Tenebroso.

—Quizá no se comerán a todos —admitió Rocco—. Quizá sólo a unos cuantos. ¿A cuántos niños debería dejar que los monstruos se coman, Charlie? ¿Cuál será un buen número para ti? ¿Dos? ¿Tres?

El rugido de un motor que se acercaba salvó a Charlie de toda posible respuesta, y antes de pronunciar palabra alguna, Meduso gritó:

—¡Escóndanse!

Charlie guio a sus amigos a un costado de la escuela. El único lugar disponible era una choza de mantenimiento junto al área de juegos. Los cinco se ocultaron dentro, pero Charlie sabía que sólo era cuestión de tiempo antes de ser descubiertos.

Mantuvo la puerta entreabierta, para poder ver mientras una larga fila de limusinas salía del bosque. En unos segundos, la escuela estuvo completamente rodeada. Charlie cerró la puerta con cuidado.

—¿Viste lo que acaba de suceder? —demandó Meduso, enojado—. Su discusión los distrajo. Si tienen la intención de salir de Mundo Tenebroso, ¡tienen que quedarse juntos! En tiempos de problemas...

—... cuatro serán siempre más fuertes que uno —interrumpió Charlie. Las palabras de su madre se habían vuelto poderosas dentro de él.

Meduso se quedó mirando al niño, sorprendido.

—Parecce sser que assimiló algo —escuchó Charlie sisear a Fernando.

—¿Qué vamos a hacer? —Paige estaba de puntitas, mirando al patio de la escuela por una apertura entre dos tablones—. Hay como cien de esas cosas horribles allá afuera. ¿Hay algo aquí adentro que podamos usar como arma?

Mientras Paige buscaba entre las herramientas, Meduso puso su ojo en la apertura.

—Duendes —anunció—. Y diría que cien es una estimación muy conservadora. Qué bueno que por lo menos *uno* de nosotros se tomó el tiempo de idear un plan —abrió la bolsa que había estado jalando y sacó dos disfraces perfectos de duende, junto con los pijamas de Alfie y los jeans que Charlie llevaba puestos cuando llegó por primera vez a Mundo Tenebroso.

—¡Pero sólo trajiste dos disfraces!—gritó Alfie.

—Bueno, ¿cómo iba yo a saber que estaban planeando rescatar al pueblo entero? —espetó Meduso.

—¡Nada de discutir! —les recordó Paige—. Bien ¿quiénes usarán los disfraces... y qué haremos los demás?

Charlie deseaba tener una respuesta. Pero todo apuntaba a que dos de ellos pronto serían prisioneros de los duendes. Y ya que era culpa suya que el presidente Pavor pusiera el ojo sobre los niños de Cypress Creek, sabía que no tenía opción mas que ofrecerse como voluntario. Recién aclaró la garganta cuando Rocco intervino.

—Si logro sacarnos de aquí, ¿me prometen que volveremos por los chicos?

—Por supuesto —repuso Charlie.

—Está bien, entonces tú y yo vamos a fingir que fuimos capturados —ordenó Rocco, haciéndose cargo—. Charlie, quítate ese vestido y ponte tus jeans. Paige y Alfie, ustedes van a vestirse como duendes. Dirán que nos encontraron a Charlie y a mí escondidos en la choza de mantenimiento. Hagan un gran alboroto al respecto. Necesitamos que todos allá afuera estén distraídos el tiempo suficiente para que Meduso se ponga detrás del volante de una de esas limusinas. Luego nos conducirán al vehículo y nos marcharemos a toda prisa.

—Eso podría realmente funcionar —se maravilló Alfie.

—Lissto —siseó Fernando.

—Ya veremoss —contestó Larry.

—Si no tienen una idea mejor, entonces por favor cállensssse —Meduso hizo callar a sus compañeros mientras le pasaba sus jeans a Charlie.

—Oye, Rocco, encontraste la solución a nuestro problema —subrayó Charlie mientras se quitaba el vestido y se ponía los pantalones—. ¿Estás seguro de que eres tonto?

—Mi solución no tiene nada que ver con ser listo —contestó Rocco, aunque se veía bastante orgulloso de sí mismo—. Sólo he visto bastantes películas.

—Entonces esperemos que los duendes no —bromeó Charlie. Cuando se subió los jeans, pudo sentir algo en el bolsillo trasero. Extrajo de él un pedazo de papel doblado.

Le tomó un momento recordar de dónde lo había tomado. Era uno de los dibujos de Charlotte... el que Charlie había recogido del suelo la noche en que pasó por el portal de la torre. La leyenda decía *Mansión de Mundo Tenebroso*. Pero no había tiempo para echarle otro vistazo, así que volvió a meterlo en su bolsillo y se armó de valor para lo que estaba por ocurrir.

CAPÍTULO VEINTIDÓS

El gran escape

Esperaron hasta que los duendes estuvieran justo fuera de la choza.

—¿Todos listos? —susurró Rocco. Charlie asintió junto a los demás—. Entonces manos a la obra.

Rocco abrió la puerta de una patada. Paige y Alfie, vestidos de duendes, empujaron a Charlie y a Rocco afuera, al patio de la escuela. Meduso se quedó atrás, esperando la oportunidad de escapar sin que nadie lo viera.

No parecía posible. El patio de la escuela estaba a reventar de duendes. Olfateaban todo y cazaban entre los botes de basura. Charlie vio a uno particularmente tonto que ponía de cabeza rocas diminutas en la entrada, sólo en caso de que pudiera haber un niño escondido debajo. Un puñado de duendes avistó a los dos humanos que estaban siendo empujados fuera de la choza y se acercó para investigar.

—¡Atrás! —chilló Alfie a las criaturas—. ¡Encontramos a los fugitivos! ¡Están en nuestras manos! —sus chillidos atrajeron al resto de los duendes, y pronto todos se habían reunido alrededor.

—Excelente —dijo una voz conocida— una criatura jorobada de pantalones recortados se impulsó al frente del grupo. Las entrañas de Charlie se volvieron de hielo. Era el duende principal del Coliseo, el listo con una sonrisa cruel—. ¿Cómo lograron capturar a estos niños tan rápidamente?

—¿Trabajo de investigación? —soltó Paige con esfuerzo.

—Claro —dijo el duende. Se detuvo para escarbar dentro de su nariz—. Y ya que son detectives tan excelentes, quizá me puedan decir qué pasó con los otros dos.

—¿Otros dos? —preguntó Alfie dócilmente.

—¿Eres tonto? —gruñó el duende principal—. ¡Todavía nos falta una niña y una Tortuga!—. Luego se detuvo y se le iluminaron los ojos. Dio un paso hacia Alfie y olfateó el aire a su alrededor—. ¿Tienes alguna idea de qué deberíamos hacer con ellos cuando los encontremos?

—¡Yo sé! ¡Hay que quitarles la ropa y hacer que corran por un campo de cactus! —gritó un duende panzón.

—¡Hay que ponerlos en una alberca con un tiburón y un cocodrilo de las cloacas! —sugirió alegremente una criatura con nariz de pico.

—¡Hagamos que juzguen un concurso de olor corporal de Pie Grande! —chilló un tercero con placer.

—¿Qué piensan? —les preguntó el duende principal a Paige y a Alfie—. ¿Qué los obligaremos a hacer?

Lo único que podía ofrecer Paige era una risa nerviosa y encogerse de hombros.

El juego se había terminado, pensó Charlie. El duende principal se estaba divirtiendo con ellos. De alguna manera sabía que Alfie y Paige eran impostores. Charlie estaba por rendirse y rogar por la libertad de sus amigos cuando un objeto rojo brillante cayó de los cielos y golpeó al duende directamente en la cabeza.

Los ojos de la criatura se pusieron en blanco y cayó en el suelo antes siquiera de soltar un aullido. Charlie dio un paso adelante para investigar el proyectil rojo que había rodado hasta detenerse. Era una lata de carne picada preparada… la misma que usaban en la cafetería de la primaria Cypress Creek.

Charlie volteó para mirar quién la había lanzado. Levantó la mirada para ver a niños de todos tamaños de pie junto a las ventanas de la escuela.

Mientras los ojos de Charlie pasaban por los posibles candidatos, una serpentina de papel de baño cayó en el suelo junto a él. Su larga cola blanca alcanzaba hasta una ventanilla en el tercer piso.

—¡Corre, resuelvexámenes! —gritó un niño—. ¡Te tenemos cubierto!

De repente había papel de baño volando de cada ventana del baño. Afuera, el suelo parecía como si estuviera cubierto de nieve. Varios duendes habían sido transformados en hombres de nieve pequeños y flacuchos. Libros, globos terráqueos y material de laboratorio llovían sobre los hombres del presidente. Charlie vio a un duende recoger un libro de matemáticas que recién había golpeado a uno de sus colegas.

—Siempre me pregunté para que servían estas cosas —se maravilló la criatura antes de ser derribado por otra lata voladora de la cafetería. Charlie miró mientras un duende cercano era derribado por polvo de queso sabor a cheddar. A otro lo golpeó una carne de cerdo procesada.

—¡No dejes que te capturen, Rocco! —gritó alguien.

—¡DETÉNGANSE! ¡AHORA MISMO!

Charlie vio que la puerta trasera de una de las limusinas se había abierto. Los tres metros del presidente Pavor salieron del vehículo en su totalidad, y Charlie se preguntó cómo había logrado entrar. La tormenta de papel de baño se detuvo. Cientos de niños miraron calladamente desde arriba mientras el imponente gigante marchaba hacia la escuela.

—¡ALÉJENSE DE LAS VENTANAS!

Nadie se movió. Todos los ojos estaban puestos sobre el presidente de Mundo Tenebroso.

—¿No han aprendido su lección? —demandó el presidente Pavor—. ¿Cuántos de ustedes necesitan ser devorados antes de que finalmente decidan obedecer? ¿Debo enviar más monstruos adentro?

La única respuesta a su pregunta fue un hilo de líquido rojo desde una de las ventanas de la cafetería.

En segundos, el rostro y el traje del presidente habían sido salpicados de cátsup.

—¡Suficiente! —bramó, limpiando la salsa de tomate de sus ojos—. ¡Un niño de cada clase será devorado! Duendes, ¡reúnan a las criaturas más aterradoras de Mundo Tenebroso!

—¡Venga! —gruñó un niño de segundo, y comenzó la tormenta de nuevo. Los niños lanzaban contra el gigante y sus duendes todo lo que encontraban.

—¡Deténganse! —gritó Rocco—. ¡No se metan en más problemas!

—¡Tú trataste de salvarnos! —gritó un chico—. ¡Ahora deja que nosotros te salvemos!

Un balde lleno de algo que parecía jugo de manzana y olía todavía peor salió volando de la ventana del baño, y empapó al presidente y a dos duendes cercanos.

En medio de la confusión que siguió, un zombi apareció al lado de Charlie.

—Los chicos te tienen cubierto. ¡Ahora vete! —lo instó Meduso—. ¡Llévate a tus amigos y corre!

—¿Pero adónde? —preguntó Charlie. Estaba cansado de correr.

—A la mansión —dijo el gorgón—. Estaba esperando la oportunidad para decírtelo. Pasé por ahí de camino hacia acá. La bruja tiene la torre encendida como un faro. No ha estado escondiendose, Charlie. Ha estado esperando que vayas a su encuentro.

Charlie había sospechado que se acercaba este momento, pero todavía no se sentía preparado.

—¿Pero cómo vamos a llegar a la mansión sin ti? —razonó Charlie, tratando de obtener un poco más de tiempo.

—No te preocupes. No hay forma de perderse —dijo Meduso.

—¿Qué quieres decir con que *no hay forma...*?

—Mira —Meduso lo interrumpió; levantó el brazo y apuntó sobre el hombro de Charlie—. Puede verse desde aquí.

Charlie se dio la vuelta. A lo lejos se asomaba una mansión en la cima de una colina.

CAPÍTULO VEINTITRÉS

Hogar, dulce hogar

Parado al pie de la colina, Charlie sintió como si la casa lo hubiera estado esperando todo este tiempo. La puerta principal estaba abierta, y aunque el resto de la mansión permanecía oscura, la torre estaba iluminada.

—¿Estás seguro de que es el lugar correcto? —preguntó Rocco, escéptico—. Esa casa no es púrpura. Es negra.

La mansión no sólo era negra, pensó Charlie. Era del color de la oscuridad misma. Aun así, la habría reconocido entre centenas.

—Sí, ésa es mi casa —dijo, sorprendido de escuchar las palabras salir de su propia boca. Nunca antes la había llamado *su* casa. Charlie miró a sus amigos.

—La bruja está dentro.

Podía sentir su presencia. La piel se le empezó a poner de gallina en los brazos, y su corazón ya comenzaba a latir con mayor fuerza.

—Muero por ver cómo es —dijo Paige, mientras ella y Alfie se quitaban sus disfraces de duende.

—No —dijo Charlie con firmeza, negando con la cabeza. Cypress Creek y todo Mundo Despierto estaban en peligro... y todo el peligro había comenzado con él y esta bruja. Se repitió a sí mismo lo que Meduso le dijo una vez: *No hay atajos en Mundo Tenebroso.* Charlie sabía que para salvar al mundo del presidente Pavor, tendría que lidiar primero con la bruja.

—Tengo que entrar solo.

—¿Estás seguro? —preguntó Paige.

Charlie se mordió el labio. Lo puso nervioso pensar que la bruja anhelaba el encuentro. Eso quería decir que había algo en la mansión que ella deseaba que él viera. Paige y Alfie estaban convencidos de que la bruja no podía haber arrastrado el cuerpo real de Jack a través del portal. Pero todo sobre la bruja les era ajeno. No sabían de lo que era capaz.

Charlie se estremeció. ¿Qué si la bruja y su gata estaban *cenando* dentro?

—Estaremos aquí si nos necesitas —dijo Rocco.

—Pero si estás demasiado asustado... —comenzó a decirle Alfie.

Paige tomó a Charlie por el brazo y lo jaló a un lado.

—¿Vas a estar bien? —preguntó, y buscó en su rostro cualquier señal de incertidumbre.

—Sí —dijo Charlie. Y tan pronto como lo dijo, supo que era cierto.

Charlie escaló solo la colina hasta la mansión. En la cima, volteó y vio a sus amigos que lo miraban desde abajo. Charlie los saludó con el brazo antes de dar un paso sobre el porche delantero. Su confianza comenzaba a desmoronarse mientras se abría paso a través de la jungla cubierta de vegetación. Para cuando alcanzó la puerta principal, estaba seguro de que su corazón saltaría fuera de su pecho enloquecido por el frenesí de latidos en su interior. En algún lugar entre las plantas carnívoras y la belladona floreciente, llegó a Charlie el olor de algún platillo en punto de cocción.

El aroma llenó la cabeza de Charlie con imágenes demasiado terribles para ser descritas. La mayoría incluía un enorme caldero y lo que burbujeaba dentro. Charlie quería regresar corriendo con sus amigos. Pero no lo hizo. Tomó un respiro profundo. Luego más allá del umbral de la mansión, hacia la oscuridad imperante.

Buscó el interruptor de la luz, pero mientras sus dedos rozaban la pared, pudo percibir pequeñas cosas que se movían debajo. Rápidamente apartó su mano. En la distancia, escuchó el estrépito de una olla que golpeaba el suelo. La bruja estaba en la cocina.

Con sólo su memoria para guiarlo, Charlie se abrió paso por la mansión, negra como boca de lobo. A medida que se acercaba a la cocina, vio una delgada tira de luz debajo de la puerta. Fue ahí cuando sintió que algo grande le rozaba la pierna.

—Hola, Charlie —ronroneó Ágata—. ¿Tienes hambre?

La gata intentó hacerlo tropezar, pero Charlie logró empujarla fuera de su camino. Luego juntó cada pedacito de valor que le quedaba y cruzó el umbral de la cocina.

La bruja estaba de pie frente a la estufa, usaba la bata negra favorita de Charlotte, con sus rizos pelirrojos sujetos en una coleta. La miró verter un chorro de masa verde en una plancha para waffles, y de repente sintió náuseas. No había tocado un waffle en como tres años. Había sido el platillo especial de su mamá… el que hacía para arrancar un gran día. La última vez que los había cocinado fue para la graduación del jardín de infancia de Jack, unas cuantas semanas después de que se supo enferma. La tristeza comenzó a llenar a Charlie como concreto. Sus piernas no se movían y sus pulmones se sintieron tan pesados que no estaba seguro de poder tomar otro respiro.

—¿Me puedes dar otro, Mamá? —era la voz de Jack. Había extendido el plato para recibir otra ración de waffles verdes. La palabra *mamá* golpeó a Charlie con fuerza.

—Yo también comeré otro, cariño —llamó Andrew Laird—. Ni recuerdo cuál fue la última vez que comí waffles así de buenos.

La atención de Charlie fue hacia el desayunador, donde su papá y Jack estaban sentados, metiéndose tenedores repletos de comida en la boca. Incluso a la distancia podía ver que las voces salían de sacos de utilería. Pero Charlie no podía evitarlo. Ahora que estaba dentro de su propia pesadilla, todo aquello se sentía demasiado verdadero.

—¿Qué crees que estás haciendo? —le preguntó a la bruja. Aparte de sus ojos de espejo y complexión verde, era una réplica exacta de Charlotte DeChant.

—¿Y qué es lo que parece? —contestó—. Estoy haciendo el desayuno para mi familia.

—Son *mi* familia, no la tuya —gruñó Charlie.

—No —lo corrigió la bruja—. *Solían* ser tu familia, pero ya no te quieren. ¿Puedes culparlos? No los dejaste continuar con sus vidas. Cuando no estabas con cara de puchero, hacías tu mejor esfuerzo por hacer miserable la vida de tu hermano. Así que ahora Jack y tu padre son míos. ¿No son unas mascotas maravillosas?

La bruja sujetó un plato lleno de waffles y los colocó en el desayunador.

—Aquí tienen, mis cerditos —cantó mientras se sentaba junto a Jack.

Charlie se apuró hacia la mesa. De cerca, Jack y su padre eran como maniquíes de tienda departamental. Su pelo lucía demasiado perfecto y su piel era tan tersa como la del plástico. Pero Charlie los extrañaba tanto a los dos que casi no importaba que fueran sólo producto de su imaginación. Quería sentarse con ellos para acompañarlos, pero la mesa se había encogido. En ella ya no había lugar para Charlie. Así que se irguió en un extremo y miró a su padre y hermano desayunar sin él.

La oscuridad volvió, y con ella el enojo. Los waffles claramente no significaban nada para ellos. El papá de Charlie tenía jarabe en la barba, y no paraba

de sonreír. Jack permitía que la bruja desordenara su cabello. Habían olvidado a la mamá de Charlie. Y la bruja tenía razón. Charlie los tenía sin cuidado.

Charlie salió corriendo de la cocina y subió las escaleras. Buscó su cuarto, pero ya no estaba donde siempre. Habían desaparecido sus cajas. Toda evidencia de su existencia había sido retirada. Así que abrió la puerta del cuarto de Jack y se acostó boca abajo sobre la cama.

Fue entonces que recordó el trozo de papel doblado en el bolsillo trasero de sus jeans. Lo abrió y examinó el dibujo en el frente de la página. *Mansión de Mundo Tenebroso.* Charlie volteó la hoja. Detrás había otro extraño poema escrito por Charlotte.

La siguiente lección que hay que aprender es que se
necesitan agallas
pero no contra los golpes o los rasguños o las cortadas.
Pues, te diré, las pesadillas tienen sólo un poder:
asustarte por minutos, que pronto horas resultan ser.
Encuentra la fuerza de levantarte, y para de correr.
Cuando las criaturas siguen viniendo y tu valor parece
desaparecer
puedes ganar si luchas; es lo único que tu corazón debe
saber.
Enfrenta tus aprensiones y derrótalas.
Esta noche, ¡a tus pesadillas tendrás que vencer!

Charlie Laird se sintió como un idiota. Charlotte DeChant no era una bruja. Lo que había estado escribiendo era sobre *enfrentar* los temores de uno. Charlie se acordó de la conmoción que escuchó en el cuarto de la torre el día que encontró los dibujos de Charlotte esparcidos por el suelo. Había sido el presidente Pavor quien forzó el escritorio. Si estaba planeando tomar control de Mundo Despierto, no querría que nadie leyera una historia como la de Charlotte.

—¡Hey! ¿Por qué estás en mi cuarto?

Charlie se metió el papel en el bolsillo y se dio la vuelta, para encontrar a Jack mirándolo, con su máscara del Capitán América empujada hacia atrás sobre su cabeza.

—¿Jack?

—¿Qué? —preguntó el niñito cautelosamente. Tan pronto como lo dijo, Charlie supo que era un Jack distinto al de allá abajo. Éste tenía pecas, y el cabello desordenado, como si no hubiera sido cepillado en una semana. Éste era el Jack de verdad. Y el Jack de verdad tenía miedo.

Charlie bajó de la cama de un salto para darle un abrazo. Pero Jack extendió una mano para detenerlo y se bajó la máscara con la otra.

—Hazte para atrás. No voy a quitarme la máscara.

Y de repente Charlie lo entendió. Había encontrado el camino a la pesadilla de su hermanito. No se lo había llevado la bruja. La mansión de Mundo Tenebroso era donde Jack pasaba sus noches, defendiéndose de su cruel hermano mayor.

—¿Qué estabas haciendo en mi cama? —reclamó Jack.

—Lo siento —Charlie sonrió—. Me acosté para pensar bien en algunas cosas.

—Bueno, mamá quiere que pongas tu bicicleta en su lugar—anunció Jack en su voz del Capitán América.

La palabra *mamá* se sintió como otro golpe en el vientre, pero Charlie no contraatacó.

—Está bien —dijo—. Dile a Charlotte que bajo en un minuto.

—¿Eso es todo? —preguntó Jack con cuidado, como si el repentino buen humor de Charlie fuera una trampa—. ¿No vas a gritar ni nada?

—Nop —dijo Charlie—. Pero, ¿te puedo hacer una pregunta?

El niño no movió un solo músculo. Se quedó de pie, mirando a Charlie.

—Claro, supongo —contestó finalmente.

—¿Te acuerdas de nuestra mamá de verdad? —preguntó Charlie.

Jack se levantó la máscara.

—Ella hizo esto —dijo, jalando el dobladillo de su camisa del Capitán América.

—Lo hizo —dijo Charlie, sonriendo de oreja a oreja. Su hermano no la había olvidado después de todo.

—Y me acuerdo de la canción que solía cantar cuando me arropaba en las noches —Jack bajó su mirada a los pies—. Todavía me sé todas las palabras.

—Bueno, si tienes alguna pregunta sobre ella alguna vez, siempre podrás preguntármelo—le dijo Charlie—. Yo lo recuerdo todo.

Jack le sonrió entre dientes.

—Lo sé—dijo. Se paró en medio del cuarto, moviendo su peso de un pie a otro. Parecía confundido sobre qué hacer después.

—¿Te gusta tener a Charlotte como madrastra? —preguntó Charlie.

Jack volvió a paralizarse.

—Me lo puedes decir —insistió Charlie.

—Sí —confesó el niñito renuentemente.

—¿La quieres? —preguntó Charlie.

El niñito vaciló, luego asintió.

—Me da mucho gusto —dijo Charlie, y era cierto—. Porque te mereces tener una buena mamá, Jack. Y ya no tienes que tenerme miedo. Voy a ser un hermano mejor de ahora en adelante. Lo prometo.

Afuera de la ventana, una pálida luz dorada había surgido a la distancia. Jack se quitó su máscara de Capitán América. La pesadilla parecía haber terminado. Se había vuelto otra cosa.

—Tú también te mereces una —dijo Jack—. Ven conmigo un segundo.

Le hizo señas para que Charlie lo siguiera.

—¿Adónde vamos? —preguntó Charlie una vez que llegaron al pasillo.

—Arriba, a la torre.

—¿Qué me vas a enseñar? —preguntó Charlie.

—No puedo decirte —dijo Jack—. Sólo lo tienes que ver.

Cuando llegaron al cuarto de la torre, Charlie se encontró mirándose en lo que al principio parecía ser un espejo gigante. Luego se dio cuenta de que era el portal, y del otro lado había un cuarto casi idéntico al cuarto en el que estaban. Pero en vez de paredes solitarias y ennegrecidas, había frascos de semillas y plantas secas en las repisas. En vez de telarañas, había ilustraciones coloridas. Y en el centro de la otra habitación, una mujer estaba dormida con la cabeza en el escritorio.

—¿Charlotte? —preguntó Charlie asombrado.

—Casi no se ha movido durante dos días completos —le dijo Jack—. Ha estado aquí desde que entendió adónde fuiste.

—¿Qué está haciendo? —preguntó Charlie.

—Esperando. Mandó a un amigo a buscarte. Se va a sentar ahí hasta que te traiga de vuelta. Papá cree que está loca. El no puede ver el portal como nosotros lo hacemos. Charlotte tampoco puede… o ya no.

—¿Pero tú puedes verlo? —preguntó Charlie.

Jack asintió.

—Charlotte me dijo que somos especiales. Hasta me dejó ver dibujos que hizo de cosas que viven aquí en Mundo Tenebroso. Algunas se ven bastante locas. El tipo que te ha estado buscando tiene *serpientes* en vez de cabello.

Charlie asintió.

—Meduso —debió haberse dado cuenta de que su madrastra era su benefactora misteriosa—. ¿Así que Charlotte ha estado realmente preocupada por *mí*? —preguntó.

—Está muerta de preocupación —dijo Jack—. Se la pasa diciendo que fue su culpa. Que debió haberte contado antes lo del portal. Ella pensaba que se daría cuenta si se abría, pero por alguna razón ya no puede verlo como antes.

—Esto no es su culpa —dijo Charlie—. Es mía. Yo comencé todo esto porque no quería que Charlotte fuera parte de nuestra familia. Traté de convencer a todos de que era una bruja.

—Tenías miedo de que Charlotte quisiera reemplazar a nuestra mamá de verdad —dijo Jack—. Pero no quiere. Ella y mamá solían ser amigas, ¿sabes?

—Charlotte me lo dijo —dijo Charlie—. Pero supongo que no la escuché.

El sol se había levantado al otro lado del portal. La luz se coló dentro de la torre. Cuando un rayó cayó sobre su rostro, Charlotte murmuró en sueños.

—Va a despertarse en un minuto o dos —dijo Jack—. Probablemente debería despertar yo también. ¿Vas a estar bien?

—Sí —prometió Charlie—. Llegaré pronto a casa.

Y por primera vez, Charlie de verdad sintió que la extraña mansión púrpura de Charlotte era *su* casa.

—Si no vienes —dijo Jack mientras se desvanecía—, vendré por ti.

Las ventanas resplandecieron a la luz de la mañana mientras Charlie bajaba por las escaleras. El sol pintaba los muros negros y los muebles de un alegre color púrpura. Había casi salido por la puerta cuando escuchó un movimiento en la cocina.

Encontró a la bruja sentada sola frente a la mesa del desayunador. Sus ojos ahora eran negros. Se había quitado los lentes de espejo. Una peluca roja yacía frente a ella; sin ésta, no se parecía nada a Charlotte.

—Pensaba que ya te habrías ido —dijo cuando vio a Charlie.

—Yo estaba pensando lo mismo de ti —contestó Charlie.

—Las cosas no se mueven tan rápido por aquí —explicó la bruja—. No consigues un nuevo trabajo así como así. Tengo que esperar a que me reasignen. Y créemelo... no estoy ansiosa por que me den mi próximo encargo.

—¿Por qué no? —preguntó Charlie.

—Éste era un trabajo de alto perfil, y lo eché a perder —dijo la bruja—. Supongo que mi corazón no estaba en esto. Me parecías un chico decente. Fui demasiado indulgente contigo. Probablemente me tengan a prueba durante los próximos dos siglos.

—O te podrías jubilar —le dijo Charlie.

La bruja negó con la cabeza.

—Jubilarse es morir —dijo—. Estaré cansada de estas tonterías, pero no estoy lista para clausurar la obra.

—El presidente Pavor dice que las pesadillas se mueren cuando renuncian —dijo Charlie—. Pero yo no creo que sea así, para nada. Creo que cuando las pesadillas se jubilan, se convierten en *sueños*.

—Sí, claro —se mofó la bruja—. ¿Y qué haría una bruja venida a menos como yo si fuera un *sueño*?

—No lo sé —dijo Charlie—. Simplemente ser tú misma, supongo.

—Eh —dijo la bruja, escéptica—. Nunca antes me han pedido que haga ese papel. Lo pensaré bien. Pero para que lo sepas... no vas a estar soñando con *nadie* hasta que termines con esa otra pesadilla tuya. Podrá tomarte un rato. Por lo que puedo ver, es desmoralizante.

Las rodillas de Charlie se aflojaron y tuvo que sujetarse de una silla.

—¿Mi *otra* pesadilla?

—Sí... la grande —dijo la bruja—. El portal todavía está abierto. Eso significa que no has terminado. ¿De verdad pensabas que tu madrastra era lo que más te asustaba?

No. Charlie siempre supo que había algo más.

—¿Qué es? —preguntó.

—Oh, cielos —dijo la bruja—. Creo que deberías echar un vistazo afuera.

Cuando Charlie abrió la puerta principal, esperaba que eso lo estuviera aguardando en el porche. En cambio, lo único que encontró fue a sus tres mejores amigos. Pero a juzgar por las expresiones en sus rostros, podían ver algo que él no.

—¿Qué está pasando? —preguntó Charlie—. ¿Por qué escalaron todo el camino hasta la mansión?

Sus amigos se miraron unos a otros.

—Vimos a alguien salir del bosque —dijo Alfie—. Creemos que está buscándote.

Charlie habría regresado corriendo a la mansión de no ser porque Paige dio un paso adelante.

—Está bien —trató de tranquilizarlo. Pero la manera en que tomó su brazo le dijo que se preparara para un golpe—. Ven conmigo.

Paige lo guio a la orilla del porche y apuntó al fondo de la colina. Abajo, las casas de Cypress Creek yacían quietas y oscuras... como un escenario de película vacío. Excepto por una casa a varias cuadras de distancia. Parecía estar iluminada por un extraño haz de luz. Y había alguien que se movía por el jardín principal. Charlie reconoció la casa en un instante. Era en la que había vivido de pequeño.

—Hay alguien en el jardín —le dijo a Paige. Su peor pesadilla había venido por él.

Paige tomó la mano de Charlie y la apretó.

—Sí, y estamos bastante seguros de que es tu mamá —le dijo.

CAPÍTULO VEINTICUATRO

La peor pesadilla de Charlie

Charlie la encontró en el patio de su vieja casa. Había pasado tanto tiempo ahí, arrancando la hierba mala, plantando flores nuevas y cuidando su jardín. Ahora estaba arrodillada, inspeccionando un pequeño grupo de setas que se elevaban de la tierra alrededor del tocón de un viejo roble.

—¡Charlie! —lo llamó. De alguna manera sabía que estaba ahí—. ¡Te estuve buscando por todos lados! Ven y échale un ojo a esto.

Charlie no sabía si podría. El dolor era casi demasiado para soportarlo. La había extrañado tanto. No podía aguantar tener a su mamá de vuelta por unos minutos… y después tener que dejarla ir una vez más.

—¿Charlie? —lo llamó su mamá de nuevo. Y volteó a verlo.

Sus jeans y su camiseta estaban cubiertos de tierra. Tenía el pelo sujeto hacia atrás en una desaliñada coleta.

No llevaba un rastro de maquillaje. Y aun así seguía siendo la persona más hermosa que Charlie hubiera visto jamás. Corrió hacia ella y lanzó sus brazos alrededor de su cuello. Por unos cuantos largos y maravillosos segundos, todo fue justo como debía ser.

—Momento —dijo, y limpió las lágrimas de Charlie con el borde de su camisa—. No desperdiciemos nuestro tiempo juntos poniéndonos tristes.

Pero Charlie no podía parar de llorar. Era como si lo estuvieran desgarrando. Su mamá rodeó sus hombros con un brazo y lo apretó hacia ella.

—¿Te puedo mostrar algo? —preguntó.

Lo único que él pudo hacer fue asentir.

Su mamá señaló el tocón de un árbol. Había una docena de pequeños hongos alrededor. Cada uno portaba un sombrero rojo brillante manchado con diminutos puntos blancos.

—¿Recuerdas cuando tuvimos que talar nuestro viejo árbol? ¿Y luego un año después, tú y yo encontramos estos hongos venenosos en el jardín?

Charlie suspiró. Podía recordar el día a la perfección. Había sido una de las últimas veces que él y su mamá habían pasado unas cuantas horas juntos.

—¿Recuerdas lo que te dije en ese entonces? Cuando el árbol murió, ayudó a dar vida a los hongos.

—También dijiste que ese tipo de hongo es mortalmente venenoso —masculló Charlie.

—Sólo si te los comes —dijo su mamá—. Si no, simplemente son bellos.

Charlie levantó la mirada hacia ella.

—¿Mamá? —preguntó—. ¿Me puedo quedar aquí contigo?

Ella sonrió.

—Estoy aquí de verdad —le dijo Charlie—. Vine a Mundo Tenebroso por cuenta propia… por el portal de la mansión púrpura. Puedo quedarme para siempre si quiero.

—¿Sin tus amigos ni tu hermanito? —preguntó—. ¿Sin tu papá y Charlotte?

—¿Sabes que papá se casó con Charlotte? —Charlie debió verse sorprendido, porque su mamá soltó una risita.

—Claro —dijo—. Tú eres el único que no me ha venido a ver. Y cada vez que trataba de encontrarme contigo aquí, siempre escapabas.

—De verdad lo siento. Yo…

Su mamá le apretó el hombro.

—No tienes que disculparte, Charlie. Me da gusto que ya estemos juntos. Hay unas cuantas cosas que nunca te pude contar. ¿Por qué no vamos a nuestro viejo lugar?

Se sentaron lado a lado en las escaleras de la vieja casa de Charlie. Charlie podía ver la mansión púrpura a lo alto en su colina. Las ventanas de la torre refulgían a la luz del sol.

—Así que encontraste el portal —dijo su madre—. Supongo que siempre supe que lo harías. Sentí lo mismo por la torre cuando tenía tu edad.

—Desearía nunca haber entrado —dijo Charlie—. Debí saber que la mansión púrpura era mala.

—La mansión se parece mucho a los hongos —dijo su mamá—. Puede ser buena o mala. Depende de cómo la veas. ¿Sabes que esa casa ha estado en la familia de Charlotte desde hace casi doscientos años? Su tatarabuelo Silas DeChant construyó el lugar. Él fue el hombre que abrió el portal por primera vez. ¿Ha tenido la oportunidad de contarte la historia?

—No —dijo Charlie, sintiendo como si uno de los secretos más grandes del mundo estuviera por revelarle.

—Bueno, cuando Silas era joven, heredó una fortuna de su padre. Pero nunca aprendió a disfrutar su riqueza. En cambio, comenzó a preguntarse si sus amigos lo querían sólo por ser rico. Silas hasta se convenció de que su prometida nunca lo habría amado si él hubiera sido un hombre sin recursos. Le aterró que sus amados lo abandonaran si alguna vez perdía su dinero. En sus peores pesadillas, Silas estaba completamente solo. ¿Y puedes adivinar lo que pasó después?

—Silas acabó completamente solo.

Su pesadilla se hizo realidad, se dio cuenta Charlie.

—Sip —confirmó su mamá—. Escribió en su diario que sentía como una nube negra colgada sobre él. Entonces, cuando la nube encontró el camino dentro de su corazón, Silas se volvió cruel y amargo.

—Sé justamente cómo se sintió —dijo Charlie—. Yo la llamo *la oscuridad*.

Su mamá lo acercó más a ella.

—Yo lo sentí una vez también, y diría que ése es un muy buen nombre para ella. Y una vez que la oscuridad estuvo dentro de Silas, comenzó a extenderse a su familia y a sus amigos… llegó hasta su perro. Así que para poder salvarlos, Silas dejó a la gente que amaba y viajó muy, muy lejos. Construyó su casa en la cima de una colina solitaria y durante casi un año, vivió en ella completamente solo.

—Creo que conozco la siguiente parte —dijo Charlie, recordando lo que le dijo Meduso sobre el portal en la mansión púrpura—. Silas dejó que sus miedos dominaran su mundo. Para él, no había diferencia entre Mundo Tenebroso y Mundo Despierto, así que un portal entre los dos mundos se abrió en su casa.

—Así es —dijo su mamá—. Y se habría quedado abierto si no hubiera sucedido algo increíble.

—¿Qué fue? —preguntó Charlie.

—Un día alguien toco a la puerta. Silas debió haber estado bastante sorprendido porque su casa estaba justo en medio de la nada. Su vecino más cercano vivía a cientos de kilómetros de distancia. Cuando Silas atendió el llamado vio a la prometida que había dejado atrás. Él imaginó que ella se había casado con alguien más. Pero eso no fue lo que ocurrió. El día después de su desaparición, ella cargó sus pertenencias en una carreta y partió en su busca. Le había tomado un año entero dar con la mansión. Y cuando Silas la vio de pie en su porche, se dio cuenta de lo difícil que había sido para ella encontrarlo. Fue ahí cuando supo que jamás estaría solo.

—Guau —dijo Charlie. Había dejado a sus amigos en ese mismo porche. Sabía que también ellos habían venido a buscarlo.

—Y después de la boda, ¿adivina qué fue lo primero que hizo la esposa de Silas? —la mamá de Charlie se inclinó hacia él, como si susurrara un secreto al oído—. Pintó todo el mugre lugar de púrpura.

—Pensaba que era un color alegre —dijo Charlie, recordando lo que le había dicho Charlotte.

—Sip —confirmó su mamá—. Luego les mandó cartas a todos sus amigos, invitándolos a mudarse al pueblo que ella y su marido habían decidido fundar. Llegaron un montón de ellos y construyeron casas. Y ése fue el comienzo de Cypress Creek.

—No lo entiendo —dijo Charlie—. Si tú sabías todo esto, ¿por qué no me lo contaste cuando te pregunté?

—Porque ésa es la parte linda de la historia. No quería que pensaras que la casa era totalmente inofensiva. No lo es. Sabía que algún día la explorarías, y cuando lo preguntaste, todavía estabas demasiado pequeño para saberlo todo. Planeaba contártelo tan pronto como cumplieras once. Ésa era la edad que yo tenía cuando tomé mi primer viaje a la torre con Charlotte DeChant.

—¿Así que tú y Charlotte sí fueron amigas? —preguntó Charlie.

—Oh, sí. Las mejores. No puedes evitar estar cerca de alguien una vez que entraste a sus pesadillas. Compartimos una aventura bastante asombrosa.

—¿Me la puedes contar? —casi le rogó Charlie.

—No necesito hacerlo —le dijo su madre—. Charlotte escribió toda la historia para ti.

—¿Para mí?

—Y para tu hermano. Es importante que los dos sepan lo que pasó. Tanto tú como Jack pueden ver el portal y atravesarlo. Ésos son dones muy particulares.

Los DeChant siempre pensaron ser los únicos humanos que poseían esas habilidades. Por eso se esforzaron tanto para mantener la propiedad en familia. En cada generación, uno de los DeChant vive en la mansión para vigilar el portal. Ahora Charlotte es la única que queda.

—¿Qué va a pasar después? —preguntó Charlie—. Charlotte no tiene hijos.

—Sí que los tiene —le dijo la mamá de Charlie.

Charlie comenzó a disentir y luego soltó un grito ahogado.

—Espera... ¿te refieres a Jack y a mí? —eso era a lo que Jack se refería cuando dijo que eran especiales—. ¿Seremos los guardianes del portal?

—Charlotte te contará más sobre eso—dijo su madre—. Ahora creo que es hora de que tú y tus amigos vuelvan a casa. Tu padre debe estar muerto de preocupación.

Una ola de pánico casi derribó a Charlie.

—No, mamá —rogó—. No hagas que me vaya. Sólo un ratito más —lanzó sus brazos alrededor de ella y la agarró como si su vida dependiera de ello—. *Por favor.*

La mamá de Charlie le besó la coronilla.

—Escúchame, Charlie. Siempre estaré aquí en esta casa. Cuando sea que me necesites, sabrás dónde encontrarme.

—¿En Mundo Tenebroso? —sollozó Charlie.

—Si puedes despedirte de mí ahora, no seré más tu pesadilla. Seré un sueño. Éste es tu miedo, Charlie. Lo tienes que enfrentar.

—¡Pero, mamá!

—Tienes un papá y un hermano y amigos que te aman —dijo su mamá—. Charlie Laird, no siempre será fácil, pero te prometo que estarás bien sin mí.

Charlie alzó la vista hacia la mansión púrpura. Sus amigos todavía lo esperaban. Y sabía que lo que su madre decía era cierto.

—Van a necesitar tu ayuda para salir de aquí —dijo su mamá—. ¿Crees que lo puedas hacer?

—Sí —dijo Charlie.

—Entonces despídete de mí.

Charlie tomó un respiro profundo y envolvió sus brazos alrededor de su mamá con toda la fuerza que pudo.

—Adiós, mamá —dijo.

—Adiós, Charlie —lo jaló todavía más cerca—. Te veré en sueños.

CAPÍTULO VEINTICINCO

Sin escape

Charlie se detuvo a medio camino por la colina De-Chant y se giró para darle una última mirada a la casa en la que había crecido. El *terror-torio* se estaba encogiendo, ahora que ya no era el anfitrión de una pesadilla. El jardín de enfrente era ya sólo una tira delgada de césped, y el jardincito había desaparecido por completo. La madre de Charlie había partido para el Reino de los Sueños, adonde pertenecía. Esta vez no iba a volver.

Charlie estaba triste, pero la oscuridad había desaparecido. Y, por primera vez en años, no tenía miedo. Sin el temor que le pesara, se sentía más ligero. Charlie Laird finalmente era libre.

—¿Cómo te fue? —preguntó Rocco en voz baja cuando Charlie los alcanzó en el porche de la mansión.

—Me despedí —dijo Charlie, tomando un lugar junto a Paige. Ella lo rodeó con el brazo y acomodó su cabeza en sus hombros. Hasta en Mundo Tenebroso, su cabello olía a fresas.

—¿Así que tu pesadilla terminó? —preguntó Paige.

—Supongo que sí —le dijo Charlie—. Ya no tengo miedo.

Estaba *preocupado*, claro, pero no tenía *miedo*. Y ahora podía ver la diferencia entre ambos sentimientos.

—Ummmm, ¿Charlie? —preguntó Alfie, sonando como si prefiriera mantener la boca cerrada.

—¿Sí? respondió Charlie.

—Si tu miedo es lo que mantenía abierto el portal, ¿eso quiere decir que se cerró cuando tu pesadilla terminó? —preguntó Alfie.

Charlie sintió como si hubiera clavado un tenedor en el enchufe eléctrico. Si el portal estaba cerrado, podría no haber manera de traer su cuerpo de vuelta a Mundo Despierto. Se puso de pie un instante.

—¡Tengo que llegar a la torre!

Los amigos de Charlie le pisaban los talones mientras corría por las escaleras. Cuando llegó al cuarto de la torre, encontró a Meduso descansando en una silla, sonriendo complacido mientras estudiaba una hoja de papel. No había la menor señal del portal. Charlie palpó con cuidado cada pared de la habitación hexagonal. Las ocho eran perfectamente sólidas. Él y su cuerpo estaban atrapados en Mundo Tenebroso... y a Meduso no parecía importarle.

—¡Se cerró el portal! —aulló Charlie.

—Ay, no seas tan preocupón —respondió Meduso con una risita—. Encontraremos la manera de abrirlo.

—¿Cómo lograbas entrar? —preguntó Charlie.

—¿Cómo crees? —preguntó Meduso—. *Caminé* a través de él, igual que tú. Por cierto, de verdad deberías echarle un ojo a esto —el gorgón no parecía demasiado preocupado de que el niño al que habían enviado a ayudar estuviera atrapado del lado incorrecto del portal—. De verdad es un trabajo bastante extraordinario. Y no lo digo sólo porque sea un retrato mío.

Meduso levantó la hoja para que la vieran Charlie y sus amigos. Enfrente había un dibujo de Meduso emperifollado con su atuendo de safari. Sostenía un casco de explorador en la mano, y sus tres serpientes se abrían en abanico en su cabeza.

—¡Ése es uno de los dibujos de Charlotte! —exclamó Charlie—. ¿De dónde lo sacaste?

—Ella me lo dio, claro —Meduso le dio un golpecito al calce de la página—. Mira, hasta está dedicado: "Para mi pesadilla favorita—con cariño, Charlotte DeChant".

—¡Te ssaltasste lo mejor! —Larry asomó la cabeza por debajo del sombrero de fieltro de Meduso.

—Y para las serpientes más dulces de Mundo Tenebroso, Larry, Barry y Fernando.

—Qué amable —dijo Fernando.

—¡Meduso! —gritó Charlie—. ¿Pasaste por el portal mientras me despedía de mamá?

—Ciertamente —confirmó Meduso—. Le debía una actualización a Charlotte. Ha estado tan desconsolada la pobrecita. Tomó un gran riesgo al enviar a su propia pesadilla para encontrarte. Le preocupaba que pudieras rehusar mi ayuda.

—¿Así que de verdad eres la pesadilla de Charlotte? —preguntó Charlie.

—Solía serlo. De hecho, Charlotte y yo nos conocimos cuando ella tenía más o menos tu edad. Fue entonces que se vino a vivir a esta mansión. Pero no nos volvimos amigos hasta que visitó Mundo Tenebroso con otra niña.

—¿Mi mamá? —preguntó Charlie—. ¿La otra niña se llamaba Veronica Salas?

Meduso rio.

—De hecho, sí. ¡Qué cosita tan luchadora! Yo creo que nunca le había tenido miedo a nada más allá de los payasos. De hecho, fue tu madre quien me presentó a Dabney. Él había sido su pesadilla, pero para cuando los conocí, eran ya como uña y mugre.

—¿Sabes?, fue Dabney quien me convenció de que las pesadillas podían ayudar a los humanos. Tienen suerte de que hubiera aprendido esa lección. El viejo Basil Meduso jamás los habría ayudado a escapar de Mundo Tenebroso.

Eso recordó a Charlie la razón por la que había venido.

—¿Cómo voy a escapar si el portal está cerrado? —apuntó hacia la pared donde había estado la puerta entre los mundos—. ¿Cómo se supone que debemos volver todos a casa?

—Tus amigos no tienen de qué preocuparse. No vinieron por el portal —Meduso subrayó—. Sus cuerpos todavía están dormidos del otro lado. Lo único que tienen que hacer es despertar.

—¿Y qué tal yo? —preguntó Charlie.

—Todavía no lo sé —admitió Meduso—. Pensaba que podrías abrirlo tú solo. Pero claramente no has aprendido a usar tus habilidades. Dame un poco de tiempo y se me ocurrirá algo.

Charlie debió verse tan abatido como se sentía.

—Oigan, ¿no se nos está olvidando algo? —preguntó Rocco—. ¡No podemos regresar a Mundo Despierto justo ahora! Prometimos volver por los niños de la escuela. ¡Ellos nos ayudaron a escapar!

—Y no olviden a nuestras pesadillas —agregó Alfie—. Los demás no hemos enfrentado nuestros temores todavía. Si nos despertamos ahora, estaremos de vuelta aquí mañana en la noche.

Charlie se dio cuenta de que sus amigos tenían razón. Había estado pensando sólo en sí mismo. Incluso con el portal abierto, no sería correcto usarlo. Charlie había solucionado sus problemas, ahora tenía que hacer que todo lo demás funcionara otra vez.

—Está bien —anunció Charlie—. Dejaremos que el gorgón se preocupe por el portal. Tenemos gente que salvar.

CAPÍTULO VEINTISÉIS

La Tortuga nada

La Primaria Pesadillas había cambiado desde la última vez que la vio. Una amplia fosa rodeaba la escuela. Justo más allá de la fosa se erguía una barda de alambre de púas, cubierta de aros de alambre de cuchillas. Feroces perros patrullaban el área entre la barda y el edificio de la escuela. Y sobre los terrenos se ceñían seis torres de vigilancia, cada una plagada de duendes.

—Supongo que el presidente sabía que vendríamos —Charlie escuchó a Rocco decir desconsolado.

—Sí, así que construyó la pista de obstáculos más mortífera del mundo —agregó Paige.

—¡Bienvenidos, jóvenes humanos! —la voz en el altoparlante les hizo repiquetear los oídos—. ¡Es hora de volver a la escuela!

Las nubes oscuras pasaron sigilosamente, y comenzó a lloviznar justo cuando Charlie alzó la mirada para ver al presidente Pavor posicionado en el puesto de vigía, arriba de la torre más cercana.

—El portal se cerró —gritó Charlie—. Ya nunca conquistarás Mundo Despierto. Deberías dejar libres a todos los niños de la escuela.

—¿Y por qué querría hacer eso? Los gritos de los niños son música para mis oídos —dijo el presidente Pavor y, como si hubiera sido ensayado, salió del edificio un largo grito que les heló la sangre—. Suena como si uno de sus compañeros de escuela está siendo devorado.

—Está mintiendo —Alfie susurró—. No creo que haya monstruos ahí dentro. ¿Se acuerdan cuando hablamos con esos niños que estaban escondidos en el baño? Ninguno de ellos había visto en realidad a una criatura de pesadillas. Su miedo es lo que los mantiene atrapados.

Charlie esperaba que fuera verdad, pero no iba a arriesgarse. Y menos aún Rocco.

—¡Si no dejas salir a los niños, encontraremos la manera de entrar! —gritó Rocco hacia la torre de vigilancia.

—Entonces permítanme hacerles una oferta que no podrán rechazar —contestó el presidente—. Dejaré que el niño Tortuga haga el intento de la pista de obstáculos. Si llega a las puertas de la escuela en una sola pieza, dejaré que los demás puedan alcanzarlo.

—¿Y qué si fracasa? —exigió Charlie.

El presidente Pavor los fulminó con la mirada.

—Entonces ustedes cuatro se unirán a los otros mocosos. Y usted, señor Laird, abrirá el portal de nuevo.

Charlie se preparaba a abrir la boca para rechazar la propuesta cuando Alfie dio un paso adelante.

—¡Trato hecho! —gritó.

Parado junto a Charlie estaba el mismo chico bajito y de lentes que había conocido toda su vida. Desde fuera, nada en Alfie había cambiado. Pero Charlie podía sentir que su amigo era diferente ahora. En algún lugar de Mundo Tenebroso, Alfie había descubierto su propio poder secreto.

—¿Estás seguro que quieres hacerlo? —Charlie susurró a Alfie.

—Cómo diablos no —dijo Alfie mientras se arrancaba la ropa—. ¿No lo ves? Ésta es mi pesadilla. Creo que finalmente estoy listo para vencerla.

—¿*Crees*? —preguntó Charlie—. Alfie, tienes que estar *seguro*.

—¡Tenemos un trato! ¡Aléjense de la Tortuga! —gritó el presidente. Un melón podrido golpeó el suelo junto a Charlie, y lo salpicó de semillas apestosas. Todavía se las estaba quitando de la cara cuando Alfie se acercó al borde de la fosa—. ¡En sus marcas, listos... a nadar! —bramó el presidente.

Charlie miró a Alfie poner sus brazos en posición sobre su cabeza... e hizo una mueca de dolor cuando su clavado terminó en un panzazo de proporciones épicas. El agua hedionda salpicó a Paige y un trozo de alga podrida abofeteó a Charlie. La risa de las torres de vigilancia era ensordecedora.

—¡Tortuga! ¡Tortuga! ¡Tortuga! —entonaban los duendes.

Charlie sintió como si estuviera de vuelta en el Coliseo, pero esta vez no había nada que pudiera hacer para salvar a su amigo. Alfie era el nadador más ridículo que hubiera visto en su vida. Luchaba contra el agua como un gato en una tina. Y aun así, de repente se dio cuenta de que, aunque la técnica de Alfie era todo menos elegante, no resultaba del todo ineficaz. Mientras los duendes estaban ocupados gritando insultos, Alfie se acercaba rápidamente al lado opuesto de la fosa.

Arriba, en su torre de vigilancia, el presidente también notó el progreso de Alfie.

—¡Suelten a las pirañas! —ordenó a los duendes.

Una reja de metal se abrió al pie de la torre de vigilancia y miles de pirañas se lanzaron chasqueando en busca de comida.

—¡Tramposo! —gritó Paige.

—Lo siento —contestó el presidente—. ¿Exactamente cuándo prometí que jugaría limpio?

El curso de obstáculos era lo suficientemente difícil por sí solo, pensó Charlie desconsolado. Si el presidente estaba dispuesto a hacer trampa, el pobre de Alfie estaba perdido.

Luego escuchó a Rocco gritar:

—¡Mira! ¡Salió! ¡Alfie está a salvo!

Alfie escalaba las rocas en el extremo lejano de la fosa, con dos enérgicas pirañas aferradas a su ropa interior. Alfie se volteó y arrancó los peces de su trasero, con lo que quedaron un par de agujeros en sus calzones.

Completamente empapado y arrastrando largas tiras de alga, Alfie llegó rápidamente al segundo obstáculo: una barda de seis metros de altura con alambre de cuchillas enrollado por toda la parte de arriba. Unos perros feroces saltaban al otro lado, ansiosos por el aroma del tentempié que se dirigía hacia ellos.

—¿Qué está haciendo? —masculló Charlie para sus adentros. Alfie había caído de rodillas, y su cabeza parecía estar inclinada en derrota. Su amigo comenzó a cavar. Sus manos escarbaron el suelo detrás de la barda, y un chorro constante de tierra salió volando de entre sus piernas.

Los guardias duendes rugieron de la risa.

—¡No es ninguna tortuga! ¡Es un topo! —gritó uno de ellos.

—¡Topo! ¡Topo! ¡Topo!

La velocidad con la que Alfie cavaba era asombrosa. Pero debía haber una forma más decorosa de hacerlo, pensó Charlie. Con razón los duendes morían de risa.

Al otro lado de la barda, los seis perros se apiñaron juntos. Eran negro azabache, con pelajes que destellaban en la luz. Sus doce ojos color rojo sangre estaban fijos sobre el agujero por donde había desaparecido Alfie. Mostrando los colmillos, se lamían el hocico y esperaban su cena. Uno solo de los perros podría hacer pedazos al niño. Si los seis lo atrapaban, no quedaría nada.

—¡ATRAPEN AL TOPO! ¡ATRAPEN AL TOPO! ¡ATRAPEN AL TOPO! —cantaron los duendes.

La tensión carcomía el estómago de Charlie, pero se rehusaba a apartar la vista. Luego vio que se abría otro agujero a unos cuantos pasos detrás de los perros. Alfie había cavado un túnel que pasaba justo debajo de ellos. Pero todavía quedaban por lo menos cien metros entre él y la barda de la escuela.

—¡AHÍ ESTÁ! —gritó un duende, y los demás aullaron cuando vieron a la pequeña criatura cubierta de barro elevarse de la tierra. En segundos, los perros habían olfateado a su presa. Charlie esperó que Alfie hiciera algo espectacular. Pero no lo hizo. No hubo más bufonadas. Ninguna exhibición deslumbrante de genialidad. Esta vez, Alfie Bluenthal simplemente *corrió*.

Charlie miró los brazos de Alfie moverse hacia delante y hacia atrás. Hasta en Mundo Tenebroso, el chico no era particularmente veloz; por lo menos había tenido una buena ventaja. Charlie se dio cuenta de que las torres de vigilancia se habían quedado en silencio. De repente, ya nadie se reía de Alfie.

—¡VAMOS, ALFIE! —gritó Paige, y Alfie logró poner un poco más de distancia entre él y los perros.

—¡YA CASI LLEGAS! —gritó Charlie, y para cuando salieron las palabras de su boca, Alfie estaba en la meta.

Charlie casi se desplomó de alivio cuando vio la reja de la escuela cerrarse sin problemas detrás de Alfie, dejando fuera a los feroces perros. El niño corrió a toda velocidad por las escaleras hasta la entrada principal. Alrededor, la pista de obstáculos había comenzado a desaparecer. La fosa se secó por completo hasta que pareció poco más que una zanja, y pronto los perros habían desaparecido al igual que la barda.

Charlie, Paige y Rocco corrieron al lado de Alfie. A medida que se acercaban, podían escuchar porras y aplausos. Los chicos prisioneros de la Primaria Cypress Creek se encontraban reunidos frente a las ventanas.

Todos habían sido testigos de las extraordinarias hazañas de Alfie.

—Increíble —les gritó una chica de su edad—. ¡Eres un superhéroe!

—¡La Asombrosa Tortuga! —alguien agregó.

—Eso me gusta bastante —consideró Alfie—. Suena bien.

—Te lo ganaste —le dijo Paige—. Acabas de pasar la prueba de condición física del presidente. Cuando te vi arrancar, pensé que nunca... —se detuvo antes de decir algo más.

—No te preocupes —dijo Alfie, encogiéndose de hombros con modestia—. Tampoco yo habría pensado que lo podría hacer. Pero cuando el presidente Pavor convirtió la pista de obstáculos en mi pesadilla, supe que no tenía que tener buena condición física para ganar.

—¿No la necesitabas? —preguntó Rocco.

—Nop, mi pesadilla no se trataba de eso. No tenía miedo de ser un mal atleta —dijo Alfie—. Tenía miedo de que se rieran de mí. Luego me di cuenta de que hacerlos reír me podría dar una ventaja. Si dejaba que me subestimaran, podría tomarlos a todos por sorpresa.

—No creo que tengas que preocuparte de que alguien por acá vuelva a subestimarte —le aseguró Charlie.

—Y ahora que venciste a tu pesadilla, ya puedes despertar cuando quieras —dijo Paige.

—Qué... ¿y perderme de toda la diversión? —contestó Alfie—. ¿Estás bromeando?

—La diversión termina aquí, señor Bluenthal —resonó la voz del presidente Pavor mientras éste cruzaba el patio de la escuela. Se veía más lívido que nunca—. Habrán logrado llegar al frente de la escuela, pestes, pero las puertas están completamente selladas. Y las criaturas dentro están listas para la cena.

Un grito ensordecedor llegó desde el otro lado de la puerta. Los ojos rojos del presidente Pavor resplandecieron con un poco más de fulgor. Charlie podría haber jurado que hasta se veía más alto. Pavor estaba alimentándose de aquel terror.

CAPÍTULO VEINTISIETE

La prueba

—¡Auxilio! —Una chica que había estado mirando desde una ventana del primer piso cayó al suelo desvanecida. Luego el resto de los niños reunidos al otro lado de las puertas principales del edificio desaparecieron en cuestión de segundos. Charlie escuchó cómo corrían y gritaban en los pasillos.

—Echen una mirada —dijo el presidente Pavor con una sonrisa desagradable.

Charlie apretó el rostro contra una ventana. Asomándose entre los barrotes, pudo ver el pasillo del primer piso. La mayoría de los casilleros de los niños de séptimo y octavo estaban abiertos, y los contenidos yacían desperdigados por el suelo. Parecía como si hubieran ocurrido cosas terribles en el pasillo. Pero no había rastro alguno de las criaturas de pesadilla.

Charlie y sus amigos se dieron la vuelta para encontrarse con el presidente Pavor.

—Sólo hay dos seres en Mundo Tenebroso con el poder de abrir esas puertas —dijo—. Yo soy uno de ellos, por supuesto. El otro es el señor Marquez.

—¿Yo? —Rocco tomó un tono enfermizo de gris.

—Nunca terminaste de resolver tu examen, ¿o sí? —el presidente Pavor se hizo a un lado para dejar ver el escritorio de Rocco. Parado junto a él estaba el supervisor de pelo aceitoso con una pila de papeles en las manos—. Esta vez, sólo tienes una oportunidad de pasar, y es la única manera de liberar a tus compañeros.

Las piernas de Rocco comenzaron a temblar, y por un momento Charlie se preguntó si el chico iba a desmayarse. Sujetó uno de los brazos de su amigo. Paige tomó el otro. Juntos arrastraron a Rocco a unos cuantos metros de distancia.

—Ésta podrá ser mi pesadilla, pero no sé si pueda enfrentarla —dijo Rocco una vez que estuvieron fuera del alcance del presidente—. Ustedes vieron el examen. Estoy bastante seguro de que una gran parte no estaba escrita en español.

—Quizás haya otra manera de rescatar a los niños —masculló Alfie—. Las puertas de la escuela están cerradas y las ventanas tienen barrotes. ¿Hay otra manera de entrar?

—¿Qué tal el gigantesco ducto para la basura en la cafetería? —preguntó Paige—. Va desde la cocina hasta los contenedores de afuera. La semana pasada vi a una de las señoras de la cafetería tirar una caja entera de nabos enmohecidos por ahí. Apuesto que es lo suficientemente grande como para que los cuatro trepemos por ahí.

—Detesto ser un aguafiestas —dijo Alfie—, pero estoy bastante seguro de que el ducto se abre desde dentro de la cocina. ¿Creen que podremos hacer que uno de los niños lo haga?

—¿De qué sirve? —gimió Rocco—. De todos modos, ¿qué haríamos si entráramos a la escuela? El lugar está repleto de monstruos.

—El examen comenzará en exactamente diecisiete segundos —interrumpió el supervisor—. Tome su asiento, señor Marquez.

Charlie suspiró. Se les había acabado el tiempo.

—Parece que vas a tener que tomar la prueba —le dijo a Rocco.

—Si yo le pude ganar a mi pesadilla, tú también puedes —dijo Alfie, tratando de animar a Rocco—. ¿Te acuerdas de cómo nos salvaste a todos de los duendes?

—Eso no fue nada más que de suerte —contestó Rocco desconsolado, mientras se colocaba detrás del pequeño escritorio de madera.

El supervisor dejó caer una enorme pila de papel frente a Rocco. Alfie logró echarle una mirada a la página de encima, y cuando volteó a verlos a él y a Paige, Charlie pudo ver que estaba horrorizado.

—¡Mantén tu distancia! —el supervisor le dijo bruscamente a Alfie—. ¡No se vuelvan a acercar a este escritorio otra vez o todos serán castigados por hacer trampa!

Charlie, Paige y Alfie dieron un paso atrás. El único lugar para mirar estaba entre los duendes que habían formado un gran círculo alrededor del escritorio de Rocco. Adentro de la escuela, algunos de los niños habían regresado a las ventanas, donde se aferraban a la reja. Los que llevaban más tiempo encarcelados habían comenzado a lucir un poco como monstruos. Tenían el cabello enmarañado y ojeras les colgaban bajo los ojos inyectados de sangre. Miraban a Rocco con una mezcla de esperanza y terror.

Rocco se quedó mirando el papel, lápiz en mano. No había hecho una sola marca. Entonces su mano se retorció y sus labios formaron palabras silenciosas. Cuando Rocco levantó la vista hacia la multitud congregada, Charlie vio inspiración en sus ojos.

—¡Disculpe! —llamó al supervisor—. Tengo una pregunta.

—¡Ninguna pregunta! —contestó el supervisor—. Tus amigos no te pueden ayudar ahora.

Rocco negó con la cabeza.

—No a ellos. A él.

Levantó el brazo, y apuntó hacia el presidente.

El presidente Pavor pareció sorprendido.

—La permitiré —dijo con un sonrisita de superioridad y un vistazo al reloj que hacía tictac.

—¿Qué está haciendo? —susurró Paige.

—No tengo la menor idea —contestó Charlie.

—Los chicos que están dentro de la escuela deben tener miedo de distintas cosas, ¿correcto? —Rocco le preguntó al presidente.

—Claro —contestó el presidente.

—Así que si todos le tienen miedo a algo diferente, ¿eso quiere decir que hay una pesadilla para cada niño de esa escuela?

—Así es —contestó el presidente Pavor con un poco más de cautela.

—Bueno, entonces la escuela debe estar a reventar de pesadillas. ¿Por qué no hemos visto a ninguna de las criaturas?

La sonrisa maligna del presidente Pavor desapareció en un instante.

—¡No más preguntas! ¡Regresa a tu examen!

Fue el turno de Rocco para sonreír.

—Usted es sólo un gran bravucón, ¿no es así? —luego la cabeza del niño se agachó de nuevo, y comenzó a escribir furiosamente.

—Debe haber encontrado algunas de las respuestas —Charlie sintió crecer la esperanza.

—No lo creo —gimió Alfie negando con la cabeza—. Yo vi la prueba. Es de opción múltiple. Rocco no debería estar *escribiendo* nada.

Y aun así, Rocco parecía estar inspirado. Garabateó palabras en cada trozo de papel. Cuando terminaba una página, la volteaba y la colocaba boca abajo en el escritorio. Cuando terminó toda la pila, todavía quedaban quince minutos en el reloj. Rocco sonrió triunfante. Luego levantó el primer trozo de papel de la pila y comenzó a doblarlo. Primero a la mitad. Luego por los bordes.

Charlie no podía creer lo que estaba presenciando. Era la misma cosa que había metido a Rocco en problemas en incontables clases con incontables maestros. Bajo circunstancias ordinarias, habría sido divertido. Ahora parecía como si Rocco hubiera perdido la cabeza.

—Está haciendo un avioncito de papel —dijo Charlie.

Rocco terminó el primer avión y lo puso a un lado. Los duendes soltaron risitas, y el presidente parecío encantado. Para cuando terminó Rocco, una pila de aviones de papel cubría el 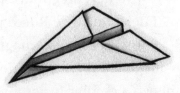 escritorio. Luego se levantó, apuntó con cuidado y lanzó uno al aire. El avión planeó y voló entre los barrotes de una de las ventanas de la escuela.

—¡Señor Marquez! —gritaron el supervisor y el presidente a la vez. Pero Rocco no pareció escucharlos. Estaba demasiado preocupado arrojando decenas de avioncitos de papel dentro de la escuela. El brazo de Rocco era tan ágil y su puntería tan excelente que cada uno logró llegar a manos de un estudiante.

—¡Suspendido! —anunció el presidente Pavor.

—Todavía no —dijo Rocco. Se volvió a sentar con una sola hoja de papel en sus manos—. Las reglas son las reglas. Todavía quedan cinco minutos en el reloj.

Cuando finalmente sonó la campana, el presidente Pavor marchó hacia el escritorio de Rocco y arrebató el papel de las manos del niño. Le echó un vistazo y comenzó a reír. Luego levantó la hoja para que pudieran verla los duendes. No había un solo círculo lleno. No se habían elegido respuestas de la prueba. Lo único que había escrito Rocco era un número con la calificación perfecta.

Charlie gimió.

—Si realmente crees merecer un aplauso por esta lamentable excusa de examen —dijo el director entre carcajadas— entonces eres todavía más tonto de lo que imaginaba.

—Me gané esa nota —insistió Rocco, sin mostrar miedo ni vergüenza alguna—. Me dijo que tenía que usar esa prueba para liberar a los niños. Así que eso hice.

—¿De verdad? —preguntó el presidente—. ¿Entonces donde están?

—Justo aquí —dijo Rocco. Marchando desde el otro lado de la escuela había docenas de niños.

—Vencieron a sus pesadillas —dijo Rocco—. Eso significa que son libres de despertar e ir a casa.

—¿Cómo? —era la única palabra que el presidente fue capaz de pronunciar.

Una niña sin pizca de miedo en sus ojos caminó directo hasta él.

—Tenga —dijo, y le echó un avión de papel.

—¿Puedo verlo? —preguntó Charlie a un niño que sostenía un avión idéntico.

Desdobló la página y leyó.

EL ÚNICO MONSTRUO ESTÁ FUERA DE LA
ESCUELA. SE LLAMA PAVOR. NO DEJEN QUE
LES GANE A LOS CHICOS DE CYPRESS CREEK.
QUÉDENSE JUNTOS Y DIRÍJANSE A LA
CAFETERÍA. DESLÍCENSE POR EL DUCTO
DE LA BASURA Y VÉAMONOS AFUERA.

Charlie levantó el papel en el aire.

—Volvió a perder —le dijo al presidente Pavor—. Parece ser que Rocco superó la prueba.

—Pero esto no es… —comenzó a decir el presidente.

—Oye —intervino Rocco—, ¿cuándo prometí jugar limpio?

Charlie y la pandilla se reunieron alrededor de Rocco para celebrar.

—¿Cómo sabías que no se comerían a los niños de camino a la cafetería? —preguntó Charlie.

—Bueno, estaba pensando en cuánto miedo tenía, y fue ahí cuando até los cabos. Ninguno de los niños había visto un monstruo ahí; sólo escuchaban las palabras de Pavor. Fue ahí cuando supe... que el presidente estaba alardeando.

—¿Y qué si te hubieras equivocado? —preguntó Paige.

—Sí —consideró Rocco—. Eso habría sido un verdadero fastidio.

—Oigan, escuchen —dijo Alfie, llamando su atención a los susurros que compartían entre los duendes en la multitud afuera de la escuela. Era claro que las bestias no estaban complacidas.

Charlie ya estaba nervioso cuando una niña diminuta le jaló la camisa. Sólo tuvo que bajar la vista a su rostro para notar que estaba alterada.

—¿Qué pasa? —le preguntó.

—Mi amiga Amber no está aquí —sollozó la niña—. Estaba encerrada en el baño y no pudo salir.

La niña apuntó hacia arriba. En efecto, una mano ondeaba una bandera de papel higiénico desde un baño del tercer piso.

El presidente comenzó a reír una vez más.

—Parece ser que su plan falló, señor Marquez —dijo—. No salvó a todos, ¿o sí? Si todavía hay un niño adentro, eso quiere decir que falló la prueba. O rescata a todos... o a ninguno. ¡Duendes! Reúnan a estos niños y acompáñenlos de vuelta a la escuela.

Y en lo que podría haber sido el peor momento en la existencia de Charlie, llegó el sonido más hermoso que hubiera escuchado jamás.

CAPÍTULO VEINTIOCHO

Sola con la oscuridad

¡Ahhhbleeeeeeeeeewgah! ¡Ahhhhhhhbleeeeeeewgah! ¡Ahhhbleeeewgah!

Un diminuto automóvil amarillo apareció a la distancia. Mientras se acercaba cada vez más, Charlie pudo ver a Dabney detrás del volante… y a Meduso a su lado. Pero por más dicha que le provocara verlos, la atención de Charlie fue directamente a las criaturas que corrían junto al auto. Casi todas iban a pie. Otras volaban o saltaban o culebreaban. Centenares de las pesadillas más temibles jamás soñadas se dirigían hacia ellos. Los niños de Cypress Creek se apiñaron juntos. Unos cuantos soltaron gritos ahogados o gimieron en voz baja, pero nadie se echó a correr.

—¡Alerta de gorgón! —gritó uno de los duendes del presidente—. ¡Meduso está aquí! ¡Pónganse sus escudos antigorgón!

Cuando el auto amarillo detuvo su marcha frente a la escuela, el presidente y todos sus secuaces ya tenían puestos sus anteojos de sol protectores con lentes de espejo.

—Bueno, bueno —dijo el presidente Pavor—. Si no será mi día de suerte... ¡Atrapen al gorgón y al payaso! —ordenó a los duendes.

Antes de que los matones del presidente pudieran obedecer, docenas de criaturas de pesadilla formaron un círculo alrededor del auto del payaso. Charlie apenas lo podía creer. Los monstruos se comportaban como guardaespaldas de Dabney.

Se escuchó un murmullo entre la muchedumbre de duendes, y ninguno de ellos hizo un solo movimiento.

—¡Les di una orden! —gritó el presidente Pavor.

Los duendes se quedaron atrás mientras Dabney y Meduso sacaban sus cuerpos del vehículo miniatura.

—¡Tú! ¡Pie Grande! —el presidente sujetó del brazo a Sasquatch—. Detén a los traidores. Y cuando termines, reúne a estos niños y mándalos de vuelta a la escuela.

Sasquatch gruñó y se encogió de hombros para quitar la mano del presidente.

—No soy un duende; no tomo órdenes de tiranos.

Las otras criaturas de pesadilla comenzaron a reunirse alrededor, y el presidente pronto se encontró atrapado en medio de una multitud iracunda. Charlie y sus amigos se deslizaron entre espinillas con escamas y muslos peludos hasta tener una buena vista de la acción.

—¡Cómo te atreves a desafiarme! —bramó el gigante a Sasquatch—. ¡Soy el presidente de Mundo Tenebroso!

Alguien en la multitud soltó una risita. Luego las risitas extrañas se convirtieron en risotadas generalizadas. Charlie vio a Dabney el payaso pasar en medio de la muchedumbre.

—¿Y se llama usted *presidente*? —preguntó una vez que tuvo la risa bajo control—. Ni siquiera sigue nuestras reglas. Somos pesadillas, y nuestro trabajo es

asustar a los humanos. Los hacemos gritar y llorar y a veces hasta hacerse pipí en los calzones. Pero no los *torturamos* —Dabney volteó hacia las criaturas de pesadilla reunidas—. ¿Tengo razón?

Charlie tuvo que taparse los oídos mientras las criaturas gruñían, rugían y golpeaban el piso con la parte inferior de sus cuerpos para mostrar que estaban de acuerdo.

Dabney le apuntó un dedo enguantado al presidente Pavor.

—Dice que las pesadillas pueden permanecer vivas para siempre si encontramos la manera de mantener a la gente asustada veinticuatro horas al día. Yo diría que eso es tortura, ¿ustedes no?

El presidente Pavor dio vueltas en círculos, en busca de una cara amigable entre la multitud. Por primera vez, Charlie pensó, era el gigante el que se veía intimidado.

—¡Estoy tratando de ayudar a nuestra especie! —gritó el presidente—. No quiero que más pesadillas mueran.

—Las pesadillas no *mueren* —manifestó Dabney—. Cuando decidimos jubilarnos, nos convertimos en *sueños*.

—Eso dices, pero ¿dónde están las pruebas? —dijo el presidente Pavor con desdén, mientras su confianza volvía—. ¿Se supone que tenemos que tomar la palabra de un payaso de circo venido a menos?

Charlie sabía que era hora de dar un paso al frente.

—El Reino de los Sueños es verdadero. Mi mamá hizo su viaje ahí esta noche. Y aunque no me crean, deberían escuchar a Dabney. Su palabra vale algo. El presidente Pavor es un tramposo y embustero.

Las pesadillas soltaron un grito ahogado. Ninguna había imaginado jamás que un niño humano pudiera tener las agallas para enfrentar al presidente de Mundo Tenebroso.

Charlie apuntó hacia la escuela.

—El presidente Pavor ha mantenido a docenas de niños encerrados en este edificio —les dijo a las pesadillas—. Esta noche, ellos enfrentaron sus miedos y escaparon. Pero ahora el presidente está tratando de encerrarlos de nuevo.

Las criaturas en la multitud bajaron la mirada para ver a los niños junto a ellos, y los niños alzaron la vista hacia las criaturas de pesadilla. Nadie sabía qué hacer.

—Si conquistaron sus pesadillas, eso no me parece justo —dijo un monstruoso alacrán.

—Me temo que todo esto es un gran malentendido —insistió el presidente Pavor—. Según las reglas de Mundo Tenebroso, los niños que escaparon podrán salir libres. Pero queda una niña dentro de la escuela. Y hasta que logre conquistar a su pesadilla, ella tendrá que volver cada noche.

—Así es como funciona Mundo Tenebroso —le dijo un extraterrestre con aspecto de bicho a Charlie—. No podemos cambiar las reglas.

—¡Pero Amber no puede enfrentar su pesadilla! —rebatió Charlie—. Quedó encerrada en el baño. ¡No ha tenido la oportunidad de ser valiente!

—Dejen que vaya yo por ella —llamó alguien—. Yo abriré la puerta.

Era Paige. Charlie se preguntó qué estaba haciendo... hasta que se dio cuenta de que Paige todavía tenía su propia pesadilla que enfrentar.

El presidente consideró la oferta de Paige.

—¿Está segura de que quiere ofrecerse como voluntaria, señorita Bretter? ¿No sabe lo que le espera adentro? —levantó un corpulento brazo al aire. Cuando chasqueó los dedos, todas las luces de la escuela se apagaron—. ¿Está lista para enfrentar la oscuridad?

—Sí —dijo Paige, aunque parecía que tenía un poco de náuseas mientras se dirigía por las escaleras hacia el portón principal de la escuela.

—No tan rápido, señorita Bretter —llamó el presidente Pavor. Extendió una mano y uno de sus duendes le pasó una cámara con una tira elástica—. No sería muy divertido para los demás si no nos toca mirar.

Ató la cámara a la frente de Paige. La hizo parecer pequeña e indefensa.

—¿Le podemos desear buena suerte antes de que se vaya? —preguntó Charlie.

—No —espetó el presidente Pavor—. Desde este punto en adelante, Podge está sola.

Paige se detuvo en el arco de la puerta, con un muro de oscuridad frente a ella. Dio un paso adentro, y las puertas se cerraron de golpe. Comenzó la transmisión de la cámara y la pared de enfrente de la escuela se convirtió en una pantalla gigante. Lo que debía haber sido negro como boca de lobo para Paige, era verde fluorescente para el público. Estaba en el pasillo principal de la escuela. El piso todavía cubierto de cuadernos y rollos de papel higiénico y latas vacías de la cafetería.

Paige vadeó lentamente por los escombros, con brazos extendidos al frente. Por lo menos esta vez sabía dónde estaba, pensó Charlie, y tenía alguna idea de adónde tenía que ir.

La transmisión capturó el sonido de un casillero que se abría. Paige se encogió. Debía haberlo escuchado también. Se detuvo en medio del pasillo y esperó alguna señal de que una criatura la estuviera acechando. Su pecho se agitaba mientras daba bocanadas de aire. Paige estaba aterrada… no podía ver lo que los espectadores de afuera veían. Una figura de negro se había deslizado fuera del casillero. Aunque la Oscuridad no tenía rostro, todos los que miraban el video la reconocieron de inmediato. Los niños de Cypress Creek se encogieron con sólo ver a la criatura con su cabeza sin facciones y sus dedos como zarcillos. Charlie vio a uno de los niños más pequeños acercarse más a Rocco. A medida que la oscuridad se acercaba a Paige, el niño mayor puso un brazo reconfortante alrededor del pequeño.

La oscuridad examinó a Paige desde cada ángulo, rozándola mientras se movía. Ella barrió el aire con sus brazos, pero la oscuridad siempre lograba evitar que la tocara. Se estaba burlando de Paige. Jugando con ella. Charlie apenas soportaba verla. Era sólo cuestión de tiempo antes de que Paige acabara en el suelo como lo había hecho en el hospital, con los brazos envueltos alrededor de sus piernas, demasiado asustada para moverse. Pero para sorpresa de Charlie, Paige comenzó a caminar. Un pie se arrastró hacia delante; el otro lo siguió. La oscuridad se hizo para atrás, como si estuviera confundida. Paige estaba al pie de la escalinata principal cuando decidió tomar cartas en el asunto.

Un murmullo se extendió entre la multitud cuando la oscuridad comenzó a expandirse. Llenó el pasillo de la escuela con una negrura tan impenetrable que ni siquiera la cámara de visión nocturna pudo ver a través de ella. Por largos momentos Charlie perdió a Paige de vista. Luego la oscuridad pareció estallar. Cuando el video volvió a la pantalla, lo recibieron los gritos de los niños en el césped. Ya no era una sola oscuridad la que acechaba a Paige. Había docenas.

Hicieron círculos alrededor de la amiga de Charlie y la rodearon; cada una tomaba un pellizco de ropa o una mecha de cabello. Y entonces comenzaron a moverla. Paige trató de resistirse, pero la estaban arrastrando lentamente hacia la puerta, abajo de las escaleras. De alguna manera Charlie sabía que detrás de la puerta estaba el lugar que la oscuridad llamaba hogar. Si se llevaba a Paige con ella, podría nunca volver a encontrar la salida.

Charlie estaba a punto de rogarle al presidente que llamara a su criatura cuando un grito que le heló la sangre lo hizo detenerse. Había venido del tercer piso. Todos fuera de la escuela miraron hacia arriba. Como Charlie, habían estado tan preocupados mirando a Paige que se habían olvidado de Amber, la niña atrapada en el baño de arriba.

Charlie estaba seguro de que el grito sería la gota que derramara el vaso… lo que finalmente llevaría a Paige al límite. Pero para su sorpresa, tuvo un efecto distinto. Paige se sujetó a ciegas del barandal de la escalinata, y de alguna manera sus dedos lograron envolverse alrededor. Mientras se jalaba hacia delante, empezó a escaparse de las manos de las oscuridades. Varias de ellas la soltaron. Cuando la niña gritó una segunda vez, Paige se liberó completamente. Subió corriendo por las escaleras. No agitó los brazos ni se tropezó. Parecía conocer el camino perfectamente. Luego Charlie se dio cuenta de que Paige estaba usando el sonido de los gritos de la niña como referencia.

Paige encontró a Amber acurrucada en un compartimento del baño.

—Estás segura conmigo —le dijo Paige a la niña. Luego le tomó la manó y la guio por las escaleras. La oscuridad todavía estaba ahí, pero se hizo hacia atrás y miró cautelosa. No había nada más por hacer. Y cuando se abrieron las puertas principales de la escuela, un estruendo de aplausos recibió a las niñas.

—¡Lo lograste! —Charlie, Alfie y Rocco rodearon a Paige en las escaleras principales de la escuela y la abrazaron todos a la vez.

—No tuve opción —dijo Paige—. Escuché a Amber gritar y supe que alguien me necesitaba. Paré de pensar en el miedo que tenía y seguí su voz. Me guio fuera de la oscuridad.

Se sentía como el final perfecto, pero Charlie no podía evitar pensar que algo estaba mal. Luego entendió qué era.

—¿Dónde está Meduso? —les preguntó a sus amigos. El gorgón debía estar con ellos para celebrar.

—Está justo... —Alfie apuntó a un espacio vacío frente a la multitud—. Pues *estaba* ahí.

—¿Buscaban a alguien? —era la voz del presidente Pavor. Se había unido a los cuatro niños frente a la escuela—. ¿Su amigo de pelo de serpiente se fue sin decir adiós?

Una figura con un saco de yute sobre su cabeza estaba siendo cargada entre la multitud por seis de los duendes más grandes del presidente Pavor. Mientras todos miraban hacia la escuela, los duendes habían usado la distracción para atrapar a Meduso.

—¿Y qué crees que estás haciendo? —demandó Dabney.

—Arrestando a una amenaza para la sociedad —contestó el presidente Pavor—. Meduso ha convertido a demasiadas pesadillas inocentes en piedra. Hay un basurero completo lleno de estatuas. Y éstos —se quitó los lentes de espejo, los aventó al piso y los destrozó con el tacón de su zapato— nunca fueron mi estilo.

Charlie escuchó el crujido de cien lentes de sol mientras todos los duendes copiaban al presidente. Charlie miró hacia la muchedumbre que se había reunido en la escuela. Más duendes debían haber llegado al lugar. Ahora las criaturas de pesadilla y los niños de Cypress Creek eran superados en número, por lo menos diez a uno.

—¡Ha llegado el momento! —gritó el presidente a sus duendes—. Tomen a los niños y háganles lo que quieran. ¡Son apenas una probadita de las delicias que nos depara Mundo Despierto una vez que lo hayamos conquistado!

En un instante, el lugar se volvió un pandemonio. Los duendes arrebataban niños mientras las criaturas de pesadilla trataban de salvarlos en vano.

—¡No pueden hacer esto! —gritó Dabney.

—¡Los niños se ganaron su libertad! —gritó Charlie.

—¿Qué diferencia hace? —respondió el presidente Pavor—. Las reglas ya no aplican para mí. Sin un gorgón, no hay manera de detener a mis duendes.

De repente se abrieron de golpe las puertas de la escuela.

—¡ALTO! —dijo una voz tan profunda y poderosa que hizo vibrar el cerebro de Charlie. Cada criatura en el patio de la escuela se congeló, y todos sus ojos se viraron al edificio, donde la oscuridad llenó la entrada.

—¿Quién acaba de decir eso? —escuchó Charlie que preguntaba Rocco.

—No puedes verla porque es la oscuridad —dijo Alfie, atónito.

—¡SUELTE A LOS NIÑOS! —resonó la oscuridad.

—¿Disculpe? —dijo el presidente Pavor—. ¿Habla conmigo?

—TODOS ENFRENTARON SUS MIEDOS. DEBE DEJARLOS LIBRES.

—Me temo que eso no sucederá —dijo el presidente—. Verá...

—No hay nada que ver. Suelte a los niños o no recibirá más asistencia de mi parte.

—No te necesitamos a ti ni a ninguna otra pesadilla para conquistar Mundo Despierto —dijo el presidente, volviéndose incluso más audaz—. Lo único que necesito es a mi ejército de duendes.

—Terminó su gobierno. Ha convertido a la oscuridad en su enemigo.

—¿Te atreves a amenazarme? —gruñó el presidente mientras subía furioso por las escaleras—. Pareces haberlo olvidado. También yo me puedo deshacer de ti.

Chasqueó los dedos y cada luz de la escuela se encendió. En un instante, la oscuridad se había ido. El presidente Pavor comenzó a reírse. Pero se detuvo abruptamente con el sonido de alguien que se aclaraba la garganta.

—No será tan difícil deshacerse de mí, señor presidente.

Parada en la entrada estaba Medusa. El presidente Pavor escarbó en el bolsillo de su traje, sus dedos buscaban frenéticamente sus escudos antigorgón.

—¿Buscaba éstos? —preguntó Charlie, y pateó un par de lentes de sol destrozados hacia la escalinata.

—Pensaba que sólo los perdedores necesitaban unos —se mofó Alfie.

Observaron mientras Medusa jalaba al presidente del cuello, acercaba su cabeza hacia la suya, y lo miraba profundamente a los ojos. Cada pelo en la cabeza del presidente se volvió gris. En segundos, el gigante más temido de Mundo Tenebroso se había convertido en piedra.

Medusa deslizó sus elegantes lentes oscuros hasta el lugar de siempre en su rostro y luego volteó para dirigirse a Paige y a Amber, que estaban paradas cerca.

—¿Señoritas, serían tan amables de echarme una mano? —preguntó amablemente.

Las dos niñas corrieron hacia el presidente Pavor y lo empujaron con todas sus fuerzas. La estatua del presidente tambaleó... luego cayó de frente y se quebró en mil pedazos.

—Ahora, duendes, ¡desaparezcan! —ordenó Medusa. Sus serpientes se retorcían salvajemente por su cabeza—. Son desterrados de este lugar. Cualquiera que atrapemos cruzando la frontera hacia Mundo Tenebroso será convertido en decoración de jardín.

Al principio ninguno de los duendes se movió. Luego uno al final de la multitud se dio la vuelta y corrió. Otro lo imitó, y otro, hasta que una manada de duendes formó una estampida hacia el horizonte.

Medusa ajustó sus lentes y se aclaró la garganta.

—Dabney, cariño, ¿podrías liberar a mi hijo?

Los duendes se habían ido corriendo, dejando a Meduso con sus manos atadas y un saco de yute sobre la cabeza.

—Niños —escuchó Charlie decir a Medusa—, acérquense.

Los niños de Cypress Creek miraron a Rocco.

—Está bien —les aseguró. Pronto todos los niños formaron un medio círculo alrededor de uno de los monstruos más famosos de la historia.

—Tómense de las manos —dijo Medusa. Volteó y vio que Charlie, Alfie, Rocco y Paige no estaban participando—. Ustedes también, por favor.

Charlie hizo lo que le dijeron.

—Enfrentaron sus miedos —les dijo Medusa—. Pero también hicieron algo mucho más importante. Se mantuvieron unidos. Ahora es tiempo de que vayan a casa. Quiero que cierren los ojos. Imaginen sus habitaciones. Imagínense a sí mismos dormidos en sus camas...

—Esperen... ¿esto es todo? —dijo Alfie—. ¿Va a hacer que nos despertemos?

—Ya la escucharon —dijo Charlie—. Es hora.

—¿Pero tú qué, Charlie? —preguntó Paige—. Tú no estás dormido. ¿Qué va a pasar contigo?

—Sí, no nos podemos ir sin ti —dijo Rocco.

—Claro que pueden —insistió Charlie—. Encontré mi camino hasta aquí, y lo encontraré de vuelta. Necesito que ustedes vayan a casa y dejen saber a mi familia que estoy bien.

—¿Estás seguro? —preguntó Paige.

—Segurísimo —les dijo Charlie, deseando sentirse de verdad tan optimista—. Ahora cierren los ojos. Los veré en la mañana.

—Voy a contar —escuchó que decía Medusa—. Para cuando llegue a diez, todos estarán de vuelta en sus camas. Uno... dos... tres...

Charlie miró mientras los niños de Cypress Creek desaparecían uno por uno. Paige fue la última. Antes de partir, le dio un suave apretón a Charlie en la mano. Y luego ya no estaba. Charlie estaba solo una vez más. Pero esta vez, se sintió bien. Dabney le puso una mano en el hombro.

—No te preocupes —le dijo—. Yo sé cómo llevarte a casa.

Ahora que los niños habían regresado a Mundo Despierto, Medusa se dirigió a las pesadillas del público.

—Mis criaturas colegas, todos debemos aprender de los eventos de hoy. Nuestro trabajo es asustar. Pero siempre lo debemos hacer con un propósito en mente. Un poco de miedo puede ser útil. Demasiado es peligroso.

"Todos hemos sido testigos de lo que puede hacer el miedo. Teníamos tanto miedo de morir que permitimos que el presidente hiciera cosas terribles. No les puedo prometer que el Reino de los Sueños exista. Cada uno tendrá que descubrirlo por sí mismo. Pero creo en mi corazón que las pesadillas no mueren. Si hacemos bien nuestros trabajos y ayudamos a los humanos a enfrentar sus miedos, nuestra recompensa será transformarnos en sueños. Pero para poder entrar al

Reino de los Sueños, tenemos que mostrar la misma valentía que los niños de Cypress Creek mostraron aquí hoy."

Meduso se estaba acercando al lado de su madre. Charlie podía escuchar a Larry y a Fernando discutir mientras pasaba el gorgón.

—¡No puede hablar en sserio! —gritó Larry.

—Fuera del camino —ordenó Fernando—. Loss doss ssabíamoss que llegaría a essto.

Cuando Charlie vio a Meduso susurrarle a su madre al oído, supo lo que el gorgón estaba por hacer. La mirada de conmoción en el rostro de Medusa se transformó en una de tristeza, para luego quedar en algo muy parecido al orgullo. Abrazó a su hijo y se deslizó hacia atrás para darle el papel protagónico.

—Solía disfrutar convertir a otras criaturas en piedra —confesó Meduso—. Era más que un trabajo: era una pasión. No esperaba en la cueva a que la gente se encontrara conmigo, como hacía mi madre. Salía a buscar y a congelar a todos los que pudiera. Convertí a pueblos enteros en piedra y nunca pensé en ello dos veces. Luego conocí a una pequeña humana llamada Lottie, y ella me enseñó lo maravilloso que se siente realmente *ayudar* a alguien.

"Cuando abandone Mundo Tenebroso, las criaturas que convertí en piedra volverán a la vida. He tenido ganas de jubilarme desde hace años. Hasta ahora, tuve demasiado miedo. Pero he sido testigo de cosas maravillosas en los últimos días. Quisiera agradecer a Charlie Laird y a sus amigos por mostrarme cómo es la valentía de verdad. Ahora estoy listo finalmente. Es hora de ser el sueño de Lottie."

Meduso se metió una mano en el bolsillo del traje y sacó un espejo de bolsillo dorado. Charlie lo reconoció del tocador en el salón de vestuario de Medusa. Ahí era donde Meduso debía haber decidido cómo terminaría su propia historia.

—¡Espera! —gritó Charlie. Lanzó sus brazos alrededor del gorgón—. Gracias.

—Gracias a *ti* —le dijo Meduso—. Charlotte tenía razón. Eres un chico bastante bueno.

Cuando Charlie lo soltó, Meduso se quitó los lentes y se quedó mirando el espejo. Una sonrisa se extendió por su rostro antes de convertirse en piedra.

—¿Lo vas a extrañar? —preguntó Charlie a Dabney después, mientras se dirigían hacia la mansión púrpura.

—Sí —dijo el payaso—. Meduso y yo no teníamos mucho en común. Si no nos hubieran echado juntos, probablemente no nos habríamos conocido. Pero a veces es así como conoces a tus mejores amigos.

Estaban a medio camino, subían por la colina de la mansión cuando Charlie se armó de valor para hacer la pregunta que se había estado guardando.

—¿Tú eras la pesadilla de mi mamá, verdad?

—Sí —dijo Dabney.

—¿Y cómo era ella de niña?

—Se parecía mucho a ti —le dijo Dabney.

—¿Ah, sí? ¿Abrió un portal y casi dejó que un monstruo destrozara todo Mundo Despierto? —bromeó Charlie.

—No exactamente —dijo Dabney con una risita—. Pero si quieres aprender más sobre sus aventuras, deberías leer el libro de Charlotte. Me dicen que tiene unos dibujos encantadores.

El payaso abrió la puerta principal de la mansión.

—¿Estás seguro de que puedo volver a mi mundo? —preguntó Charlie.

—Tengo el presentimiento de que lo harás —dijo Dabney.

Subieron los escalones de a dos hasta la torre. Antes de que Charlie llegara a la cima, pudo ver que el cuarto estaba bañado en luz. Cuando finalmente llegó, encontró que miraba a través de las paredes hacia una habitación idéntica. Sólo había una diferencia: al otro lado estaban Jack, Alfie, Paige y Rocco. Todos habían ido por él.

—¿Cómo se abrió el portal? —preguntó Charlie.

—Tu hermano —dijo Dabney—. Su peor miedo es que nunca vuelvas a casa. ¿Quieres volver?

—Más que nada en el mundo —dijo Charlie.

—Cierra los ojos. ¿Tienes miedo?

—No —dijo Charlie.

—Entonces da un paso adelante.

Cuando Charlie sintió los brazos que lo rodeaban supo que finalmente estaba en casa.

Epílogo

—¿Qué tal éste? —preguntó Charlotte, deslizando su última ilustración sobre el escritorio hacia su hijastro.

Charlie examinó el monstruo que había dibujado. Se veía exactamente como la larva gigante que había visto en Mundo Tenebroso.

—Está perfecto —se maravilló—. Todavía no puedo creer lo buena que eres.

—¡Déjame ver! —Jack había estado parado en una de las ventanas de la torre, mantenía a las ardillas alejadas del comedero de pájaros con una resortera y un puñado de frijoles secos. Corrió al escritorio para asomarse al dibujo.

—Esa cosa no da tanto miedo —se mofó—. Parece algo que podrías encontrar en nuestro jardín.

—¿Ah, sí? —contestó Charlie con una carcajada—. Llámame la próxima vez que le des vuelta a una piedra y encuentres una lombriz de dos metros.

Jack hojeó entre los otros dibujos esparcidos por el escritorio de Charlotte. Entre ellos había dibujos de una viejita con tentáculos que salían disparados de su cabeza, una cucaracha con vestido de noche, y un hombre-ualabí.

—Éstos están geniales —dijo Jack—. ¿Cuándo me toca a *mí* explorar el otro lado?

—Nunca, si tienes suerte —dijo Charlie. No tenía la menor intención de volver jamás. Pero sabía que siempre habría la posibilidad de que su hermano o algún otro niño hiciera el viaje. Por eso Charlie y su madrastra trabajaban juntos para terminar el libro que ella había comenzado.

—Y no tengas grandes ideas sobre tratar de abrir el portal de nuevo, jovencito —le dijo Charlotte a Jack—. No tengo muchos amigos del otro lado éstos días. Si te perdieras ahí, no sabría a quién mandar para encontrarte.

Charlie pensó en su propia guía de pesadillas.

—¿Cómo está Meduso? —le preguntó a Charlotte—. ¿Está disfrutando el Reino de los Sueños?

—Anoche que lo vi llevaba puesta una camisa hawaiana y tomaba una piña colada —dijo Charlotte—. No podría estar más feliz. Larry hasta paró de quejarse, parece ser que *le encanta* el karaoke.

De repente Charlie escuchó una conmoción abajo, en el primer piso de la mansión púrpura. Un perro ladraba, un gato bufaba, y sonaba como si alguien hubiera rodado por el suelo varias lámparas.

—Ya están en lo mismo otra vez —suspiró Charlotte—. Charlie, ¿te molestaría dejar salir a Rufus?

—Nop —contestó Charlie, saltando de su asiento.

—Y mientras estás allá abajo, remueve un poco la olla, ¿lo harías?

—Claro que sí —le dijo Charlie.

Para cuando llegó a la cocina, Rufus había arrinconado a Aggie detrás del bote de basura. Después de haber pasado veinticinco años como estatua, Rufus tenía siempre ánimo de juego. Aunque la gata no estuviera de acuerdo.

—Vamos, chico —dijo Charlie, jalando al perro por el collar—. Ve a correr al patio.

El perro salió corriendo por la puerta trasera y Charlie se dirigió hacia la estufa. Aggie le acariciaba las piernas con el hocico mientras quitaba la olla de una de las hornillas de enfrente. Tapándose la nariz, Charlie le dio una removida a la poción burbujeante que se cocinaba dentro.

—¿Qué es esa porquería? —Andrew Laird colocó una bolsa de compras y una caja de pizza en la barra.

Charlie levantó la mirada.

—Ah, hola, papá —dijo—. Creo que es una cura para los hongos de las uñas del pie.

—Sip —dijo Andrew Laird, desordenando el cabello de su hijo—. A eso huele exactamente.

Hacía poco habían abierto otro herbolario en un pueblo cercano y El Herbolario de Hazel había estado perdiendo clientes. Charlotte se había enterado por ahí de que la otra tienda estaba vendiendo algún tipo de producto milagroso... pero no había logrado descubrir mucho más.

—Vaya que han estado trabajando mucho allá arriba —dijo el papá de Charlie—. ¿Cuándo podré leer su libro?

—Pronto —prometió Charlie, preguntándose qué diría su papá cuando la verdad se revelara finalmente.

—Pues, ¿por qué no les echas un grito a los demás y les dices que bajen? Pasé por la cena camino a casa.

Charlie tapó la olla. Cuando alcanzó la base de las escaleras, se detuvo para admirar los dos retratos que ahora colgaban uno al lado del otro en el descansillo. Uno era de Silas DeChant. El otro era de la mamá de Charlie. Era el mejor trabajo de Charlotte. La pintura captaba el espíritu de Veronica Laird, además de su belleza. Ahora, cada vez que Charlie necesitara verla, su mamá siempre estaría ahí.

—¡Jack! —gritó Charlie por las escaleras.

—¿Qué? —chilló su hermano de vuelta.

—Papá compró pizza. ¡Dile a la brujastra que es hora de cenar!